KB273612

내 몸은 행복의 도구이다

김계봉 지음

해피&북스

내 몸은 행복의 도구이다

초판1쇄   2025년 12월 1일

지은이   김계봉
펴낸이   이규종
펴낸곳   해피&북스
등록   제2020-000033호
주소   서울시 마포구 토정로222
          한국출판콘텐츠센타 422-3
전화   02) 6401-7004
팩스   02) 323-6416
홈페이지   www.elman.kr
전자우편   elman1985@hanmail.net

ISBN   979-11-993712-4-8   03810

값 25,000 원

내 몸은 행복의
도구이다

김계봉 지음

해피&북스

목차

제3장 어떻게(How)

『사람은 누구나 행복의 조건(條件)을 모두 가지고 산다』
해피 크리에이터의 노르아드레날린 호르몬 이야기 ⋯ 164

제4장 지금(now)

『행복하게 만드는 것은 지금 바로 당신 곁에,
안에, 있는 것들이다』
해피 크리에이터의 엔도르핀 호르몬의 이야기 ⋯ 244

『내 몸은 행복의 도구이다』

꽃을 피우기 전에 정원사는 먼저 흙(土質)을 가꾼다. 정원사는 정원의 아름다운 꽃들의 진, 연록의 푸른 숲과 나무들, 자연을 가꾸며 자연과 함께 즐기기 위해서는 자기 자신보다 계절의 시간과 자연의 토양부터 연장과 도구를 가지고 먼저 가꾼다. 이는 흙이 나무와 식물, 꽃들을 키우기 때문이다.

1. 식물은 스스로 발아시기를 결정하며 싹을 틔우고, 스스로 자라고, 스스로 꽃이 핀다.

식물이 발아를 하는 데 필요한 조건 3가지는 물, 산소, 온도이다. 싹이 트고 기온이 오르고 날씨가 따뜻해서 땅을 갈아 공기가 흙속으로 들어가게 해 주면 발아의 환경 조건이 맞으면 씨앗을 뿌리고 물을 주면 싹이 튼다. 이는 알차게 익은 씨앗이 땅에 떨어져 싹을 틔운다 하더라도 곧 찾아올 혹독한 겨울 추위에 씨앗은 곧 얼어서 죽고 말 것이다. 그러나 씨앗들은 혹독한 추운 겨울 동안 잠을 자다가 겨울날씨가 따뜻

해지기 시작하여 수분
이나 따뜻한 산소가 씨
앗을 만나 껍질이 부드
러워지면 씨앗은 봄이
온 줄 알고 내생휴면을
마치고 봄 기운을 받아
씨앗은 곧 싹을 틔운다.
정원사는 토양의 원리
와 계절의 원리를 잘 알

여름꽃의 여왕, 수국꽃

기 때문에 그렇게 계절의 시간과 흙을 먼저 잘 관리를 한다.

정원사들은 이미 꽃이 떨어져 쇄하여 시든 꽃대들을 거두고 흙을 일
구고 겨울잠에 들어야할 식물들의 뿌리들을 밟아주거나 포근하 멀칭[1]
으로 덮어준다. 그렇게 가을이 되면 정원사들은 식물들의 겨울날 준비
를 해 준다. 식물 뿌리의 근원인 흙을 돌보아 주면 흙은 식물 뿌리를 보
호해주고 물과 영양분을 공급하여 식물의 생명을 보존하며 지탱을 할
수 있으며 자라나게 하는 멀칭 역할도 하게 한다.

잘 가꾸어진 토지에는 아름다운 꽃, 오색단풍의 가을 나무의 낙엽, 연
진록 오색의 푸른 숲으로 그 행복을 돌려받는다. 녹음방초(綠陰芳草) 즉
푸른 나무 그늘과 아름다운 꽃과 숲은 장락만년(長樂萬年)으로 즐거움
이 오래도록 끝이 없다고 한다. 그렇게 가꾼 숲과 꽃으로 내 몸의 오감

---

1 멀칭(mulching): 작물의 재배를 위하여 줄기, 짚, 비닐, 유기물 등으로 토양의 수분보
   존 온도조절 기타 등을 위하여 토지의 표면등을 덮는 덮개.

으로 즐긴다. 그렇다. 인간은 행복을 꿈꾸기전에 흙이 꽃 역할을 하듯 신체(몸)를 정원사가 흙(土質)을 가꾸듯이 잘 가꾸어야 한다. 몸이 병들거나 시들면 행복은 내 몸에서 지체없이 떠나가기 때문이다.

2. 흙이 아름다운 꽃을 만든다.

정원사는 정원의 아름다운 꽃을 키우려고 제일 먼저 흙(土質)을 잘 가굽니다 그 이유는 식물은 흙속에 영양분인 질소, 인, 칼륨, 마그네슘 등의 원소들을 먹고 자라나기 때문이며 식물에 따라 흙이 꽃의 색채를 만들고 그 꽃을 키우기 때문이다. 마치 살아있는 리트머스 시험지처럼 자신이 뿌리내린 땅의 성질의 따라 스스로 꽃의 색깔을 바꾸기 도 한다.

1) 토질(土質)의 산도(PH)를 따라 꽃의 색깔이 만들어지는 수국꽃도 있다.

한 예로, 여름 꽃의 여왕인 수국 꽃은 토질 즉 토양의 산도(PH)에 따라 꽃의 색깔이 달라 진다. 토양의 산성(ph)이 5.5이하에서는 푸른색 또는 보라색 수국색깔의 꽃이 피고 중성-약 알카리성 토양 PH6.5에서는 분홍색 또는 붉은색 수국의 알카리성의 붉은 계열의 꽃이 핀다 약간 중간 값인 PH6.0 내외에서는 보랏빛과 분홍, 파랑색이 섞인 신비한 중간색도 나온다. 정원에서의 같은 색의 수국 꽃의 모종의 꽃을 심어도 토양의 성분인 산성(PH)농도의 따라서 꽃 색깔이 달라지는 오묘한풍경이 펼쳐지곤 한다.

3. 내가 먹은 음식이 나(自我)를 만든다.

사람의 입을 통해 먹은 음식물이 식도를 거처 위에서 음식물이 위액과 섞여 죽과 같은 미즙으로 변환된 후 작은 창자 (소장)에서 더 분해가 되어 ⇒ 큰창자(대장)까지의 대략 48시간의 과정을 거치는 동안 신

아름다운 정원의 연못

체의 활발한 대사 화학반응을 통한 영양소로변해 ①탄수화물 ②단백질 ③지방 ④비타민 ⑤물 ⑥무기질 이 혈액으로 흡수가 된다. 탄수화물은 뇌의 주요에너지원 등으로, 단백질은 세포 구조를 이루는 성분으로, 지방은 에너지원으로, 무기잘은 뼈, 털, 피부, 혈구세포를 만드는 곳으로 물은 몸의 65%의 수분을 이루며 몸의 노페물을 나르는 대사용으로 쓰이면서 내가 먹은 음식이 결국은 내 몸의 나(自我)를 만든다.

4. 행복은 감정의 세계이다 그 감정의 세계를 지배하고 관여하는 것이 내 몸속의 호르몬이다.

호르몬은 뇌신경의 전달물질이다. 감정(感情)은 어떤 현상이나 일에 대하여 일어나거나, "어떤 외부 자극에 대해서 보이는 주관적 '느낌'(feeling) 어떤'행동' ''상황에 대한 인식이 수반되는 반응"을 기분

나쁨이나 기분 좋은 감정 또는 정서(情緒)라고도 한다. 이러한 기분이나 감정은 뇌 속의 시냅스(synapse)에서 신경전달물질인 호르몬과도 별반 다르지는 않지만 뇌하수체 내분비에서 생성되어지는 성(性)호르몬은 혈액 속에 들어가 생식과 물질대사 그리고 세포증식에 깊이 관여 건강한 몸을 만든다.

5. 내 몸속의 행복물질인 행복호르몬으로 내 행복을 찾아 누려보자.

성경 창세기 3장12절 셋째 날의 창조주 하나님께서는 풀과 채소, 각종 나무를 내어 창조하여 주셨지 각종 가구나 의자까지 만들어 주지는 않으셨다. 각종 가구나 의자는 기능과 모양에 따라 사람들이 만들어 사

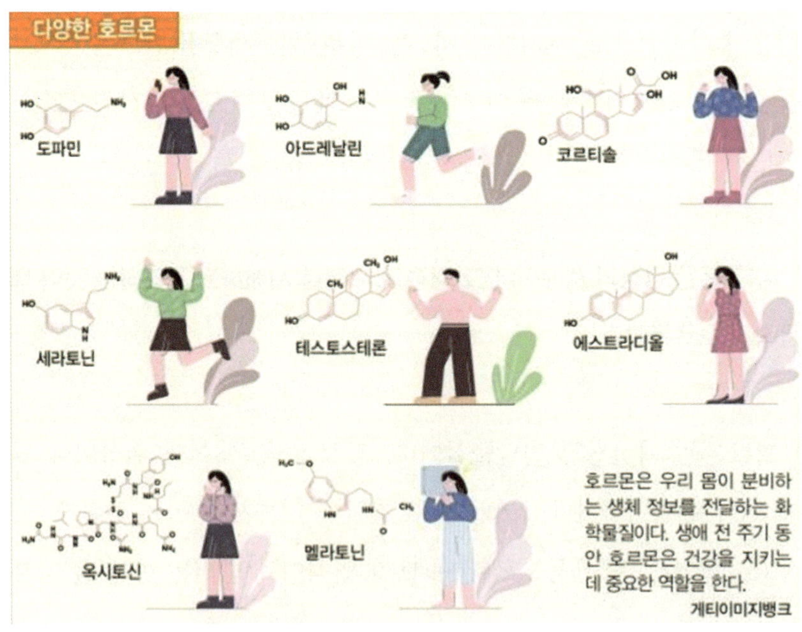

용하라고 자율권을 주셨다. 또한 세 번째 날 사람을 흙으로 지으시었다.(창세기1장27절) 왜? 흙으로 빚어 만드셨을까? 흙속에는 수많은 원소들이 있기 때문이다. 그 인간의 몸을 구성하고 있는 원소들 사람의 신체들 중에 중추신경계통, 호흡계통, 소화계통, 비뇨계통, 내분비계통 등, 기관들, 조직, 약 10조개의 세포까지 창조하여 주셨다. 특히 20여 종류의 내 몸의 신경 전달물질인 호르몬을 주셨고 그 중의 사람의 마음 속에 행복을 결정지어 주는 행복 멧신저인 행복 호르몬, 뇌 신경전달물질이 내 몸 안에 있다. ①"도파민 ②"노르아드레날린 ③"세로토닌"④엔도르핀 그리고 ⑤남성의 테스토스테론호르몬, ⑥여성의 에스트로겐 호르몬의 이야기 바로 그 호르몬이다.

6.결국 내가 행복을 만든다.

결국 인류는 어떻게 사는 것이 행복하게 사는 것일까? 오래도록 행복하게 살아갈 방법을 터특하기 위해서 『인간이 나이 들아 간다는 것』에 대해 1930년 미국 하바드대학교 연구팀이 3개 집단에 걸친 하버드대학에 입학한 2학년생 268명, 서민 남성456명, 여성 천재90명 총 814명을 전 생애를 거처 연구 대상으로 하여 75년 동안 성인발달연구 프로젝트를 추적 연구조사를 하였다. 해마다 의료일지를 기록을 하고 옛 행적을 추적하고 사람을 찾아서 혈액을 채취 분석을 하고 뇌 촬영을 하고 자녀들과의 인터뷰를 하는 등 수 많은 연구 결과를 검퓨터의 데이터화한 하버드대학교 인생성장보고서이다. 이 보고서의 의하면 사람

을 행복하게 만드는 것은 부귀영화, 높은 성취욕 그리고 권력도 아니였
다. 총책임자인 로버트윌딩거 박사는 그 동안의 행복에 대한 연구결론
을 이렇게 말을 했다. "삶에서 가장 중요한 것 첫째는 『사람들과의 좋
은 관계』 즉 가족과 친구였다. 둘째는 『좋은 공동체(이웃, 교회, 동우
회, 음악, 스포츠 동아리』 등,과 긴밀한 관계를 가지고 감사하면서 즐겁
게 사는 생활, 셋째는 『자신의 삶과 이웃에 대한 긍정적인 감정과 적극
적인 사랑』이다라고 했다. 결국은 내 몸이 행복의 도구 이다란 말이다.

제1장
누구나(who)

◆

뇌신경 전달물질인 호르몬은
내 몸 구석구석 행복을 전하는 메신저이다.
– 해피 크리에이터의 도파민 호르몬의 이야기 –

1) 어느 이발사의 행복에 대한 생각

2) 나(我) 라는 그 존재

3) 생각이 나를 만든다.

4) 마음은 생각을 담아 뜻을 이룬다.

5) 힘(Power)행복의 에너지다.

6) 행복한 여자가 남자를 만든다.

7) 행복의 그늘인 욕망

8) 행복의 결과는 그 생각의 차이가 만든다.

9) 행복감성을 어떻게 강화하나?

10) 행복을 위해 호모(Homo) 즉, 이름대로 산다.

『뇌신경 전달물질인 호르몬은
내 몸 구석구석 행복을 전하는 메신저이다.』

해피 크리에이터의 도파민 호르몬 이야기

인간의 신체의 약20여 종류의 호르몬이 있는데 그 중에 사람의 마음 속에 행복을 결정지어 주는 행복 호르몬 네 가지, 뇌 신경전달물질이 있다. ①도파민(Dopamine) ②노르아드레날린(Norepinephrine) ③세로토닌(Serotonin) ④ 엔도르핀(Nndorphine)이다. 그리고 ⑤남녀의 성(性) 호르몬인 남성의 테스토스테론(Testosterone) ⑥여성의 에스트로겐(Estrogen)의 호르몬(Hormone) 이야기이다.

1)『도파민』호르몬은 사랑의 묘약입니다.

도파민은 뇌 시상하부에 의해 분비되는 신경호르몬으로 일명 사랑의 묘약이라고도 부른다. 도파민은 행복, 즐거움, 기억 등의 신경조절, 또는 감정조절을 하는 전달물질이다. 도파민이 분배가 되면 성취감과 보상 쾌락의 감정을 느끼며 뇌를 각성시키며 감정을 흥분시켜 삶의 의욕과 열림을 깨워주기도 한다. 두뇌 활동을 증가시키며 학습과 지식 깨우침에도 관여하며 인내, 끈기, 정확성, 업무성과를 달성하거나 좋은 음악을 들을 때에는 증추신경계에서 세포를 통하여 도파민을 방출한다.

또한 도파민이 부족하면 투렛증후군(반복적이며 강압적인 운동과 소리를 내는것), ADHA, 치매, 우울증 장애 증상을 유발하기도 한다. 운동능력이 점차 떨어지는 파킨스 병이 유발하기도 한다.

도파민은 신경전달 호르몬 물질로 아드레날린과 노르아르데날린과 함께 활동하는 전추체이기도 하다. 인간이 살아갈 의욕과 흥미의 감정을 부여하는 사랑의 신경전달 호르몬이다. 이때 도파민호르몬은 성호르몬과 함께 부교감신경으로 신체내의 혈액을 모으며 자극을 하여 흥분작용을 시켜 가슴을 두근두근 떨리게 하며 못 보면 미칠 것만 같은 아련한 마음을 갖게 하는 것이 도파민호르몬의 작용이다.

2) 도파민은 운동신경을 조절을 하여 준다.

도파민은 뇌의 흑색질과 시상하부에 의해 분비되는 신경호르몬이다. 또한 근육환경 운동신경을 자극시키거나 과도한 운동을 정상적으로 활

행복이 숨 쉬는 행복한 정원입니다.

동을 하도록 조절을 해준다. 도파민 호르몬이 분비가 될 때에 긍정적인 마음이 들고 자신감이 생기며 성취감과 행복감이 늘어난다.

3) 의욕과 동기의 감정을 도파민호르몬이 부여 해준다.

어떤 일을 하겠다고 결심을 하거나 하고싶다 는 일에 대한 의욕을 느끼게 동기를 부여 해주는 것이 도파민호르몬이며 우리들의 목표에 대한 집중력을 향상시켜주어 목표를 위하여 그 일을 몰입하게 의욕을 불러 일으켜주면서 몇 날 몇일 밤을 지새우며 일을 몰입하게 하는 것은 도파민 물질이 왕성하게 하기 때문이다. 따라서 도파민 물질이 부족하면 파킨슨병이 발생을 하기도 한다. 그러므로 행복의 도구인 내 몸의 도파민 호르몬이 왕성하게 활동하여 내 몸의 행복의 꽃을 활짝 꽃피우자.

어느 이발사의 행복에 대한 생각

생각과 지식이 만나 생활이 된다 - 탈무드

한 이발사가 자신의 이발 기술을 전수하기 위해 젊은 도제(徒弟)를 한 명 들었다. 젊은 도제는 3년 동안 열심히 이발 기술을 익혔고 무슨 말을 해야 손님이 행복함을 느끼는지.. 고민을 하는데, 드디어...

첫 번째 손님을 맞이하게 되었다.

그는 그 동안 배운 기술을 최대한 발휘하여 첫 번재 손님의 머리를 열심히 깎았다. 그러나 거울로 자신의 머리 모양을 확인한 손님은 투덜거리듯 말했다.

이거... "머리가 좀, 너무 길지 않나요?"

초보 이발사는 손님의 말에 아무런 답변도 하지 못했다. 그러자 그를 가르쳤던 스승 이발사가 웃으면서 말했다. 손님.. "머리가 너무 짧으면 경박해 보인답니다. 손님에게는 조금은 긴 머리가 아주 잘 어울리는 걸요 그리고 제가 이렇게 보니 더욱 행복해 보입니다." 그 말을 들은 손님은 금방 기분이 좋아져서 행복해 하면서 돌아갔다.

두 번째 손님이 들어왔다.

이발이 끝나고 자신의 얼굴 모습을 거울로 본 손님은 마음에 들지 않는 듯 말했다.

이거.."너무 짧게 좀 짜른 것 아닌가요?"

초보 이발사는 이번에도 역시 아무런 대꾸를 하지 못했다. 옆에 있던 스승 이발사가 다시 거들며 말했다. 손님! 제가 보기에는 "조금은 짧아 보이는 머리는 긴 머리보다 훨씬 경쾌하고 젊기도 하며 행복해 보인답니다." 라고 말을 하니 이번에도 손님은 매우 흡족해 행복한 기분으로 돌아갔다.

세 번째 손님이 왔다.

이발이 끝나고 거울을 본 손님은 머리 모양은 무척 마음에 들어 했지만,막상 돈을 낼 때는 불평을 늘어놓았다. "시간이 너무 많이 걸린 것 같군."

초보 이발사는 여전히 아무 말도 못하고 우두커니 서 있기만 했다. 그러자 이번에도 스승 이발사가 나섰다. 머리 모양은 사람의 인상을 좌우 한답니다. 그래서 성공한 사람들은 머리 다듬는 일에 많은 시간을

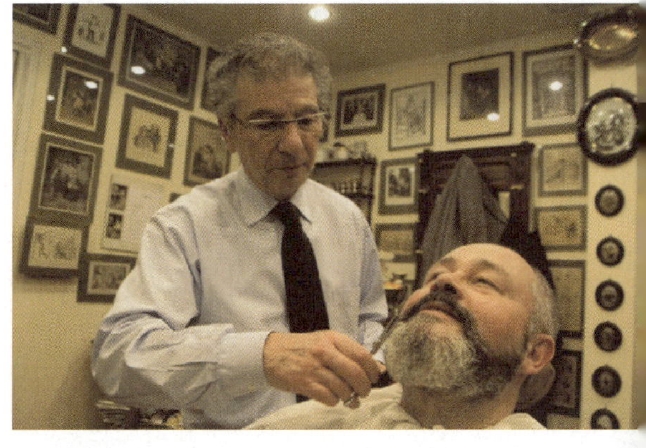

이발소에서 면도하기

투자하지요." 그러자 세 번째 손님 역시 매우 밝은 표정으로 행복해 하면서 돌아갔다.

네 번째 손님이 왔고,

그는 이발 후에 매우 만족스러운 얼굴로 말했다.

"참 솜씨가 좋으시네요. 요즘 제가 엄청 많이 바쁜 시간을 보내왔는데 겨우 20분 만에 엉망이든 나의 머리가 말끔해졌어요."

이번에도 초보 이발사는 무슨 대답을 해야 할지 몰라 멍하니 서 있기만 했다. 스승 이발사는 손님의 말에 맞장구를 치며 말했다. 손님! "시간은 금이라고 하지 않습니까? 손님의 바쁜 시간을 단축했다니 저희 역시 매우 행복하군요." 라고 했다.

그렇게, 이발소의 하루의 일과가 끝나는 그날 저녁 무렵, 도제인 초보 이발사는 자신을 가르쳐준 스승 이발사에게 오늘 일에 대해서 물었다. 선생님, 손님의 이발을 마칠 때마다 손님들의 불평에 대하여, 저는

한 마디의 말도 대답을 못 했는데요... 그때! 스승 이발사는 도제에게 이렇게 말을 했다.

"세상의 모든 사물에는 양면성의 원리가 있다네. 불행이 있으면 행복도 있

고 장점이 있으면 단점도 있지? 그러하다보니 이발에 대하여 혹이나.. 불평을 하는 사람이 있으면 그 사람의 좋은 면을 찾아주지! 그리고 나서 반드시 왜? 좋은지? 이유를 설명을 해주면서 칭찬을 해주지, 이 세상에는 칭찬을 싫어하는 사람은 없다네. 나는 손님의 기분을 상하게 하지 않으면서 또한 자네에게 격려와 질책을 하면서 그에 대한 자신을 발견하며 고객을 어떻게 대하며, 어떻게 하면 행복함을 줄수가 있는지를 가르친것 뿐이라네." "행복이란? 그저, 이렇게 지혜와 말로 격려와 칭찬을 찾아서 서로의 마음과 감정을 나누면서 서로가 칭찬을 하며, 서로가 행복함을 느끼면서 사는 것이라네..."

그렇다. 능력 못지않게 중요한 것은 바로 말하는 기술이다. 즉 말 한 마디가 기분을 나쁘게도 하지만 그 말 한 마디가 어떻게 말을 하느냐의 따라서 상대의 행복도 심어 준다. 똑같은 상황에서도 말 한 마디에 의해 그 결과가 하늘과 땅 차이가 나는 경우처럼 어떻게 무엇을 말하느냐의 따라서 상대방의 피드백(Feedback)이 달라진다. 그래서 격려와 칭찬에는 고래등도 신이나서 춤을 춘다고 했다.

말하는 지혜는 결국은 인품과 자신이 누구인지를 나타내는 사람이 되기도 하지만 그 말을 듣는 사람은 그가 무슨 말을 하느냐의 따라서 행복함을 느끼며 그 행복함에 젖어 들기도 한다.

나(我) 라는 그 존재

　나 (我) 란 존재는 사고, 감정, 의지, 체험, 행위 등의 여러 작용을 주관하며 통일하는 주체를 "나" 라고 국어사전은 말한다.

　나 (我) 란 존재는 이분법으로는 영혼과 육체. 삼분법은 영, 혼, 육체로 구분하여 인간 즉 사람이라 고 말을 한다. "나" 란 존재는 내가 있어야 세상도 있다 나 없으면 세상도 없는 것이다. 태양을 중심으로 지구가 돈다. 즉 공전과 자전을 하는데 속도는 평균 29.7859km/s이며 공전 주기는 365.26일 1년이다. 공전으로 일어나는 현상으로는 계절의 변화, 일조 시간의 변화가 일어나는데 그 가운데 나 (我) 란 존재 즉 내

가 살아가고 있다. 한 밤 중에 별빛이 쏘아지는 푸른 하늘을 바라보면
그 수많은 별들이 내 위에 쏘아지는 그 가운데 때로는 내가 서있다. 일
상의 시간도 흘러서 나의 과거를 남겨 놓고 시간은 흐른다. 사물과 세
상은 그래서 나로부터 시작을 한다. 그것이 세상속의 "나" 란 존재가 있
기 때문에 나를 발견하고 세상을 찾는다.

1. 나는 나 (我) 란 그 존재의 가치를 지니고 이 세상에 태어난다.

1) 유대의 탈무드의 나오는 이야기이다.

유대 땅 요단계곡에 세 그루의 무화과나무가 있었다. 나무들은 저마
다 큰 꿈을 가지고 있었다. 첫 번째 나무는 대성전의 강단이 되어 많은
사람들의 신령한 경건성을 전하고 싶었다. 두 번째 나무는 웅장한 배
가 되어 검푸른 지중해를 향하는 꿈을 갖고 싶었다. 세 번째 나무는 그
자리에 남아서 길손들에게 시원한 그늘을 선물하는 나무가 되고 싶었
다. 그런데 어느 날 세 나무의 꿈은 산산조각이 나고야 말았다. 한 농
부가 그 곳에 씨앗을 뿌리기 위하여 나무들
을 모두 베었다. 그리고 그 벤 나무를 가져
다가 첫 번째 나무는 마굿간의 밥통을 만들
었다. 두 번째 나무로는 작은 고깃배를 만
들었다. 세 번째 나무로는 나무십자가를 만
들었다. 세 나무들은 자신들의 꿈이 무너지
자 자존심이 크게 상했다. 그리고 무상한

나는 누구일까?

세월이 어느덧 흘렀다.

그런데 어느 날 무화과나무로 만든 그 말구유에서 인류의 구세주 아기 예수가 탄생하였다.. 두 번째 나무로 만든 갈릴리 바닷가 고깃배는 사도 베드로를 주인으로 맞이했다. 세 번째 나무로 만든 나무십자가는 예수님의 골고다 언덕의 인류의 구원의 십자가가 되었다. 그렇다, 어떤 사람은 말구유의 역할을 하는 사람으로, 사람이 이땅에 태어나면 어떤 이는 고깃배의 역할을, 또 어떤이는 구원 사역의 십자가의 역활를 다 하기도 한다.

2) 나는 스스로 그 존재의 가치를 지니고 있다.

세상에서 상품가격의 표준, 가치의 수단과 지불 척도 및 저장의 용이한 것은 은행권인 지폐 즉 돈이다. 돈(Money)은 유통수단이며 사물의 가치를 나타내며, 상품을 매개하고, 재산 축적의 대상으로도 사용하는 물건이다 이 화폐는 국가의 중앙은행이 액면 단위 별로 발행하기 때문에 그 액면단위의 가치를 돈 자체가 지닌다.

화폐의 단위에 대하여 어느 대학에서 강의하던 한 경제학 교수가 꾸겨지고, 오물이 묻은 5만원권을 가지고 땅바닥에 놓고 구두 발로 짓이기며 헌 돈이 된 5만원 지폐를 학생들에게 갖으라고 교실 공중을 향하여 던지니 서로 주어갖으려고 서로 뒤엉키며 강의실은 아수라장이 되었다. 학생들의 흥분을 진정시키고 경제학교수는 "여러분" 음식물과 강아지 똥이 묻고 더럽고 찌어진 돈을 왜? 그렇게 좋아하십니까? 학생들의 대답은 한결같이 돈이니까요! 돈은 국가의 중앙은행에서 발행되

면서 5만원짜리는 5만원의그 액면가의 가
치를 가지고 있기 때문이다.

　그렇다. 나(我) 라는 존재는 그 돈을 사용
하는 귀한 가치의 존재이다. 귀하다는 말은
구약성경 이사야서 43:4절에 티멘이란 용
어로 "세상에서 제일 귀한, 또는 다이야몬
드와 같은 존재란" 뜻이다. 만물의 영장인 사람은 라틴어로 이마고데
이(Imago Die) 즉 하나님의 형상을 닮았기 때문이다. 그래서 이 세상
에 태어 날 때부터 나(我)는 귀한 존재로 그 가치를 지닌다. 그래서 모
든 사물은 그 스스로 존재의 가치를 지니고 태어나지만 그 중의 인간은
하나님을 위한 더욱 더 귀한 존재로서 그 존재의 자체로서 존재의 가
치를 항상 지니고 있다는 것이다. 나는 나의 존재만으로 세상에서 가장
소중하고 귀한 존재의 자존감의 가치를 나 스스로 가지고 살아야 한다.

2. 나의 존재 속에 있는 나의 절대적인 가치를 내속에서 찾으라.

　14-16세기의 르네상스문명사에는 3대 거장이 있으니 그 이름들이 레
오나르도 다빈치, 라파엘로 산치오 그리고 미켈란젤로 부오나로티 이다.

1) 사람은 누구나 다듬어지지 않은 암석 덩어리에 불과하다.

　르네상스문화의 발원지는 이탈리아 피렌체이다. 1501년에 피렌체
대성당에서 성경 속에 유명한 인물의 조각상을 미켈란젤로에게 의뢰

를 하자 26세의 미켈란젤로는 조각상을 만들 대리석을 구하기 시작 한다.

성 다윗 조각상

  당시 우아하고 부드러운 곡선 구성 솜씨가 뛰어난 조각의 대가인 이탈리아의 조각가 도나텔로는 자신의 작품을 만들려고 거대한 대리석 덩어리를 구입했다가 대리석의 결이 좋지 않고 흠과 갈라진 틈이 너무 많아 쓸모가 없는 돌이라는 이유로 대리석을 채석장에 버린다. 미켈란젤로는 쓸모없다고 25년 전 이미 도나텔로에 의하여 버려진 6m의 암석 덩어리를 가져다가 3년 만에 사무엘상17장에 나오는 골리앗과 싸워서 승리의 영웅인 소년 다윗 상을 미켈란젤로는 완성을 한다. 채석장에서 25년간 굴러다니던 쓸모와 가치가 없었던 보편 적인 돌덩어리였지만 미켈란젤는 그 돌을 가져다가 깨고, 다듬고, 갈고, 닦고 해서 결국은 미켈란젤로는 영원불멸의 소년다윗상이라는 절대적인 가치의 소년다윗 조각상을 만들어 냈다. 이 다윗조각상의 중요시 되는 평가는 비율과 조화, 완벽한 대칭 그리고 다윗 상의 근육은 벌크업한 거대한 근육이 아니라 섬세한 근육, 단단한 골격이다. 이렇게 당대의 다윗 조각상에 대한 평가는 후대업적의 불후의 명작이 되었다.

  이렇게 미켈란젤로 부오나로티는 버려진 암석덩어리를 자신만의 선행조건들을 깨어내며, 다듬고, 갈고, 딱고, 자르고 해서 자신만의 절대

가치를 찾어 결국 세기의 소년 다윗 조각상을 만들었다.

2) 자신의 원천을 깨우며 배우고 익히고 노력하는 천재였다.

미켈런젤로는 1475년 3월 6일 이탈리아 카센티노의 카프레세에서 태어났다. 어머니는 그가 여섯 살 때 세상을 떠나 미켈란젤로는 이웃 석공의 아내에게 맡겨져 소년기 성장을 거쳐 미켈란젤로는 13세 때 피렌체에서 가장 잘 나가는 화가이자 금세공업자였던 기를란다요의 공방 제자로서 도제수업을 받는다. 일 년 정도 스승 밑에서 배우다가 조각을 좋아해 로렌초 메디치가 산마르코 성당 정원에서 가르치는 조각학교에 입학한다. 유명한 메디치가의 로렌초 공은 미켈란젤로의 탁월한 재능을 보고 그의 배려로 피렌체의 뛰어난 학자와 미술 수집품을 볼 수 있었고 메데치 가문을 위한 조각상을 만들며 때로는 수많은 고전 인문학과 신구약성서를 탐독하고 심지어는 인체해부학연구까지 하며 박학다식(博學多識)한 학문과 예술성의 기초를 잘 쌓아다. 또한 물체와 사람을 관찰하는 능력과 집중력이 뛰어나며 재능까지 발달하여 사람들을 놀라게 한다.

논어의 『옹야편』의 『지지자불여호지자』, 『호지자불여락지자』 (知之者不如好之者, 好之者不如樂之者) 어떤 일에 대해 아는 사람이, 좋아하는 사람 보다 못하고, 좋아하는 사람이, 즐기는 사람 보다 못한다. 는 뜻대로. 즉, 즐기는 일이 혹은 하고 싶

미켈란젤로

어 하는 일이 내가 가장 잘 할 수 있는 일이라는 말이듯 그렇게 미켈란 젤로는 자신이 맡은 일을 즐기듯, 생각과 마음은 기쁘게 마치 취미 생활을 찾아 즐기듯 열심히 일을 하였다.

3. 자신의 아이덴티티와 디엔에이를 깨워 나를 가꾸고 세상을 만들자

사람은 누구나 절제되지 않은 암석덩어리와 같은 자신의 아이덴티티(identity)즉 정체성과 디엔에이(DNA)를 찾자 그리고 자신만의 내면의 선행조건들을 깨어내며, 다듬고, 갈고, 딱고, 자르고 해서 자신만의 절대 가치를 찾아서 미래의 나만의 나의 세계를 만들어 살자. 하나님은 에덴동산을 만드시고 창세기 1:12,29절에 "모든 나무를 너희에게 주노니"라고 했다. 하나님은 천지 창조 때에 나무는 주셨지만 침대, 의자, 가구까지는 만들어 주시지 아니하셨다. 이는 나의 지혜와 노력으로 기호와 기능에 따라서 때를 따라 나를 위하여 삶의 도구로 만들어 즐겁게 사용하라는 삶의 원리를 주셨으므로 그 원리를 사용하는 사람은 바로 나(我) 라는 귀한 존재이다. 세상을 만들고 가꾸고 이루어가며 즐기듯 나는 그 원리에 따라 오늘도 즐겁게 그 일을 한다.

생각이 나를 만든다.

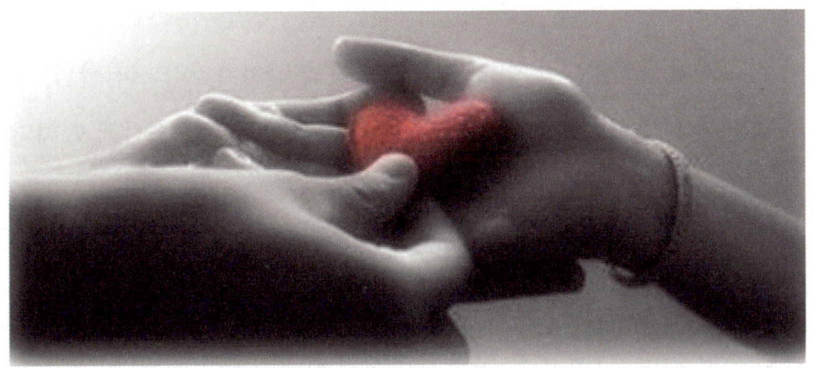

사랑은 제일 먼저 마음을 주고 받는다 - 탈무드

　사람의 생각은 대 뇌 피질에 의하여 뇌 연변 계와 함께 각종 사고와 판단, 본능적인 욕구인 식욕, 성욕 그리고 공포, 분노, 운동, 언어 등의 감정을 관여를 한다. 사람의 뇌 구조의 머리는 대뇌, 소뇌, 뇌간으로 가장 큰 대뇌는 뇌 전체 무게의 약 80%를 차지한다. 대뇌 표면에는 두께 2~6mm의 대뇌피질로, 대뇌피질에는 많은 신경세포(뉴런)가 모여 있으며 인지와 사고 활동의 중추 역할을 한다. 대뇌 밑에 있는 소뇌는 타원형 기관으로 신체 동작을 부드럽고 정확히 하며, 몸의 균형을 조절하는 기능을 한다. 뇌간은 운동신경과 감각신경의 신경섬유가 지나는 관으로 심장의 맥동이나 호흡, 체온조절 등 생명 유지에 필요한 많은 기능을 담당한다.

1. 사람의 뇌는 대뇌, 소뇌, 간뇌, 뇌 줄기에서 생각과 행동을 조절 한다.

대뇌는 좌반구(좌뇌) 우반구(우뇌)로, 좌 뇌는 언어 기능을, 우뇌는 공간 인식을 담당하는데 좌뇌와 우뇌는 서로 뇌량이 연결 되어 있다. 즉 좌 우뇌는 뇌 량으로 이어져 있어서 서로 정보기능을 보완하며 각각 기능을 분담하여 맡고 있다. 좌 뇌에는 논리적인 사고에 관한 기능이 집중되여 '말하기, 듣기, 읽기, 쓰기' 등의 언어처리와 시간관념, 계산 등은 주로 좌 뇌가 담당한다. 한편, 우뇌에는 사물의 직감적 이해와 창조적 발상에 관한 기능이 집중되어 있다. 사물의 모양들을 식별하고, 그림을 그리고, 음악을 듣거나 또는 연주하거나, 방향이나 공간을 인식하는 것은 주로 우뇌가 담당 한다 또한 좌 뇌와 우뇌는 신경섬유의 다발로 되어 있다. 그리고 온 몸의 중추신경계를 지배하고 있다.

2. 대뇌피질은 전두엽, 두정엽, 후두엽과 측두엽의 연합영역으로 세분화로 나 뉘어져 감정, 감각, 언어, 운동, 생각의 영역을 관리한다.

대뇌는 신경세포(뉴런)의 집합체로 중심구는 크게 파인 주름인 '구'를 중심으로 ①전두엽, ②두정엽, ③후두엽, ④측두엽 네 개의 부분으로 나뉜다. 또한, 대뇌의 표면을 둘러싸고 있는 대뇌피질은 부위에 따라 각각 특정한 기능의 각 부위를 영역이라고 한다.

①전두엽의 영역은 주로 생각과 판단 등을 관리한다. 전방에 있는 전두 연합영역은 생각이나 의사 결정, 창조, 감정을 담당한다. 후방에 있

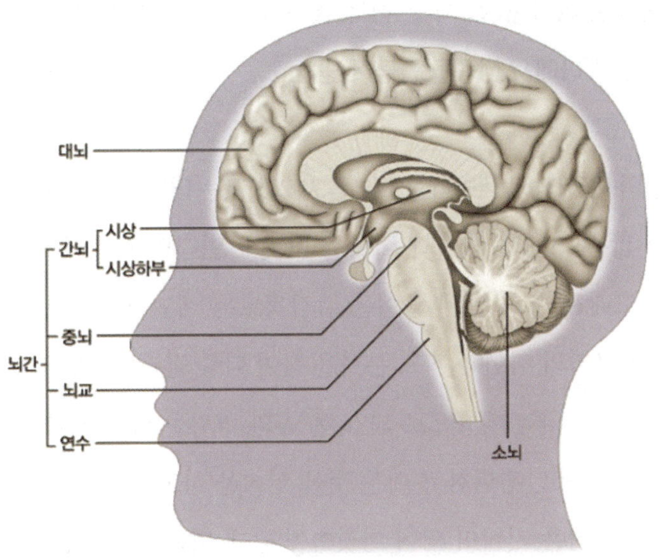

인간의 두뇌 구조 (출처: 네이버 백과사전)

는 운동 영역은 온몸에 운동 명령을 지시한다. 언어의 발음을 담당하는 운동성 언어 영역도 있다. ②두정엽의 영역은 통증, 온도, 압력 등의 피부감각(체성감각)을 담당한다. 체성감각은 피부나 근육에서 보내온 감각 정보를 받아들인다. 체성감각 연합영역에서는 체성감각을 통합한다. ③후두엽과 측두엽은 시각을 담당하는 시각, 촉각 중추가 분포한다. 1차 시각영역 및 시각 연합영역에서 시각 정보를 분석하고 통합한다.

④측두엽의 위쪽에는 소리를 판별하는 청각중추가 있고, 아래쪽은 모양이나 색을 인지한다. 측두엽 후방에서 두정엽 쪽으로 감각성 언어 영역(베르니케 영역)이라는 언어중추가 있다. 이곳은 언어 정보를 인식하고 이해한다.

3. 인체의 오감(五感) 즉 시각, 청각, 촉각, 미각, 후각, 등을 통해 대 뇌 피질, 연변 계, 해마에서 생각을 만들어 낸다.

1) 사람이 이 세상에 태어나면 일부를 제외하고는 대뇌는 흰 백지와 같다.

그래서 많은 경험과 지식과 이상을 머릿속 인식의 세계에 넣어주어야 한다. 그래서 우리 몸에 들어온 감각정보는 대뇌피질의 입력이 된다. 그리고 과거의 경험과 비교 분석을 하여 다중 감각연합영역을 통하여 인식 정보가 되어 행동으로 뇌가 온 몸의 명령을 하게 된다. 그래서 사람은 보고, 듣고, 경험하고 배운 것을 인식을 하고 말하고 표현을 한다. 이러한 인식은 지식이 되어 머릿속에 남게 되는 것이다.

2) 머릿속에 무엇을 그려주느냐의 따라서 아이는 닮아간다.

음악 태교를 시작한다. 태아가 아직 들을 수는 없지만 소리와 진동에 반응하게 된다. 엄마가 듣는 소리를 그대로 느낄 수 있으므로 서서히 음악 태교를 통하여서 이 시기에 가장 적당한 음악은 엄마의 심장박동 수와 비슷한 바로크 음악. 음악 소리뿐만 아니라 물소리, 새소리, 풀벌레소리, 파도소리 등 자연의 소리도 몸과 마음을 이완시키는 데 도움을 주어 사고력이 깊은 아이가 되어 지혜가 발달한다. 태교 플랜으로 태담, 음악, 음식, 미술, 여행, 등의 태교 교육을 하며 이렇게 3세가 되면 두뇌 발달은 70-80%이른다.

3) 임신 중에 엄마의 음식이 태아의 기초체력이 된다.

S.B.S 방송기획으로 한국의 김치학교와 공동으로, 임신 중에 산모의 음식이 태중의 아기에게 어떠한 영향이 미칠까? 프로젝트로 1군의 산모에게 임신 중에 김치의 관련한 음식을 임신 기간 내내 매일 먹였고 2군의 산모들에게는 햄버거, 피자 등의 음식을 먹였다. 김치관련의 음식을 먹였던 임산부를 통해서 태어난 아기들은 김치를 아주 즐겨 먹으면서 성장을 했다. 반대로 햄버거 피자를 먹은 엄마의 자녀들은 햄버거 피자를 좋아했다. 임신 중의 엄마가 무엇을 먹느냐? 의 따라서 임신과 성장기에 아이들의 입맛이 길들여진다는 것이다.

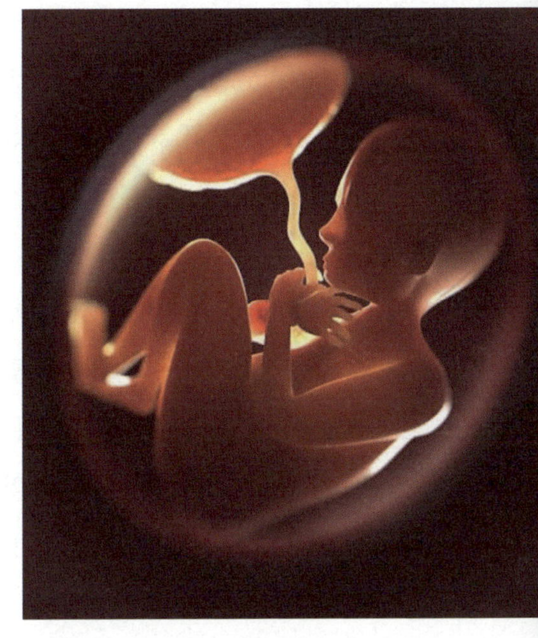

임신중의 태아 (출처: 네이버 백과사전)

4. 인문학, 위인전, 외국어 능력, 여행, 등으로 사고력과 창의성에   자기 프래임을 만들어 주자.

사람들에게 ╋(십자가)가 그려진 카드를 보여주면.. 수학자는 덧셈이라 하고 의사들은 병원 표시라고 합니다. 목사님은 십자가라고 하고 교통경찰은 사거리라하고 간호사는 적십자라고 하고 약사는 녹십자라고 합니다. 모두가 다 자기 입장에서 바라보기 때문이다. 한마디로 다르다고 다른 사람이 다 틀린 것이 아니고 다를 뿐이다. 그래서 사람은 비판의 대상이 아니고 늘 이해의 대상이다.

1) 생각과 말의 구실이다.

말은 사람의 생각이나 감정을 나타내는 소리로서 한 사회를 구성하고 있는 사람들 사이의 의사소통의 면모의 구실을 한다. 세계 여러 나라에서 간행된 언어학 책이나 사전들에 대개 이런 정의가 있음을 본다. 이 정의는 생각을 일차적 기능의 주로 말로 표현이 된다. 하루하루의 사회생활에서 생각과 말은 그 사회의 사람들 사이의 하나가 되게 하는 거 말못이 된다. 여행을하면 새로운문화를 발견하게 되며 사람을 많이 만나 내 삶의 많은 도전을 받기도 한다. 위인전은 위인들의 삶속에 묻어있는 그들의 삶을 내 삶에 가져 올 수가 있다.

2) 생각과 감각이 모이면 미래의 나를 만든다.

여러 감각과 생각이 모이는 집합장소는 나라는 존재이다. 청각, 시각, 체감각 뿐만 아니라 미각과 후각도 합류한다. 결국 다중감각연합영역 덕분에 누군가를 볼 때 그 사람의 모습, 목소리, 체취가 총체적으로 결합하여 하나의 전체적 기억을 형성한다. 이렇게 다중감각연합영역에 모인 나의 머릿속의 정보는 해마, 편도체를 지나 전전두엽에서 비교, 분석, 예측, 판단을 하게 된다. 여기서 창의성이 나와서 나를 만든다. 그러나, 원활한 사회를 이루기 위해서는, 첫째로 오고가는 말이 분명하고 정확하며 생각을 틀림없이 전달해야 하고, 둘째로 서로의 감정을 상하는 일이 없도록 해야 한다. 상냥한 미소와 함께 부드러운 말씨로 나의 생각을 분명하게 전한다 는 것은 우리의 사회생활에 얼마나 중요한가는 새삼 말할 필요도 없다.

마음은 생각을 담아 뜻을 이룬다.

　마음은 사람의 감정이나 생각, 기억 따위가 깃들이거나 생겨나는 곳
이 마음이다. 그래서 사람들은 마음을 가르켜서 마음씨(심근心根), 심
정(心情) 마음의 의사(意思), 의향(意向), 의지(意志)라고 부른다. 근심이
나 걱정, 염려는 감정의 세계이기 때문에 마음으로 한다. 근심이나 걱
정이 생기면, "오늘은 마음에 있는 고민이나 근심들을 한번 털어놔 봐"
"그런 마음의 염려의 일은 마음에 담아 두지 말고 빨리 잊어버리는 게
상책이야. 나는 마음이 오늘 밤 불안해서 잠이 오지 않아! 나는 아침부
터 마음이 무척 심란해서 도저히 일이 손에 잡히지 않아요." 이러한 말
들은 사람들의 마음의 담은 생각들의 표현들이다.

1. 사람은 생각을 마음의 담아 자기 스스로 자기 자아를 만들어 간다.

두 아들을 둔 어머니가 장날 시장에서 사과를 한 바구니 사오셨다. 어머니는 아들들에게 사과를 다섯 개 씩을 나누어 주었다. 사과 중에는 좋은 것도 있지만 벌레 먹은 것도 있었다. 어머니는 아들들이 어떤 생각들을 마음의 담고 사는지를 알기 위하여 사과 먹는 방법을 유심히 관찰했다. 큰 아들은 다섯 개 중에서 제일 좋은 것부터 골라서 먹고, 나쁜 것은 맨 나중에 먹었다.

그런데 둘째 아들의 사과 골라 먹는 방법은 좀 달랐다. 다섯 개의 사과 중에서 제일 나쁜 것부터 먹고 좋은 것이라고 나중에 먹겠다고 남겨두는 것이다. 이 광경을 지켜보던 어머니는 두 아들 중에서 좋은 것부터 먹은 큰 아들의 생각을 칭찬해 주었다. 왜냐하면 사과 다섯 개 중에서 처음에 제일 좋은 것을 먹고, 남은 것 중에서 또 제일 좋은 것을 먹고, 그래서 큰 아들은 사과 다섯 개를 먹을 때마다 언제나 제일 좋은 것만 골라 먹었기 때문이다. 큰 아들의 긍정적이며 적극적인 밝은 생각을

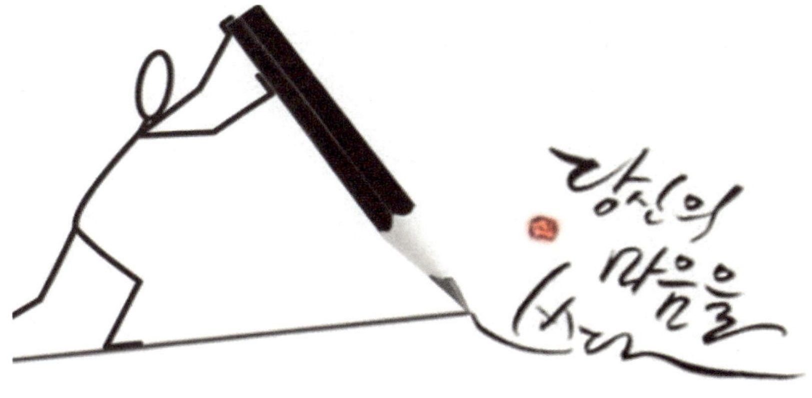

마음의 담아 결국은 뜻을 이룬다. 그가 훗날 세종시대의 명재상 채재공이 되어 조선의 르네상스를 이끈다. 그렇게 성공하는 사람은 생각에서 마음까지의 과정이 달랐다. 그런데 작은 아들의 경우는 다섯 개의 사과를 먹을 때마다 가장 나쁜 것만을 골라먹은 셈이 된 것이다. 이렇게 똑같은 세상, 똑같은 환경 속에서 생각은 각기 다를 수가 있다. 결국은 생각을 마음에 담아 뜻을 이루는 결과는 달랐다.

2. 마음은 질투와 열심을 만들어 낸다.

마음이라는 단어는 히브리어로 "레바브", 헬라어로는 디아노이아 라고 한다. "레바브"는 신체의 감정, 지성, 의지의 용어로서, 두 가지 뜻의 파생단어로, 성경에서 두 가지 뜻으로 사용됐다. 하나는 '질투'라는 뜻이고 다른 하나는 '여림'이란 뜻이다. 이 말을 같은 어근으로 해서 나온 영어가 'jealousy(질투)'와 'zealous(열심)'이다. 질투는 인간이 세상에 탄생되면서부터 갖게 된 인간의 부정적인 성질이다. 질투는 천사적인 사랑과 열심으로 발전되기도 하고 대로는 악마적인 미움과 파괴로 발전되기도 한다. 질투가 갖는 두 개의 얼굴은 천사와 악마의 얼굴이다. 이기적인 질투가 얼마나 악마적인지를 성경은 수없이 가르쳐 준다. 질투는 가인을 살인자로 만들고 다윗을 배신자로 만들었다. 인간들의 질투는 충신 모르드개를 교수대로 내몰고 다니엘을 사자굴로 떨어뜨린다. 성경에 나타난 질투는 나라들을 무너뜨리고 임금들을 내려앉게 하며 예언자들을 죽게 한다. 이렇게 질투의 열심은 천사적인 사랑과 열심으로 때로는 악마적인 미움과 파괴로 발전되기도 했다.

3. 마음은 꽃과 같이 잘 가꾸어야 좋은 마음의 그릇이 된다.

마음의 꽃을 가꾼 우체부의 이야기이다. 미국 샌프란시스코의 로스 알데 힐이라는 작은 마을에 요한이라는 우체부가 있었다. 그는 약 50마일쯤 되는 거리를 매일 오가며 우편물을 배달했다. 어느 날 요한은 마을로 가던 중 모래먼지가 뿌옇게 이는
길을 보면서 문득 이런 생각이 들었다. '비가 오나 눈이 오나 하루도 빠짐없이 이 길을 오갔는데, 앞으로도 나는 계속 이 모래먼지 속의 황폐한 거리를 오가며 남은 인생을 보내겠구나. 이건 너무 허무하잖아 ….' 어쩌다가! 내 인생이.. 황폐하고 따분한 길을 걸으며... 요한의 마음은 깊은 시름에 잠겼다. 그러다 무릎을 탁 치며 섬광처럼 번득이는 생각에 혼잣말로 중얼거린다. "어차피 해야 할 일이라면 좋은 마음으로 일을 하자. 자.. 아름답지 않다면 아름답게 내가 만들면 되지!"

그는 다음날부터 주머니에 꽃씨를 한 움큼씩 넣어 가지고 다녔다. 그리고 오고 가며 배달 가는 길가에 짬짬이 그 꽃씨들을 길가에 뿌렸다. 그 일은 그가 50여 마일의 거리를 오가는 동안 하루도 쉬지 않고 계속되었다. 점차 요한은 콧노래를 부르며 우편물을 배달하게 되었다. 얼마의 세월이 지난 후 그가 다니는 길 양쪽에는 노랑, 빨강, 초록 등 형형색색의 꽃들이 다투어 피어났고 철따라 꽃들이 쉬지 않고 아름다움의 거리를 꽃 내음으로 가득 채웠다. 한 없이 펼쳐지는 그 꽃길 덕분에 마을 사람들도 웃을 일이 많아졌다. 그 꽃들을 보며 요한은 더 이상 자기의 인생이 황막하다고 여기지 않게 되었다. 요한의 생각과 마음은 기쁨과 즐거움의 꽃으로 활짝 가꾸어 졌다. 인간의 마음은 꽃처럼 가꾸면 언제나 아름다운 꽃길과 같은 마음이 된다.

4. 마음이 모든 것을 지어 낸다

일체유심조(一切唯心造) 즉 마음이 모든 것을 지어 낸다 라는 뜻이다. 원효대사는 어릴 때 황룡사로 들어가 머리를 깎고 승려가 되었다. 34세가 되던 해(서기 66년)에 원효성사는 8살 아래인 의상대사와 함께 공부를 좀 더 하기 위해 중국으로 유학을 떠나려다 실패를 한 후 11년 뒤 두 번째 유학을 떠나기 위해 의상과 함께 백제의 옛 땅을 거쳐 바닷길로 중국에 가려고 했다. 그런데 도중에 그만 날이 저물어 화성에 있는 당성 마도면 백곡리 입피골 백제대형 무덤군에서 잠을 자게 되었다. 한밤중에 목이 말라 물을 찾다가 바가지에 있는 물을 아주 맛있게 마시고 다시 잠이 들었다. 아침에 일어나 보니, 간밤에 마신 물은 해골에 고인 물이었다. 원효는 너무 놀랍고 역겨운 나머지 구역질을 하였고, 그 순간 '모든 것은 마음이 지어낸다.' 라는 깨달음을 얻게 된다. 해골에 담긴 물은 어제 달게 마실 때나, 오늘 구역질이 날 때나, 아무것도 달라지지 않았다. 다만, 어제와 오늘 달라진 것은 자신의 마음이라는 것을 깨닫고 일체유심조(一切唯心造) 즉 "마음이 모든 것을 지어낸다." 라고 읊었다고 한다. 그래서 성경의 잠언기자는 마음은 생명의 근원이라고 했고, 마태는 마음에서 살인과 도적질 등, 모두 마음에서 나온다고 했다. 그래서 마음은 생각을 담아 뜻을 이루는 생명의 근원이다(잠언서 4:23) 라고 했다.

마음

힘(Power), 행복의 에너지다.

힘(force)은 물체의 모양이나 운동 상태 또는 속도를 변화시키는 원인을 『힘』 히브리어로는 게브라(Gebra) 하나님의 힘을 의미한다. 예를 들어, 이 힘을 책에 대하여, 양쪽에서 책을 잡아당길 수도 있고, 양쪽에서 책을 밀어 넣을 수도 있다. 양쪽에서 잡아

에너지가 힘이다.

당겨 길이가 늘어나게 하는 힘을 『인장력』이라 하고, 밀어 넣어서 길이가 줄어들게 작용하는 힘을 『압축력』이라고 한다. 또 물체가 뒤틀리도록 가하는 힘을 『염력』이라고 한다. 마지막으로 한 손을 책의 뒷장에 대고 다른 한 손을 책의 앞장에 댄 후 서로 반대 방향으로 밀어보자. 이렇게 작용하는 힘을 『전단력』이라고 한다.

『인장력』은 일반적인 힘이다. 철봉에 매달리면 팔에는 『인장력』이 작용한다. 로프, 철사 또는 막대를 잡아당길 때 이들이 받는 힘도 『인장력』이다. 『인장력』을 받은 물체는 길이가 늘어난다. 어떤 물체는 많이 늘어나고 어떤 물체는 적게 늘어난다. 쉽게 늘어나는 물체는 유연한 물

체라 하고, 잘 늘어나지 않는 물체는 강하다고 말한다. 이렇게 작용을 하는 것을 『힘』이라고 한다.

1. 우주 자연의 『힘』은 자연의 질서를 만든다.

해안가의 바닷물이 육지 쪽으로 들어오는 것을 '밀물' 반대로 해수면이 낮아져 바닷물이 바다 쪽으로 빠지는 것을 '썰물'이라고 한다. 이 원리의 원인은 지구가 태양과 달 사이에서 받는 다양한 힘에 의하여 자전과 공전하고 있다. 이때 태양과 달이 지구를 끌어당기

는 인력과 지구의 자전과 공전으로 생긴 원심력이 지표면의 바닷물을 한쪽으로 몰아 해수면의 높낮이가 달라지는 것이다.

특히 지구와 가까운 달의 영향이 가장 큰데, 달을 마주보는 쪽이 달의 인력에 의해 밀물이 되면 대칭되는 지구의 반대쪽은 지구의 원심력이 작용하여 밀물이 되어 바닷물이 들어온다. 밀물로 해수면이 가장 높을 때를 만조라고 하며 썰물로 해수면이 가장 낮은 때를 '간조'라고 하며, 만조와 간조의 차이를 '조차'라고 한다. 또한 이 시기를 '사리'라고 한다. 결국 이러한 갯벌의 밀물과 썰물은 우주 자연이 만들어 낸 힘의 질서라고 한다.

2. 약육강식으로 힘 있는 자의 먹이사슬이 된다.

동물의 왕인 사자의 평균적인 사냥 성공률은 20% 에서 플러스 마이너스 오차가 있다. 기후와(건기우기) 위치에 따라서 심하면 10%이하로 떨어지기도 하고 30%이상으로 올라가기도 한다. 즉 사자들도 서로 협공하여 겨우겨우 사냥을 한다. 사자가 힘이 세다고 그날 한 10마리 잡아서 냉장고에 넣어 두는 게 아니다. 그래서 생태계가 지켜지고 보존이 된다. 공룡이 가장 크고 강자였지만 바뀐 환경에 적응하지 못해 거대한 몸집을 지탱하지 못하고 멸종되고 말았다. 환경이 바뀌면 적응해야 하는 건 당연한 이치이다. 적응하지 못하면 도태되고 만다. 인간의 주변에서 가장 적응력이 뛰어나고 진화의 특징을 가진 동물이 개(犬)이다. 견공의 대부분의 품종이 동물을 쫓기에 적합한 근육, 먹이를 물어뜯기에 알맞은 이빨, 육식에 알맞은 짧은 창자, 예민한 후각, 청각 등은 늑대처럼 사냥하는데 알맞은 신체적 특징을 가지게 진화 되었다. 인간들이 인간들의 사는 삶의 방식에 맞게끔 개량하고 유전자를 진화를 시킨 것이 개이다. 인간의 부족한 부분을 견공들이 채워가면서 반려 견으로 인간과 더불어 함께 동거동락을 한다. 그래서 먹이 사슬로 사라지지 아니하고 약육강식의 동물이 되었다.

3. 힘은 움직이고 변화시키며 진화하며 발전을 시킨다.

최초의 컴퓨터인 에니악은 현재와 같은 프로그램 기억식이 아니라

네이버 블로그 인용 : AI 인공지능 기술의 발전과 우리의 일상

배전반의 연결에 의해 계산을 수행하기 위한 것으로 그 무개가 30톤에 50평이 넘는 방안에 가득 차는 에니악은 그 자체가 '괴물'이였다 그러나 그것이 그 시대의 '슈퍼컴퓨터'였다. 이와 같이 시작한 계산 능력은 컴퓨터와 인터넷 시대를 열고 컴퓨터가 일반화 되고 세상의 모든 길은 인터넷이란 길로 세계는 오고 가고 있다. 인터넷이 연결된 세상에서 세계는 하나다. 그러듯 세월도 흐르고 과학문명도 눈부시게 발전을 가져왔고 지금의 세계는 인터넷을 통해 정보 검색 능력은 1초에 150경(1경은 1만조)번의 부동소수점 연산처리 할 수 있는 엑사플로스급 초고성능 슈퍼컴 프론티어를 넘어 AI(Artificial Intelligence) 시대를 열었다. 지식의 힘은 그렇게 계속 움직이며 변화를 시키며 진화하며 세상을 발전시킨다.

4. 힘은 질서도 만들지만 성장하며 보호하며 변화하며 미래를 구현한다.

　지구상에 수많은 생물들이 있었지만 강자가 살아남은 것이 아니라 적응하며 진화한 한 생물이 살아남았다. 치열한 경쟁사회를 넘어 무한 경쟁에 내몰려 있는 게 우리 사회 현실에서 어떻게 나의 삶을 이겨내며 살아남을까? 겨울이 되면 겨울옷을 입어야 한다. 인생살이에 있어서 변화에 적응해야 하는 것은 지극히 상식적인 이야기이다. 애벌레가 자라면 허물을 벗어야 하고, 병아리가 부화하려면 껍질을 깨어야만 하는 것과 같다. 변화하지 않으면 도태되게 되어 있다. 과거 1810년대 영국에 몰아닥친 산업혁명의 초기에 노동자들이 기계화 물결을 반대하고 방직기를 파괴하였다. 변화를 거부한「러다이트(luddite)운동」은 결국 기계문명에 적응하지 못한 근로자를 도태하게 하였다.

　이 시대는 급격하게 변화되고 있다. 즉 아날로그 시대에서 디지털 시대로 컴퓨터의 성능은 6개월 마다 두 배수로 반도체가 진화를 시킨다. 변화에는 세 가지 반응이 있다. 변화를 두려워하며 변화를 거부하는 사람들이 있고, 변화를 수용하며 적극적으로 변화를 이끌어 가는 사람이 있으며, 변화에 무반응인 사람들이 있다. "변화를 두려워하지 않는 사람과 조직을 만드는 패러다임 파괴의 전략"이라는 책을 쓴 로버트 크리겔(Robert Kriegel)과 데이비드 브랜트(David Brandt)는 변화를 하기 위해서는 4가지 장애물을 넘어야 한다고 했다. 첫째가 두려움, 둘째 무력감, 셋째 타성, 넷째 자신의 이해와는 무관하다는 생각이라고 했다. 토인비는 "변화를 거부하면 결국 자기만족, 자기도취, 자아 우상화에 빠져 망하게 된다"고 했다.

5. 척박한 땅에서 생명은 미래를 구현키 위해 꽃이 피며 열매를 맺는다.

식물의 씨는 바깥쪽의 씨껍질과 그것에 둘러싸인 배(胚)와 배젖으로 이루어져 있다. 밑씨 속의 배는 장차 자라서 식물체가 될 부분이며 발아는 씨앗이 싹을 틔우는 것을 말한다. 씨앗은 발아 조건이 맞아야 싹이 튼다. 씨앗의 싹이 잘 트기 위해서는 각 씨앗에 적합한 온도와 수분이 필요로 한다. 식물의 씨앗 속 배젖은 배가 싹틀 때 필요한 양분을 저장하는 곳이다. 식물은 육지 생태계에서 생산자 역할을 담당하는 다세포 생물이다. 식물이 육지에서 생장하기 위해서는 건조한 환경으로부터 몸체를 보호하고, 토양으로부터 물과 무기 염류를 흡수하여 몸 전체에 공급하며, 곤충이나 태풍이나 바람 중력에 대해 몸체를 지탱할 수 있도록 뿌리, 줄기, 잎과 같은 기관이 분화되며 진화가 되었다. 꽃은 꽃잎, 꽃받침, 암술, 수술 등으로 이루어진다. 그리고 꽃잎과 꽃받침은 암술과 수술을 보호해 준다. 꽃은 꽃식물의 생식 기관이다. 수술에서 나온 꽃가루가 암술머리에 묻으면 씨방 속의 밑씨로 들어가 (種)을 위해 열매를 맺는다.

6. 무엇이든 힘이 바탕이 되어 생장(生長), 성육(成育), 성장(成長)을 한다.

씨와 열매는 식물에게는 자손을 멀리 퍼뜨리는 수단으로서 매우 중요할 뿐만 아니라 사람을 비롯한 여러 동물에게는 중요한 먹이가 되고 있

다. 특히 사람들은 식물의 열매를 중요하게 쓰고 있는데 쌀·보리·밀 등
은 주식으로, 사과·배·감 등은 과일로 먹는다. 그리고 목화나 아마에서는
섬유를 얻고 있으며 후추·고추는 조미료로, 구기자, 오미자 등의 열매는
약으로 쓰고 있다. 세계 곳곳에서 오래 전부터 과일을 먹어왔는데, 이들
중 일부가 품종 개량을 통해 재배되고 있다. 세계적으로 약 3,000종류의
과일이 식용되며 이중 300여 종은 재배하는 것으로 알려져 있다. 한국
에서 널리 재배되는 과수로는 사과·배·복숭아·포도·귤·감·밤·자두·살구·
매실 등이 있으며 이밖에 호두·대추·개암 등을 산과 들에서 수확을 한다.

7. 힘은 인간의 지식, 지혜의 힘의 의하여 기술로 진화를 하고 있다.

지식과 지혜의 힘에 의하여 세상을 바꾸어 놓은 과학의 산물이며 네
티즌이 뽑은 세계의 10대 발명품 중에 최고품은 무엇일까? 10위부터
6위까지는 자동차(4.7%), 금속활자(3.9%), 안경(3.6%), 백신(3.6%),
가스레인지(3.3%)입니다. 5위는 텔레비전(5.4%), 4위는 세탁기(5.5%)
네요. 3위는 인터넷의 등장과 함께 성장한 컴퓨터(7.0%)이다. 그리고
2위는 10.4%의 인터넷이며 인터넷은 1969년 미국 국방성이 구축한
군사용 망으로 전 세계를 하나로 묶는 데 엄청난 공헌을 했다. 1위는
11.2%의 냉장고, 냉장고는 인간이"살면서 생활속에 제일 많이 쓰는 물
건", "냉장고가 없었으면 상한 음식을 먹고 식중독으로 건강을 잃어
버릴수가 있기 때문" 등 생활의 편리함에 필수품, 상위 10위에 이름을
올리지는 못했지만, 상위 랭킹으로, 볼펜, 선풍기, 신용카드, 문자, 전

자레인지, 형광등, 라디오 등
도 있다.

우리의 삼국시대쯤의 지식
은 1세기가 지나도 변하지 않
던 농경사회지식이 어느덧 정
보회시대가 되어 인류의 지식
은 반도체의 지식빈도의 그 수
가 6개월 단위로 배수로 진화

존 모클리와 프레스피 에커드가 개발한 세계 최초의 컴퓨터 에니악

를 한다. 사람들은 모두가 기기문명의 습관의 길 들어져 기기문명이나 생활습관도 매우 빠른 속도로 진화되고 있다. 그리고 우리는 AI가 일상을 이끌어 보편화가 되어가는 힘의 시대에 살고 있다. 그 힘은 인간의 지식, 지혜의 힘의 의하여, 나는 뒤에서 밀고 있을까 아니면 앞에서 끌고 있을까? 그 자체도 내가 힘을 가지고 있어야 한다. 그렇다면 과연 나는 세상을 향해 어떤 힘을 가지고 있을까?

행복한 여자가 남자를 만든다.

　이 세상에는 여인네들에 대한 동서고금의 아름다운 이야기들이 아주 많다. 자식이 잘되는 것은 어머니한테 있고 남편이 훌륭하게 되는 것은 아내한테 있다는 말을, 고어에서는 현모양처(賢母良妻)라고 한다. 그러면 세상 속에서 여자는 어떠한 존재일까?

1. 남자의 변화는 여자가 시킨다.

　유대교의 구전 율법(미슈나)인 탈무드의 이야기이다. 두 부부가 살

다가 어쩐 이유인지? 이혼
을 하게 되었다. 얼마의 시
간이 흐른 후 여자가 먼저
같은 마을의 사람과 결혼을
하게 되었다. 그런데 남자는
술주정뱅이, 놀음쟁이, 게
으르고, 싸움꾼이 였다. 그
러나 얼마만 살다 보니 남자

가 착하고, 부지런하고, 근면하며, 술을 않 먹는 사람으로 변하여 있었
다. 때마침, 여자가 결혼을 했기 때문에 남자도 서둘러서 결혼을 했다.
부인이 될 여자는 그 마을에서 제일 술을 잘 먹고 게으르고 말 많고 변
덕스럽고 수다스러운 여인이다. 얼마의 세월이 흐른 후에 보니 남자가
이미 술 잘 먹고, 게으르고 말 많고 변덕스러운 남자로 변하여 있었다.
누구에 의하여 남자들이 이렇게 변하였을까? 변화는 여자의 의하여 두
남자가 모두 변화가 되었다.

　중국의 서진은 이런 말을 했다. 남자는 천하를 움직이지만 남자의 마
음을 움직이는 것은 여자라고 했다. 탈무드는 또 이렇게 말을 한다. 침
실 속에서의 여자의 속삭임에는 안 넘어가는 남자가 없다. 라는 것이다.

2. 여자가 사람을 만든다.

　히브리 남자와 이방인 여자와 만나서 결혼을 했다. 그 사이에서는 태

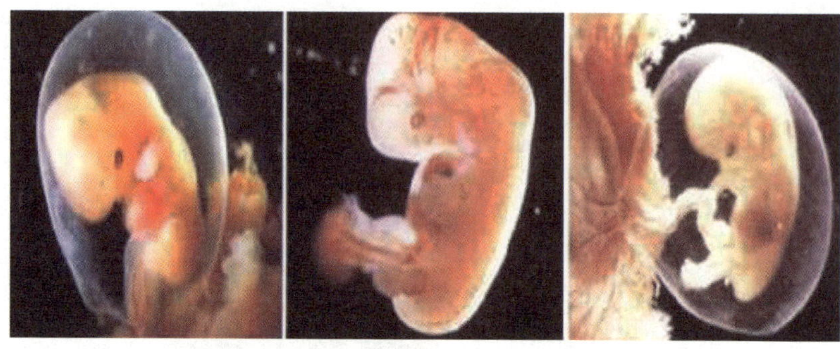

배아에서 태아로의 성장단계 : 두산백과사전 인용

어난 자녀는 자라서 히브리인이 될까 아니면 이방인이 될까? 일반적인 사람들은 아비가 히브리인이라 히브리인이 된디. 고 한다. 답은 아니다. 그러면 이방인 남자와 히브리 여자와 결혼을 했다. 둘 사이에서 태어난 자녀는 이방인이 될까 히브리인이 될까? 답은 히브리인이 된다. 자녀들의 성장은 엄마의 젖무덤에서부터 교육과 인생이 시작되기 때문이다.

3. 여자의 난자가 정자와 수정되면 접합자→배아→태아로 태어난다.

남녀의 성교 후 48시간 동안 3억 개의 정자는 난자와 수정을 하기 위하여 자궁관을 따라 18㎝ 정자 여행을 하여 난자와 수정을 한다. 수정된 정자의 핵에는 아빠의 유전자가 담겨있다. 정자의 핵이 난자의 핵과 합쳐지면 아빠의 유전자가 엄마로부터 온 난자의 유전자와 하나가 되어 새로 태어날 아기의 유전자 청사진이 완성이 된다. 그래서 8주 동안의 배아가 된다. 배아의 바깥층을 이루는 세포는 뇌, 신경, 피부를 이루는 세포가 된다. 배아의 속 층은 창자와 같은 기관이 되며 바깥과 안을 연결하는 세포들은 근육, 뼈, 혈관, 생식기관으로 발달한다. 배아는 길이5㎜무게는 1g정도이다. 이렇게 여자의 몸속 자궁속에서 사람이 만들어져서 8개월이 지나서 세상에 태어날 때까지 "태아"고 불러진다. 그리고 세상에 태어나면 자기 고유의 이름을 갖는다.

4. 사람은 엄마의 젖무덤에서부터 세상을 사는 방법을 터득한다.

아기는 70가지의 생존 반사를 갖고 태어난다. 손가락을 아기의 볼에 대면 아기는 손가락이 있는 쪽으로 머리를 돌리고 입을 벌린다. 이것을 먹이 반사라 하며 배고픈 아기가 엄마의 젖꼭지를 찾을 때 도움이 된다. 잡기 반사는 넘어질 때 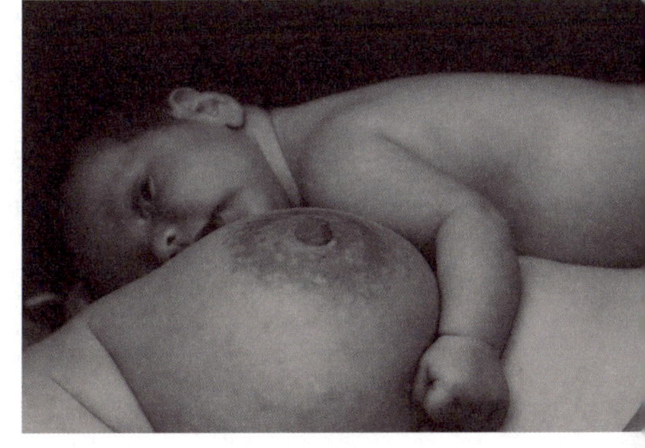 중심을 잡도록 도와주며 아기를 엎드리게 하면 기는 반사를 시작을 한다. 그리고 6개월이 되면 아기는 옹알이로 말을 시작하며 소리를 흉내내기를 시작하며 "응 흥"하며 언어에 반응하기 시작한다. 이러한 본능적 반사는 제일 먼저 엄마의 손과 품에서부터 시작이 된다. 즉 아기의 엄마의 젖무덤은 배아에서 태아, 태아에서 이름을 가지고 엄마의 젖을 물고 빨고 먹으며 생존을 위하여 시작하는 자신의 인생 교육의 시작의 장이다.

5. 세계적인 부자 국가인 바이킹의 후예들도 여인들에 의하여 만들어 졌다.

덴마크, 스웨덴, 필란드, 노르웨 등의 국가들은 바이킹의 후손들이다. 전설의 바이킹 영웅인 라그나 로스브로크는 덴마크와 스칸디나비아 지방을 원주지로 하는 북방 게르만족은 타르를 발라 방수 처리된 고속선의 배를 제작하여 바이킹 배를 타고 지중해는 물론 대서양 해역을 항해하면서 상선 여객선 등 대규모 해적행위 등 약탈을 자행했다. 그러나 이 과정에서 새로운 항로가 열리면서 유럽

전설의 바이킹 영웅 로스브로크

전역에 대규모 교역이 시작됐다. 몇몇 지역에는 바이킹족이 이주해 유럽 역사를 바꿔놓는 계기로 작용했다. 8세기부터 12세기에 걸쳐 유럽 각지를 침략하여 그 세력이 점점 더 커져서 드디어 프랑스까지 침공을 하는데 이를 바이킹이라 불렀다.

6. 여인들은 남자들의 인생의 미래를 바꾸어 났다.

바이킹 해적단 행위를 평생을 하다 보니 바이킹들도 자신들의 미래가 걱정이 되었다. 바이킹들의 지도자들은 회의를 하여 한 현자의 말을 듣고 바이킹들은 우리도 우리들의 미래를 위하여 가정을 갖자. 옛부터 바닷가와 항구에는 향락과 많은 재물과 질병이 만연히 오고가는 곳

이다. 바이킹을 위하여 한 현자가 다음과 같이 조언을 해준다. "세상에서 제일 지혜롭고 현숙한 여인은 하나님을 믿는 크리스찬 여인들입니다. 그 당시 크리스찬 여인들은 스스로의 정숙한 몸을 지키기 위하여 신앙의 계율을 지키고 간음을 하지 않습니다. 그래서 깨끗하고 아름다운 여인들입니다."라고요. 그래서 바이킹 용사들은 크리스챤 여인들을 취하기 위하여 바닷가, 항구, 상선을 찾아서 탈취하여 크리스챤 여인들을 찾아서 취한다. 당시 거룩한 섬으로 알려지고 영국 북동

영국 린디스판 섬의 린디스판 여자 수도원

8세기 시대의 바이킹의 배

부의 기독교의 요람으로 알려진 린디스판 섬을 침략하여 린디스판수도원의 여자 수도사들 까지 취해온다. 그리고 그 여인들을 아내로 맞이하여 가정을 이룬다.

7. 여인들의 교육이 사람을 만들고 세계적인 부자 국가를 만들다.

바이킹들의 해적단들은 먹고 살기 위하여 해적질을 하러 바다로 나

가서 6개월 또는 1년 이상 해적질을 하러 남편들은 바다로 나간다. 그 사이에 여인들은 아이들을 무릎에 눞혀 놓고 성경 이야기, 찬송, 기도를 하면서 비록 "너희 아버지는 비록 해적단이지만 너는 커서 훗날 이 세상에 훌륭한 지도자가 되라"고 가르치며 엄마의 품과 무릎에 앉혀서 자녀 교육을 했다. 어느 덧 이들이 성장하여 게르만족을 이룬다.

8. 여인들의 종교적 올바른 가치관은 정신적, 도덕적 일상생활을 건강하게 만든다.

게르만계인 바이킹족 8세기 말에서 11세기 말까지 그 후 오랜 세월이 흘러서 그 후손들은 흩어저서 그들의 국가를 건국했는데 그 국가들의 인구는 2022기준 덴마크(인구5백50만명), 스웨덴(인구9백90만

명), 필란드(인구(5백60만명), 노르웨이(5백10만명)으로 그 국가들의 국기들은 모두 십자가 형상이며 덴마크. 스웨덴, 핀란드는 십자가 형상의 색깔만 다르고 세 나라 모두 똑 같은 십자가 국기이다. 그들의 국가의 종교가 국민 80-95% 모두 기독교 루터교이다. 일부만 정교회, 이슬람교이다. 2020년도 기준 국민소득 5만6천불에서 6만1불로 세계에서 제일 부자국가들이다. 교육은 대학까지 모두 무료이다. 국민복지도 세계에서 제일의 국가들이다. 국민의 도덕과 양심의 가치가 건강하므로 국가, 사회, 종교가 건강하고 행복을 자랑하는 세계가 부러워하는 국가들이다. 교육과 종교의 기초위에 세운 나라들이며 특히 여자들이 행복한 나라이다. 결국은 현모양처(賢母良妻)란 말이 잘 어울리는 국가들이기도 하다.

행복의 그늘인 욕망

많은 사람들은 서로가 매력적인 이성을 원한다. 그래서 건강을 잘 가꾸거나 더욱 아름다운 치장을 한다. 그러나 아름답고 매력적인 것을 바라보기만 해서는 소유나 자신들의 종을 번식을 시킬 수가 없다. 그래서 동물과의 욕망은 끝없는 진화를 한다.

1. 욕망은 욕망의 정쟁을 딛고 진화를 한다.

캘리포니아 연안에 있는 코끼리 물개는 발정기에 들어서면 수컷끼리 서로 머리를 부딪치면서 싸우는데 어금니로 상대를 찌르고 물어뜯기도 하며 육중한 힘으로 짓이기도 한다 이 종족번식을 위한 야만적인 성적 욕망의 정쟁에서 패하면 제물이 되어 물어 찢기고 상처 입은 대로 해변에 드러눕기도 한다. 수컷의 몸무게는 대략 2,000kg 정도로 암컷 보다 3-4배나 무겁기 때문에 교미 할 때는 암컷들은 찌부러져 버릴 것만 같은 위험을 느끼게 된다. 그래도 암컷 코끼리 물개들은 건강하고 튼튼한 유전자의 종을 갖기 위해서 더 크고 더 강하고 전투력의 생존력이 있는 수컷의 승자를 선택을 한다. 또한 암컷은 건강한 수컷을 선택하기 위하여 수컷을 찾아가서 수컷을 힘껏 뒤로 밀어재낀다. 뒤로 밀리거나 넘어지면 암컷은 수컷에 대한 미련을 버리고 그 자리를 떠난다. 건강한 암컷은 작고, 허약하고, 보기에 신통치 않은 수컷과는 짝짓기를 하지 않는다. 그래서 코끼리 물개는 대부분이 사람들의 짝짓기의 상황은 코끼리 물개와 같지는 않다. 코끼리 물개는 5%의 수컷이 85%의 암컷을 거느리면서 짝짓기를 한다. 반면 사람들은 90% 이상의 남자들이 자기의 짝짓기를 한다. 동물과의 사람이나 코끼리 물개와의 공통된 점을 갖고 있다.

1) 수컷들은 매력적인 암컷을 얻기 위하여 욕망의 정쟁을 한다.

세기에 신이 내린 조각미인이라 고 불렀던 오드리 햅번, 또한'로미오와 줄리엣' 으로 그녀의 청순하면서도 요부스러운 이미지는 많은 남성들의 고요한 가슴에 큰 파장을 일으키면서 당대의 .최고의 미모라고 꼽는' "줄리엣" 출신의 "올리비아 핫세"이 있다, 그녀들은 남성들의 욕망을 불러 일으켰던 과도한 섹시 이미지, 작고 살 없는 얼굴, 쌍커플진 큰 눈, 오똑한 코, 전체적으로 인형 같은 이미지, 희고 깨끗한 얼굴, 각지지 않은 동그스름하면서 게름 한 얼굴, 풍만한 유방, 부드러우면서도 내면에서 풍기는 섹시한 매력, 남성들의 욕망을 불을 질렀던 세기의 욕망의 여인들의 상(像)이다.

2) 여자는 질투심으로 욕망의 정쟁을 한다.

예일대학의 심리학 교수 살로비(P.Salovey) 박사는 미국 범죄의 20%가 질투 때문에 생긴 행위라고 말했다. 질투는 무서운 범죄행위의 암적인 요인이 된다. 그런데 질투의 특성 중 하나가 자기와 관계없는 사람에 대하여는 거의 질투를 하지 않는다는 것이다. 옷가게를 하는 사람이 어떤 농부가 농사를 잘해 거금을 벌었다고 해서 질투하지 않으며, 회사원이 같은 동네의 식료품점이 잘된다고 해서 질투하지 않는다는 것이다 .

그러나 같은 동질성의 분야에서 경쟁관계에 있을 때에는 질투는 욕망을 불을 지른다. 뿐만 아니라 이 질투의 불길이 아주 가까운 인간관계 속에서는 상대방을 이기려는 욕망으로 작용하기 시작하면 더욱 그 불꽃이 사나워진다고 한다. 부부관계,

민들레 꽃씨

애인관계, 친구관계에서 이 욕망의 질투의 불꽃이 일어나면 반드시 그 불길에 화상을 입는 사람이 나오게 된다는 것이다 .

질투의 임상학'을 저술한 화이트(G.White) 박사는 이혼한 부부의 30%가 질투 때문에 갈라섰다고 했다. 그런데 질투의 십중팔구는 열등감에서 출발한다고 한다. 자신의 결함을 질투로 바꾸는 사람은 불행한 사람이 되고, 개정의 동기로 바꾸는 사람은 행복의 빛을 비추는 사람이 된다.

2. 욕망도 잘 관리를 하면 희망의 행복이 되기도 한다.

욕망이란 희랍어로 에피뒤미아($\epsilon\pi\iota\theta\upsilon\mu\iota\alpha$)로 그 뜻은 이끌려서, 미혹이 되어서, 동경하여, 욕구를 이룬다. 란 뜻들을 가지고 있다. 선한 욕망은 사람을 발전시키고 뜻을 이루기 위하여 노력을 하게 한다. 선한

욕망은 스스로의 제어능력을 갖는다. 지구별 여행자'라는 책에는 라자고팔란이란 사람이 식당을 경영한다. 자신의 식당에 들어온 손님이 음식 맛이 짜다고 투정하자 식당 주인 고팔란은 말하기를… 손님,. "음식에 소금을 집어넣으면 간이 맞아 맛있게 먹을 수 있지만 소금에 음식을 넣으면 도저히 먹을 수가 없소. 인간의 욕망도 마찬가지요. 삶 속에 욕망을 넣어야지 욕망 속에 삶을 집어넣으면 안되는 법이요." 욕망은 사람을 향상시킵니다. 욕망은 과학을 성장하게 만들고, 보다 나은 삶을 살게 하고, 지식을 발달하게 만듭니다. 그러나 사람이 욕망만 가지고 살고 욕망의 지배를 받으면 그 과학과 지식, 삶이 인생을 비참하게 만듭니다. 욕망에 이끌리는 삶이 아니라 선한 삶을 위하여 에피뒤미아(επιθυμια) 즉 행복과 희망의 욕구는 가져야 한다는 것이다. 사람은 누구나 부족함을 느끼며 채우고 바라는 마음들이 있기 때문이다. 그것을 욕망, 다른 말로, 우리는 "희망" 또는 "꿈" 이라고 한다.

3. 사람의 욕망에도 새로운 동기를 부여하면 행복의 밝은 빛이 된다.

사막의 여우'로 알려진 마샬 롬멜은 학생시절에 학급에서 상당히 게을렀다. 그러니 성적도 더 불어 나빴다. 그를 지도한 선생님은 한 가지를 제안했다. "받아쓰기 시험에 백점을 받는다면, 내가 밴드부를 만들어 하루 종일 악기를 가지고 놀게 해주겠다." 선생님의 제안에 롬멜은 즉시 공부하여 만점을 맞았다. 그러나 선생님은 약속을 지키지 않았다. 롬멜은 다시 옛날의 게으름으로 되돌아갔다. 그러나 공부에 만점을 맞

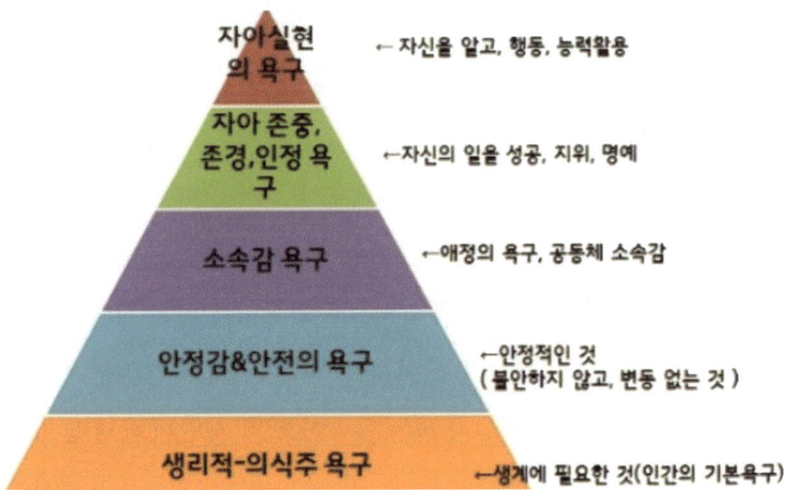

매슬로우의 5단계 욕구

어 본 자신감 그리고 노력을 하면 된다는 동기부여..꼴지가 챔피스럽고 자손감이 상했다. 동기부여를 통하여 자신감을 얻은 마샬 롬멜은 그 후 성장하면서 불타는 야망을 갖고 최선의 노력, 욕망의 꿈을 키웠다. 그렇게 게으른 소년은 세계에서 가장 유능한 장군으로 성공할 수 있었던 세계 제 2차대전 사막의 여우 요하네스 에르빈 오이겐 롬멜이다. 사람은 누구나 욕망이 있어야 꿈을 갖는다. 그 욕망에 충분한 동기가 부여되면 놀라운 꿈의 에너지가 분출되는 것이다.

　미국의 심리학자이면서 브랜다이스 대학교 교수였던 에브러햄 매슬로우(Abraham Maslow)는 "개인의 행동은 그때그때 최강의 욕구에 의해 결정된다"고 말했다. 그는 사람의 욕구를 성숙의 단계에 따라 분류했는데, 그 첫 번째는 ①생리적 욕구다. 이는 생명을 유지하는데 기본적인 욕구로 의식주에 관한 욕구들이다. 생리적 욕구가 충족되면 생기는 것이 자신의 미래가 곤란을 받지 않도록 안전을 보장받으려는 ②안전의 욕구다. 사람에게는 생명 유지에 필요한 먹고사는 문제가 가장 시급하다는 의미다.

이것이 해결되면 사람은 ③사회적 욕구가 생겨서 다른 사람과 친화적 관계를 맺으려 한다. 이어 다른 사람에게서 주목받고 인정받고 ④존경받으려는 욕구가 생긴다. 사회적으로 활동하는 많은 사람들은 먹고사는 문제가 해결된 사람이다. 이것이 이루어지고 나면 사람은 ⑤자아실현의 욕구를 충족시키고자 하는 욕망이 생겨 자기가 하고 싶은 일을 한다.

자아실현은 다른 사람의 주목이나 존경은 받을 수 있지만 시간이 지나면 잊혀진다. 가장 성숙한 욕망은 자신의 영혼을 돌보며 어두운 그늘 속에 있는 사람들에게 "에피뒤미아" 즉 욕망의 동기를 부여케 하여 행복의 빛을 비추어 주는 것이다.

행복의 결과는 그 생각의 차이가 만든다.

로댕의 생각하는 사람

　"생각" 이란, 사전에 의하면, "헤아리고 판단하고 인식하는 것 따위의 정신 작용이라" 고 말 한다. 블레즈 파스칼은 "어제의 생각이 오늘의 당신을 만들고, 오늘의 생각이 내일의 당신을 만든다". 또한 랄프 왈도 에머슨은 "인생은 우리가 하루 종일 생각하는 것으로 이루어져 있다". 그러나 자신의 일은 "좋은 일도 나쁜 일도 모두 당신 생각이 그렇게 만드는 것이다". 라 고 셰익스피어는 말을 했다. 그 사람의 생각이 그 사람을 만든다는 것이다.

1. 생각의 차이는 생각의 간극(間隙)을 넘어서야 한다.

사람은 누구나 그 어떤 사물을 보았을 대에 사물에 대한 간극의 차이는 누구나 가지고 있다. 그 간극의 차이를 넘어 설 때에 그 사람은 남이 하지 못하는 큰일들을 해 낸다.

프랑스의 당대의 유명한 조각가 프레데리크 오귀스트 바르톨디가 키 높이 93미터의 자유의 여신상을 설계하여 1876년 미국 독립 100주년을 기념해하여 프랑스가 국비를 들여 미국에 자유의 여신상을 선물을 하였다. 그 여신상의 발밑에는 노예해방을 뜻하는 부서진 족쇄가 놓여 있고 치켜든 오른손에는 횃불, 왼손에는 '1776년 7월 4일' 날짜가 새겨진 독립선언서를 들고 있다. 이러한 의미가 있는 미국 뉴욕의 자유의 여신상을 이미 너무나 많은 세월이 흘러서 노후가 되어 1974년에 깨끗이 수리를 했다. 그런데 공사를 다 마치니 엄청난 량의 쓰레기가 나왔다. 각종 고철, 목재, 시멘트 등, 이였다. 정부는 이를 처리하기 위하여 입찰 공고를 냈다. 아무도 쓰레기를 가지고 가려 하지 않았다.

2. 대부분 사람들은 습관적 생각 속에 살기 때문에 간극 차이의 생각을 넘어서지 못한다.

원악 오래된 것이라 재활용가치가 별로 없기 때문이었다. 그러나 한 유대인이 산더미처럼 쌓인 쓰레기를 가져가겠다고 계약을 했다. 이 소식을 들은 뉴욕 시민들은 하나 같이 비웃고 언론도 어리석은 짓이라고 거들었다. 당시 뉴욕에는 엄격한 쓰레기 처리규정이 있었다. 잘못 처리를 하면 많은 벌과금을 물거나 손실을 보거나 법적으로 처벌을 받을 수가 있기 때문이다. 그러나 유대인은 사람을 고용을 해서 여신상의 쓰레기를 분리한 뒤 기념품을 만들기 시작을 하였다. 금속은 녹여서 자유여신상을 만들고 시맨트와 목재

미국 뉴욕의 자유여신상

는 자유여신상의 받침대로 제작을 했다. 아연과 알미늄은 뉴욕광장을 본뜬 열쇄 고리로 바뀌였다. 석회 가루도 버리지 않았다. 잘 포장을 해서 뉴욕시가의 꽃가게에 팔았다.

생각의 간극 차이를 넘어선 그의 놀라운 아이디어는 그는 결국은, 무려 350만 달러의 돈을 벌었다. 쓰레기를 사들인 1만 배가 넘는 가격이였다. 뉴욕 시민들은 실제의 여신상의 금속을 녹여 만든 기념품이라, 그만한 소장의 가치가 있다고 대부분의 뉴욕 시민들이 너도 나도 여신상의 기념품을 구입을 했던 것이다. 그 유대인은 그렇게 하찮아 보이며 쓰레기처럼 보이는 물건도 생각하기의 간극에 따라, 그리고 사용하기에 따라서 그 소중품의 가치를 만들어 내는 것이다. 이러한 것을 보고 생각의 간극 차이라고 한다.

3. 생각의 간극차이의 믿음은 질병도 치료 한다.

시카코에서 태어난 워너 솔맨(Warner Sall-
man, 1892~1968)은 미국이 자랑하는 유명
한 화가 중에 한 사람입니다. 1917년 25살 때
에 결혼하고 얼마 안 된 젊은 나이에 중병에 걸
렸다. 의사가 "당신은 임파선 결핵입니다." 라
고 진단하고 "당신은 길어야 석 달 살 것입니
다."라고 통지했다. 그 때 그의 아내가 임신한
상태였다. 그는 아내에게나 태어날 아기에게
미안하기 짝이 없었다. 그리고 자기의 삶이 석
달밖에 남지 않은 시한부 인생 이라는데 절망
할 수밖에 없었다. 그런데 낙심하고 있는 그에
게 아내가 격려를 했다.

솔맨이 그린 예수님의 얼굴

여보! 당신의 인생이 3개월 밖에 남지 않았다고 말하지 말고, 이제 하
나님께서 "하나님! 3개월을 우리들에게 더 살라"고 허락해 주셨음을 감
사하며 살자고 그의 아내는 제안을 했다.

그리고 두 부부는 매일 무릎을 꿇고 간절히 하나님께 기도를 했다.
그리고 그는 아내의 말에 용기를 얻은 솔맨은 그의 남은 3개월을 의미
있게 살기로 하고 서로 기도하며 묵상을 하며 열심히 "예수님의 얼굴"
이라는 그림을 그리기 시작했다. 죽음의 그림자와 함께 투병생활을 하
면서 죽을 힘을 다하여 열심히 그림을 그렸다. 이때 솔맨이 완성 한 그

림은 그 유명한 「머리되신 그리스도」라 는 유명한 예수님의 초상화의 그림을 완성을 한다. 예수님의 모습이 담긴 그의 그림은 1940년도에 500만부 이상이 인쇄되어 널리 팔려 나갔다. 오늘날까지 세계에서 가장 많이 팔린 그림이 되었다. 이 그림으로 솔맨은 가장 인기 있는 세계적 화가가 되었다.

그런데 더욱 놀라운 것은, 그가 3개월 밖에는 못 산다 는 시한부 인생의 결핵 임파선은 감쪽같이 사라지고 결국 76세를 살았다. 그의 주치 의사인 존 헨리는 말하기를 "원망과 불평이 아닌 감사는 최고의 항암제이며 최고의 해독제이다. 감사는 최고의 치료제이다."라고 했다. 인생은 얼마나 살 것인가가 중요한 것이 아니라 어떻게 살 것인가가 더욱 중요하다.

4. 생각의 간극의 차이는 희망으로, 부푼 꿈으로, 행복을 이룬다.

눈(雪)이 오면, 산 계곡 양지 (陽地)의 토끼는 굶어 죽어도, 음지(陰地)의 토끼는 산다는 격언이 있다. 두 토끼의 종류의 종은 모두 같다. 그런데 사는 방법이 다르다. 사는 곳들이 한

토끼는 양지바른 굴이요, 또 한 토끼는 그늘진 음지 굴이다. 그런데 왜? 눈이 내린 산에, 양지의 토끼는 굶어죽고, 꽁꽁얼고 더욱 추운 음지의 토끼는 살았을까? 토끼들의 생각이 달랐기 때문이다. 양지 토끼는 늘 맞은 편 음지의 눈을 바라보고 저 눈이 언제나 녹나? 하며 녹지 않고 꽁꽁얼어 붙어 있는 눈이 늦게 녹는 음지의 눈을 보며 절망을 한다. 음지의 토끼는 눈이 잘 녹는 양지을 바라보며 아니... 아니, 벌서 눈이 녹네.. 희망을 갖고 밖으로 나와 먹이를 구하여 살게 된다 는 것이다. 자연의 봄은 양지이든 음지이든지 시간의 간극을 두고 봄은 찾아와서 설산의 흰 눈을 녹이며 토끼들의 먹이를 찾게 해준다.

5. 행복은 생각의 차이의 간극을 이겨낸 나 자신의 뇌의 의해 만들어진다.

사람들의 행동에도 습관이 있는 것처럼 어느 일방적이고, 반복적인 사고방식은 우리의 뇌를 길들여 놓는다. 사람이 새로운 일을 하거나 생

각할 때는 뇌에는 새로운 뇌 신경회로가 생성된다. 특정 방식으로 행동하고 생각할 때마다, 뇌는 똑같은 신경회로를 만든다. 그럴 때마다 이 신경통로는 두터워지며 점점 더 강하게 길들여진다. 한 길로만 자주 지나다닐수록 점점 길이 넓어지고 다져지면서 단단한 길이 생기는 것처럼, 그 길이 아주 자기의 길이 된다. 어떤 일을 자주 반복한다면 자동적으로 된다는 것을 의미한다. 즉 생각할 필요가 없는 것이다. 그래서 나이가 든 사람일수록 자아가 강하다. 사람의 뇌의 이러한 방식은 부정적인 습관도 때로는 긍정적인 습관도 충분히 내가 만들어낼 수가 있다.

흡연, 과식, 과음, 부정적 사고방식이 그렇다. 사건을 부정적인 방식으로 해석하면, 뇌 속에 강력한 부정적 신경회로가 새로 만들어진다. 이런 신경회로가 형성되면서 반복이 되면 이것도 습관이 되어버린다. 반대로 여행의 좋은 추억, 다시 듣고 싶은 감성의 음악소리, 사랑하는 사람과의 사랑의 행위, 봄날의 따뜻한 꽃길, 산책 등의 희망의 생각을 하고 행복한 행동을 하는 방식으로 반복해 자주 행하면, 행복의 신경회로가 새로 형성된다는 점이다.

그러면 뇌에 있는 망상활성화계는 행복한 일의 가능성을 더 알아차리고 행복함의 귀를 기울이게 된다. 이 새로운 행복한 회로를 계속 사용하면 내 몸의 행복은 점점 더 크고 넓어지면서 강해진다. 그래서 행복해 질 수 있는 요소들을 외부에서 내 몸에 많이 담아두어야 한다.

컴퓨터는 스스로의 프로그램을 만들지 못한다. 하드웨어에 솔루션 사용자가 소프트웨어를 통하여 명령을 내릴 때에 그의 따라 테이터가 실행이 되어 반응을 하듯, 사람의 몸 밖에서 그 행복의 어떤 일이든지 내 몸의 경험을 하게 할 때에 뇌의 망상활성계의 신경 호르몬은 온 몸에 즉각 행복한 감정을 퍼트린다. 그리고 나는 그 행복의 감성에 묻힌다. 이렇게 내 몸의 행복은 내 몸이 만든다. 그래서 솔로몬은 지혜는 행복을 만들지만 반대로 우매는 불행을 통하여 죽음을 만든다고 했다. 결국엔 우리의 오래된 행복한 사고나 행복한 행동 방식으로 내 몸의 뇌는 길들여지고 행복을 찾는 그 습관을 갖게 되여 생각의 차이와 간극을 넘어 행복한 인생을 살게 되는 것이다.

내 몸의 행복감성은 어떻게 만들어지나?

사람의 인체의 세계는 육체와 정신의 세계로 별개로 따로 떨어져 있는 것이 아니다. 육체가 정신에 영향을 주고 정신이 육체에 영향을 주며, 상호 작용한다. 실 예로, 바둑을 똑 같이 하루 네 다섯 시간씩 바둑을 두었을 때 이긴 사람은 전혀 피곤함이 없고 기분이 좋지만 진 사람은 집에 가기도 힘들 정도로 지치고 피곤하고 컨디션이 매우 좋지 않다. 이러한 사실은 정신적 세계가 인간의 육체의 삶의 얼마나 큰 영향을 주는가를 잘 알 수 있는 것이다.

1. 행복은 스스로 찾아오는 것이 아니기에 행복의 조건의 자극을 주어야 한다.

신경 언어 프로그래밍인 NLP(신경언어프로그램)에서 특정의 생리적 감정을 조절하는 신호를 가르키는 말로 앵커링(Anchoring)이라고 한다 사람과 동물에는 생리적인 조건자극에 자동적으로 반응이 일어나는 신체적 반응이 있다. 또는 이것을 앵커링 기법이라고도 하는데 배가 닻(anchor)을 내리면 닻과 배를 연결하는 밧줄의 조건에 따라 배를 움직일 수 있게 된다, 그래서 항해하는 모든 배들에는 해상에서나, 항구에서 정박을 할 때에는 앵커를 내려 고정 장치를 하고 정박을 한다. 사람의 인체에도 그 어떠한 조건을 줄 때에 우리 몸은 뇌의 지시를 받아서 그 반응을 나타난다. 이것을 신경 전달 자극이라고 한다. 이때 신경 호르몬이 행복 전도사 역할을 한다.

앵커링의 효과

우리 몸에서는 우리들의 마음의 행복을 결정지어 주는 우리들의 몸의 행복 호르몬 뇌 신경전달물질이 있다. 즉 (1) "도파민" (2) "노르아드레날린" (3)"세로토닌", (4)"엔도르핀" 호르몬이다. 사람에게 존재하는 신경전달물질인 호르몬은 뇌신경 세포의 감정이나 운동신경을 뇌에 전달 역할을 한다.

뇌 신경세포의 또 다른 이름은 뉴런이라고 하는데, 그리스어의 "밧줄" 또는 "끈"을 뜻하는 말에서 유래됐다. 그 이름의 뜻처럼 온몸의 약 천억 개에 달하는 뉴런 즉 신경세포들이 다른 기관들과 뇌를 밧줄처럼 서로가 연결을 이루고 있다. 내 몸의 신경세포(뉴런)는 그 역할에 따라 감각, 연합, 운동, 행복, 즐거움, 기억 등 뉴런으로 각각 나누어진다. 감각기관의 정보는 감각신경세포를 통해 뇌와 척수로 전달되며, 연합신경세포가 이를 받아 처리한 결과를 운동신경세포로 시냅스를 거쳐 운동이 필요한 온 몸 전체의 세포에 정보가 전달이 된다.

2. 뇌 신경세포의 행복은 그 기억력을 강화 자극을 주어야 한다.

인간의 뇌 안에는 약 1천억 개라는 무수한 뇌세포들을 가지고 있다. 이 뇌세포들은 태어날 때 기본적으로 생존하기 위한 신경회로 형성한 생존의 필요한 소수의 그룹을 제외한 나머지의 대부분은 아직 회로를 연결하지 않은 상태나 기록이 없는 흰 백지와 같은 상태로 존재한다. 즉 뇌가 아무

행복한 가족의 모습

것도 그려지지 않은 백지 상태와 같은 깨끗한 뇌의 상태인 것이다. 육아 때부터 신체가 성장을 하면서 나머지의 뇌세포들끼리 신경회로가 발전하며 형성해 간다. 보고, 듣고, 만지고, 접촉하며 느껴던 일들 또는 교육과 훈련에 의한 무수한 경험과 지식들, 그리고 행복했던 추억이나 순간의 생각들이 사람의 뇌세포의 저장되면서 긍정적이며 좋은 생각을 가진 뇌로 진화하며 형성해 간다. 사람이 태어날 때 신체 속에 깔려 있는 신경회로는 경험과 기억들을 저장하고 통합하고 활성화된 세포로 분화를 하면서 핵분열을 일으킨다. 그래서 지적활동을 왕성하게 하는 학자들이나 연구자들의 뇌는 보통사람들보다는 뇌 안에서의 신경회로

가 상상을 뛰어넘는 구조를 이루고 있다. 뇌 안의 1천억 개나 되는 뇌
세포들은 어느 일정한 시간 안에 다른 세포들과의 회로를 형성하지 못
하여 세포분열을 못하면 스스로 하루에도 수 만 개의 뇌세포가 죽는가
하면 또한 세포분열로 수십만 개 이상의 세포가 또 생기기도 한다. 결
국 영아 시절부터의 교육과 체험이 뇌 진화의 밑그림이 되어 그의 성품
을 구성하여 만들어 간다. 그래서 우리 인체에는 사람이 행복 할 수 있
는 좋은 추억이나 아름다운 기억을 많이 경험을 하도록 하여 뇌의 앵커
링 조건을 많이 만들어 주어야 한다.

3. 사람의 행복은 만들어진다.

사람들의 행동에도 습관이 있는 것처럼 어느 일
방적이고, 반복적인 사고방식은 우리의 뇌를 길
들여 놓는다. 사람이 새로운 일을 하거나 생각할
때는 뇌에는 새로운 뇌 신경회로가 생성된다. 특
정 방식으로 행동하고 생각할 때마다, 뇌는 똑같
은 신경회로를 만든다. 그럴 때마다 이 신경통로
는 점점 더 깊고 넓고 강하게 길들여진다. 한 길로
만 지나다닐수록 점점 길이 다져지면서 길이 생기

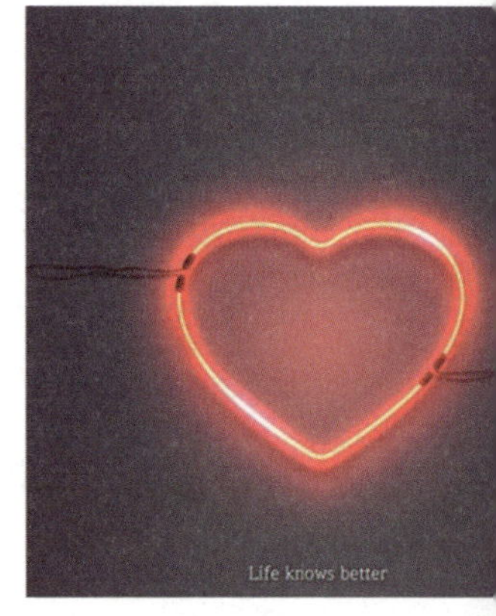

는 것처럼, 그 길이 아주 자기 길이 된다. 어떤 일을 자주 반복한다면
자동적으로 된다는 것을 의미한다. 즉 생각할 필요가 없는 것이다. 걷
기, 말하기, 먹기, 이 닦기, 운전하기, 문자 주고받기처럼 매일 하기 때

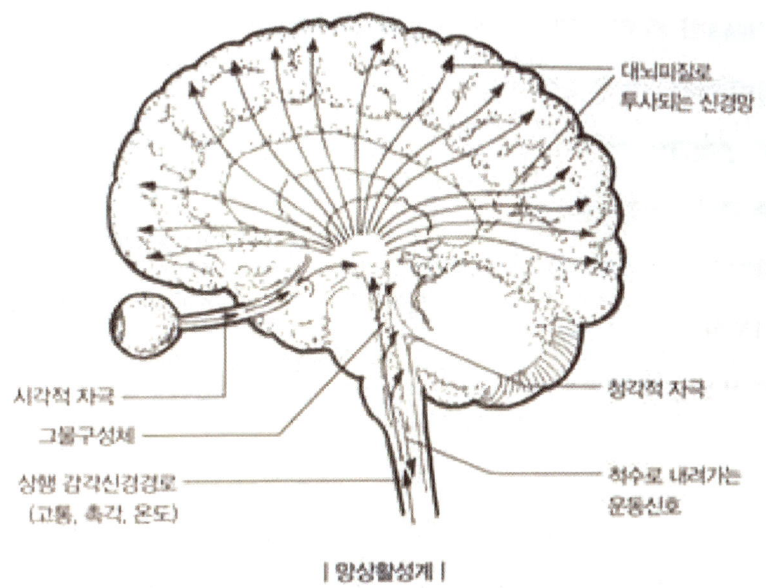

사람 뇌의 망상활동계(다음 백과사전 인용)

문에 뇌와 몸에 익숙해져 생각할 필요가 없는 일들이 된다. 그러나 뇌의 이러한 방식은 부정적인 습관도 때로는 긍정적인 습관도 충분히 내가 만들어낼 수가 있다.

흡연, 과식, 과음, 부정적 사고방식이 그렇다. 사건을 부정적인 방식으로 해석하면, 뇌 속에 강력한 부정적 신경회로가 새로 만들어진다. 이런 신경회로가 형성되면서 반복이 되면 이것도 습관이 되어버린다. 그리고 그 습관에 따라 "나는 불행한 사람이야" 하면서 반복된 생활을 하면 뇌의 망상활성계는 "그래 나는 정말 불행한 사람이네"하면서 뇌의 신경회로에 강력한 부정회로의 길이 만들어진다. 반대로 여행의 좋은 추억, 다시 듣고 싶은 감성의 음악소리, 사랑하는 사람과의 사랑의 행위, 봄날의 따뜻한 꽃길 산책 등의 희망의 생각을 하고 행복한 행동을 하는 방식으로 행하면, 행복의 신경회로가 새로 형성된다는 점이다.

그러면 뇌에 있는 망상활성화계는 행복한 일의 가능성을 더 알아차리고 행복함의 귀를 기울이게 된다. 이 새로운 행복한 경로를 계속 잘 사용하면 내 몸의 행복은 점점 더 깊고 넓고 강해진다. 그래서 행복해질 수 있는 요소들을 외부에서 내몸에 많이 담아두어야 한다. 컴퓨터는 스스로의 프로그램을 만들지 못한다. 하드웨어에 솔루션 사용자가 소프트웨어를 통하여 명령을 내릴때에 그의 따라 테이터가 실행이 되어 반응을 하드시, 사람의 몸 밖에서 그 행복의 어떤 일이든지 내 몸의 경험을 하게 할때에 뇌의 망상활성계의 신경 호르몬은 온 몸에 즉각 행복한 감정을 온 몸에 퍼트린다. 그리고 나는 그 행복의 감성에 묻힌다. 이렇게 내 몸의 행복은 내 몸이 만든다. 그래서 솔로몬은 지혜는 행복을 만들지만 반대로 우매자는 불행을 통하여 죽음을 만든다고 했다. 결국엔 우리의 오래된 행복한 사고나 행복한 행동 방식으로 내 몸의 뇌는 길들여지고 행복을 찾는 그 습관을 갖게 되여 불행을 떨쳐 내고 행복한 인생을 살게 되는 것이다.

4. 백지와 같은 뇌신경 세포는 보고, 듣고, 만지고, 접촉하며 경험한 일을 뇌의 해마공간의 저장을 한다.

이 세상에 태어난 영아의 뇌는 생존의 필요한 일부를 제외 하고는 망상활성계는 활성화가 되지 않아 아무것도 그려지지 않은 깨끗한 백지와도 같다.   인체의 뇌신경 세포는 보고, 듣고, 만지고, 접촉하며서 점차 우리 몸의 중추신경계, 말초신경계가 점점 활성화가되여 발달을 한다. 세상의 태어난 아기가 엄마를 가장 좋아 하는 이유는 이렇다.

　정자가 난자를 만나 임신이 되면 8주 동안은 배아로, 엄마의 자궁속에서 신체구조가 갖추어지면 태아로 양수를 통하여 엄마의 냄새를 기억하고 엄마의 숨소리와 심장 뛰는 소리 ,노래와 음성을 기억한다. 분만의 단계를 거처 출산을 하고나면 옹알이를 시작하여 일어서기, 뒤잡기, 일어나 앉기, 스스로를 인지하기 까지는 약 12개월이 걸린다. 이 과정 속에서 보고, 듣고, 만지고, 접촉하면서 뇌 신경회로를 통하여 뇌 해마의 모두 저장을 하면서 기억을 하게 된다. 그리고 3세가 되면서 마음과 생각 느낌이란 것을 알게 되고 4세가 되면 친구를 사귀게 되고 5세가 되면 생활과 규칙을 이해하고 7-8세가 되면서 성별에 따른 차이의 정서가 발달 한다. 이러한 과정을 거치면서 무엇을 얼마만큼 가르켜서 기억을 하느냐가 그 아이의 지능 발달 영역을 갖게 된다. 즉 인지, 예술, 운동, 언어, 과학, 인문, 등의 영역의 우수한 발달 능력을 갖게 된다.

5. 행복한 감성을 많이 경험케 하여 행복 지능지수를 키워라.

　동물들은 서로 어울려 놀면서 역할 관계를 배운다. 장난을 치면서 노는 모습이 아무것도 아닌 것처럼 보일지도 모르나 동물들은 본능적인 감각을 깨우고 서로의 학습을 익힌다. 서로 뛰고 달리고 싸움 놀이를 통하여 힘의 우열을 가리고 이성의 종족 번식 능력을 키운다.

사람도 외롭고 상처받고 어둡고 우울한 환경속에 성장한 사람은 환경과 주변을 부정하는 부정적인 사람이 89%가 되지만 좋은 환경에서 행복을 경험하면서 성장한 사람은 93%가 긍정적이며 적극적이며 행복한 사람이 된다는 것이다. 이는 행복을 경험한 사람은 불행이 닥치면 행복이 얼마나 소중한지 행복의 의하여 행복의 감성을 찾는 다는 것이다.

행복을 위해 호모(Homo) 즉, 이름대로 산다.

행복한 가정

에스페란토어의 창시자인 폴란드의 의사 자멘호프(1859~1917)는 인간(Homo)이라는 이름 속에 숨겨져 있는 인간 본래의 모습을 가지고 있는 속성을 다음과 같이 말하고 있다. 대부분 언어에는 언어가 말 하고자하는 말의 의미를 담고 있다. 고전 언어인 히브리어, 희랍어, 라틴어 등은 그렇다. 호모(Homo)란 말은 사람이라는 뜻으로 가정, 즉 홈 (Home)에서 파생되어 나온 말로서 그 의미는 모든 것은 가정에서 시작된다는 의미도 있고 사람으로부터 시작이 된다는 말이다. 그래서 호모의 의미의 뜻대로 그 이름의 본질대로 사람은 행복을 위하여 산다.

1.호모 사피엔스(Homo Sapiens):라틴어로 '생각하는 존재'란 뜻이다.

이른 아침잠에서 깨어나서 다시 잠들 때까지 무엇인가 생각을 한다. 사람은 좋은 생각이든 나쁜 생각이든 생각을 하기 때문에 누구나 생각을 떠나서는 살 수가 없는 존재이다. 그래서 사람의 생각은 온 몸을 관리 지도하는 머리에서 사피언은 시작되고 관리된다. 그리고 생각 (Thought)은 그 일을 다음 같이 한다.

1) 생각이 마음 즉 마인드(mind)는 지성이 강조되는 단어이며 생각이라는 단어로 대치되기도 하는데. 사람들의 생각은 상상, 공상, 계획 등을 한다. 그런 생각들은 시간과 공간을 초월하여 일어나며 그 생각들로 인해 말을 하게 되고, 가치관을 세우기도 하고, 행동을 하게 하는 요인을 만들어준다.

2) 생각은 마음에 대한 영어의 또 다른 단어 허-트(heart)는 감정을 강조한 단어이다. 감정은 기질과 성격에 의해 그 원리가 결정되는데 상처가 내면화되어 자존감이 낮아졌을 경우에는 부정적인 원리가 영향을 준다. 이 감정이 부정적으로 움직일 때는 미움, 증오, 울분, 분노, 우울, 편집 등의 성향을 나타내기도 한다. 그 감정들의 반복적인 경험은 행동을 주장하여 과격하고 부정적인 행동을 하게 한다. 그런 행동으로 나와 남에게 큰 상처를 주기도 하고, 받기도 한다. 사랑의 감정으로 격려하고 위로해 주지 못하고, 잘못된 감정으로 아픔과 상처를 준다.

3) 생각은 마음을 통하여 내 의지의 좌소를 한다. 마음에 관련된 또 다른 영어 단어는 윌(will)은 의지를 강조한 단어인데 계획과 자세이라는 단어로 대치되기도 한다. 사람의 의지는 교육과 정제된 반복 훈련을 통하여 강해진다. 그래서 시련과 역경을 겪어낸 사람이 그 의지가 아주 강하다.

2. 호모 네간스(Homo Negans) : '부정할 수 있는 존재'란 뜻이다.

"예"와 "아니오"라고 할 수 있는 것은 동물과(科)의 사람뿐이다. 사람은 배가 고프면 엄마의 젖을 달라고 졸라대며 운다. 비록 아기지만 삶을 갖는 자기표현인 긍정과 부정은 자신의 권리이자 표현이다. 긍정을 울음으로 웃음으로 표현을 한다. 생명을 갖은 식물이나 동물은 그러한 부정의 표현을 못한다. 사람은 그 대상을 거부하기도 하고 받아 들리기를 한다. 그렇게 호모는 긍정과 부정의 의사가 분명하다.

3. 호모 파베르(Homo Faber): '도구를 만들어 사용하는 존재'라는 뜻이다.

창세 이 후 아담시대부터 지금까지 인간은 도구를 만들어 사용해 왔다. 호모파베르(Homo faber)는 도구를 사용하는 존재로 손가락으로 무언가를 단단히 잡을 수 있게 되어 도구를 자유롭게 쓸 수 있다. 인간이 다른 유인원(類人猿)보다 무언가를 단단히 잡을 수 있게 된 이유는 쇄골 때문이다. 동물과의 몇 안 되는 동물에게만 있고 사람의 쇄골은 생각보다 많이 움직일 수 있는 관절이 있는 부분이다. 어쨌든 인류의 손은 무언가를 단단히 잡는 데 아주 유용하다. 그래서 호모는 도구를 아주 잘 사용할 줄 안다. "Faber"(놀라운, 믿기어려운)은 원역을 하면 형용사 비교급으로 손을 사용하는 놀라운 사람이라는 뜻이다. 손을 그 도구로 하여 원시적인 부싯돌로부터 시작하여 성냥불, 그리고 원자력, 레이저 광선에 이르기까지 인간 자신의 편의를 위해 사람의 손을 도구로 활용을 하여 인간의 환경을 발전시켜 왔다. 그 발전은 사람을 중

심으로 하여 이루어져왔다. 가구를 만들어 사용을 하기 위하여 그 주변 연장과 기기들이 발명이 되어 발전을 하였고 그 놀라운 사람의 손은 수많은 기계, 자동차, 컴퓨터 등. 호모 파베르 즉, 도구를 만들어 사용하는 놀라운 존재가 되었다.

4.호모 루덴스(Homo Ludens):'유희하는 존재'란 뜻이다.

인간은 태어나서 성장과정이 놀이로 시작된다. 어린이들이 제일 좋아하는 놀이 도구가 물과 모래다. 아기가 엄마의 태중에 있을 때에 태중 양수 속에 있다가 태어난다. 물은 그 원리가 유능제강(柔能制剛)(가장 부드러움이 가장 강함을 제어한다)이다. 유아 시절은 놀이 자체가 교육이고 가르침이며 그 속에서 깨닫고 발견하고 스스로 배운다. 유희라는 말은 단순히 "논다"는 말이 아니라, 정신적인 창조 활동을 가리킨다. 풍부한 상상의 세계에서 다양한 창조 활동을 전개하는 음악, 미술, 무용, 연극, 스포츠, 문학 등이 여기에 포함된다. 유희는 생존에 직결된 실생활 밖에 있고, 자유로우며 목적을 갖지 않는 비생산적 행위이지만, 점차 생활전체의 보완이 되고 생활기능, 사회기능, 즉 문화기능을 갖는 필수적인 것으로 발전하는 삶은 유희 즉 놀이다.

5.호모 에스페란스(Homo Esperans): '사람은 희망의 존재'란 뜻이다.

에스페란스란 단어는 프랑스어로(espérance) 희망이라는 뜻이다.

1982년 미국 보스턴의 한 병원에 뇌 암에 걸린 소년이 누워 있었다. 이름은 숀 버틀러. 나이는 일곱 살. 숀은 의사로부터 "회생 불가" 판정을 받았다. 야구광인 숀은 보스턴 레드삭스의 홈런타자 스테플턴의 열렬한 팬이었다. 어느 날 숀의 아버지는 스테플턴에게 편지 한 통을 보냈다. "내 아들은 지금 뇌 암으로 죽어가고 있다. 당신의 열렬한 팬인 숀이 마지막으로 당신을 한번 보기를 원한다"라는 편지를 읽어보고 스테플턴은 숀이 입원한 병원을 방문한다. "숀~, 내가 스테플턴이다 내일 너를 위해 멋진 홈런을 날려주마, 희망을 버리지 마라" 숀은 눈을 번쩍 뜨며 반갑게 야구영웅을 맞았다.

이튿날 스테플턴은 소년과의 약속을 지켜 야구 경기에서 홈런을 쳤다. 그 소식은 숀에게 그대로 전달되었다. 소년은 병상에서 손을 들어 환호했다. 그런데 그때부터 소년의 병세는 완연한 회복 기미를 보였다. 5개 월 후에는 암세포가 말끔히 사라져 퇴원할 수 있었다. 기적 같은 일이 일어난 것이다. 미국 언론들은 이 사실을 연일 대서 특필 하였다. 기억하십시오, "희망"과 "기쁨"은 암세포를 죽이는 명약이다. 사람에게 가장 무서운 병은 "절망" 이라는 악성 종양이다. 그래서 건강한 자는 희망이 있고 희망이 있는 자는 모든 것을 가진다. 그리고 잠언기자는 이렇게 말 한다. 하나님은 인간에게 꿈을 주시면서 꿈이 없는 백성은 망한다(잠언 29:18). 라고 그리고 의인은 죽음에서 희망을 갖는다. 라고 말했다.

제2장
무엇을(What)

◆

『나는 내 몸의 행복의 원초(元初)를 깨우다』
– 해피 크리에이터의 세르토닌 호르몬의 이야기 –

1) 행복은 건강에서 출발한다.

2) 행복을 위해서, 본능적 원초를 깨우라 ① 식욕(食慾)

3) 행복을 위해서 본능적 원초를 깨우라 ② 잠욕(睡眠欲)

4) 행복을 위해서, 본능적 원초를 깨우라 ③ 성욕(性慾)

5) 맛과 멋과 즐거움으로 그 행복을 먹다.

6) 지식이 아닌? 지혜로, 행복을 누려볼까?

7) 시련과 고통은 뿌리 깊은 행복의 굴성(屈性)이 된다.

8) 늦은 나이지만 나도 누군가의 행복한 꿈이 된다.

9) 스트레스가 희노애락(喜怒哀樂)의 행복을 춤추게 한다.

『나는 내 몸의 행복의 원초(元初)를 깨우다』
성(性) 호르몬(남자: 테스토스테론, 여자: 에스트로젠)

　1) 인체의 정서적 안정과 마음의 평온함을 주는 역할을『세로토닌』호르몬이 한다.

　일명『세로토닌』을 행복 호르몬이라고 한다. 똑 같은 놀이 환경인데 세로토닌 호르몬이 정상인 아이는 야! 신난다. 이 장난감을 하루의 하나씩만 가지고 놀아도 1년 동안 실컷 신나게 가지고 놀겠네. 하면서 흥미를 유발하면서 긍정적이지만, 세로토닌이 부족한 또 다른 아이는 이렇게 말을 한다. 아이? 질경 질 나네.. 언제 이 많은 장남감을 다 가지고 놓아! 하면서 즐거움에 부정적이다. 세로토닌은 학습능력의 영향을 증대 하여 주며 감정의 기분을 높혀서 즐겁게 해준다. 아침에 일어나서 아침햇살을 받으면 마음을 기쁘고 즐겁게 해 주며 행복감을 심어준다.

　2) 세로토닌 호르몬은 수면, 통각(痛覺), 식욕, 흥미, 불안감을 조절을 해준다.

　수면, 통각, 식욕 등을 조절하고 숙면을 도와 잠을 잘 자게 수면의 주기를 조절하여 주며 치매 예방에 도움을 주면서 세로토닌 분비가 많을 수록 노화예방과 회춘을 만들어 준다. 세로토닌은 인간의 본능인 식욕과 수면욕 등 욕구가 충족되면 행복감을 느끼게 하는 호르몬이다. 세로토닌은 마음의 아픔이나 어려움을 회복을 시켜주는 조절의 추와 같은 역할을 하여 주기도 한다. 반대로 부족하면 우울증에 빠지게 되고 실제로 세로토닌 수치가 낮은 사람들은 감정이 불안해하면서 근심과 염려에 빠지기 쉬우며 수면장애 현상이 나타나기도 한다.

3) 세로토닌은 학습과 기억력, 기분조절, 사고기능에도 관련한다.

특히 사고기능과 관련하기도 하는데 기억력, 학습에 많은 영향을 미치며, 혈소판에 저장되어 지혈과 혈액응고 반응에도 관여한다. 세로토닌은 뇌 내의 신경물질의 작용의 반응과 균형을 조절을 해주는 아주 중요한 신경전달 물질의 추와 같다 그래서 내 몸을 위하여 세로토닌이 이 잘 분비되도록 트립토판이 많은 유제품, 콩, 견과류, 해조류, 소, 돼지고기, 등 푸른 생선, 계절음식을 많이 먹어 행복호르몬이 내 몸의 넘치도록 하자.

취나물 꽃

행복은 건강에서 출발한다.

　컬럼비아대학교의 교수였던 리처드 박사는 1981. 1991. 1997. 2009 각 년도에 조사를 한 결과 행복을 위하여 가장 고려하여야 할 것이 무엇이냐고 물었다. 응답자 59% 건강, 41% 건강한 가정생활, 이라고 대답을 했다. 마음을 담고 있는 육체, 육체를 지배하는 마음과 정신 모두 건강해야 한다. 질병의 목표는 행복이 아니라 죽음이다. 마음의 질병이든 육체의 질병이든 질병은 죽음향하여 질주를 한다 그리고 그 종착지는 환자가 싫어해도 죽음까지 가고야 만다. 사람이 행복하게 살려고 하면 육체와 마음 모두 건강해야 한다. 아픔과 괴로움 속에는 행복이 찾아오지를 않는다. 그래서 행복은 언제나 건강에서 출발한다.

1. 행복한 사람이 자신의 건강을 잘 돌 본다.

행복하다고 하는 사람은 담배를 많이 피우거나 술을 많이 마시지를 않으며 밥도 잘 먹고 운동도 규칙적으로 꾸준히 하며 항상 긍정적이며 자신감의 차있다. 그리고 항상 미래지향적이다 한편으로는 행복함을 망치고 싶지 않기 때문에 주변이나 자기 관리를 아주 잘 한다.

리처드스티븐스 박사는 정신질환 우울증과 계절성 행동장애에 대한 치료법으로 약물도 처방하지만 운동을 처방하는 경우가 많았다. 환자들의 신체 활동은 긍정적인 기분과 자존감을 확립하고 유지하는데 큰 영향을 준다. 또한 대인관계를 향상시키고 분노를 줄이는데 큰 도움이 된다. 화가 난 사람이 수영장에서 열 번 왕복한 뒤 그래도 화가 나는지 물어보면 이 말을 확인 할 수가 있다.수영이나 탁구 등, 의 운동을 하면 많은 에너지가 소모되면서 인체의 모든 기관에서부터 세포까지 근육 수축을 반복하면서 저항력훈련을 통하여 대사과정이 개선되며 신체의 여러 계통들이 더욱 좋아지는 것이다.

2. 운동은 노화 방지에 가장 좋은 보험이다.

운동은 나이가 들어가는 사람들에게는 더욱 좋다. 노인의 인지기능

인 정신 능력이 향상이 되
는 것이다. 운동을 하면 신
체는 에너지를 필요를 하
기 때문에 혈액순환을 통
하여 몸이 필요로 하는 에
너지원인 산소와 영양분을
운반을 한다.

운동은 에너지가 필요하기 때문에 혈액을 순환시킨다

　때문에 혈액 순환은 건
강에서 중요한 요소이다.
심장의 박동으로 뿜어져 나온 피는 우리 몸 구석구석까지 손끝과 발끝
에 있는 모세혈관까지 뿜어 뻗어나간다. 피는 폐로 들어온 산소를 혈
관의 혈액과 함께 몸 곳곳에 전달하고 우리가 먹은 음식을 소화기관을
통하여 만들어 낸 영양분을 날라 간다. 또 신진대사 과정에서 발생되는
노폐물 찌꺼기와 이산화탄소까지 가져다 땀과 숨쉬기, 방구, 오줌, 배
설 등을 통하여 처리를 하기도 한다.

　우리 몸의 신진대사를 일으키는 규칙적인 운동은 우리 몸의 혈류를
개선시키고 근육탄력도를 높이고 뇌 기능을 개선하며 세포운동을 활
성화 시켜 건강한 몸을 만들어 주며 노화예방 역할을 한다. 운동으로
건강 관리를 잘 한 사람과 그렇치 못한 사람과의 차이는 일반적으로 5
년-10, 음식과 건강관리를 동시에 한 사람과의 차이는 길게 20년까지
의 수명을 더 연장을 하며 살수가 있는 것이 인체과학의 결과물이다.

3. 나이보다 더 젊게 사는 사람들의 젊음은 미토콘드리아에서 온다.

음식물속에 들어 있는 영양소 중 탄수화물, 단백질, 지방 등, 3대 영양소는 혈액을 타고 세포 속으로 들어가 에너지 발전소인 미토콘드리아의 의해 우리 몸에서 활용 할 수 있는 에너지가 된다. 이러한 영양소들을 미토콘드리아가 우리 몸의 필요 한 것만큼 에너지를 만들지 못하면 에너지 부족으로 우리 몸이 피곤해 진다. 그리고 에너지로 바뀌지 못한 열량은 혈액 속에 떠다니다가 그대로 몸속에 축적이 되어 살이 찌게 된다.

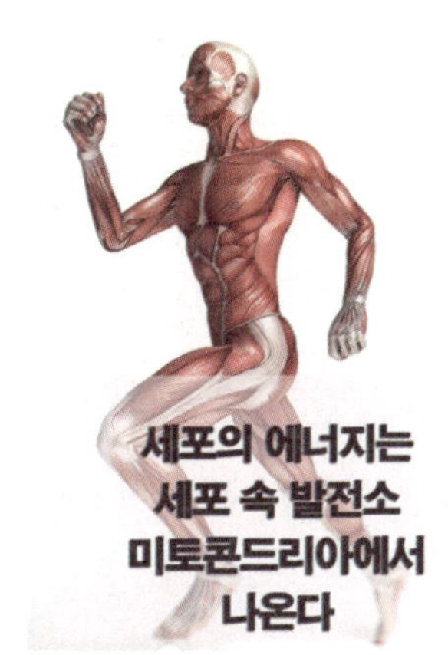

맛있는 가공식품, 튀김 등, 을 먹으면 열량은 많이 얻을 수 있지만 섭취한 칼로리를 에너지로 태워주는데 필요한 운동이 절대 필요로 한다. 그래서 신체는 규칙적으로 운동을 하면 우리 몸의 세포 속 미토콘드리아가 세포속의 에너지 발전소가 되어 신체내의 떨어진 신체기능을 깨워 세포와 근육을 활성화 시킨다. 미토콘드리아의 기능이 좋아지면 질병도 억제하고 노화도 억제한다.

노화를 멈추게는 할 수 없지만 음식과 운동으로 내 몸을 잘 관리만 하면 내 몸의 노화를 억제하며 다른 사람보다 더 젊어 보이는 보디빌더와 같은 젊음을 유지하며 살수가 있다. 그렇기 때문에 운동은 노화를 더디게 하며 에너지가 넘치는 우리 몸을 만들어 준다.

4. 신체 운동은 최고의 항 우울 제이다.

국립정신보건협회에서 밝힌 바에 의하면 정신건강에 문제가 있는 사람의 83% 운동을 하면 기분이 좋아지거나 스트레스를 줄일 수 있다 응답자 2/3 운동이 우울증을 완하하는데 도움이 되었다. 심지어는 조울증과 정신분렬증에도 도움이 되었다. 10명 중 6명은 육체운동이 동기 부영에 큰 도움이 되며 50% 자존감을 높여주고 24% 대인관계의 향상을 시켜주었다. 이처럼 운동은 정신세계에까지 건강의 기초가 되에 운동은 항 우울 제이다. 라고 한다.

누구나 삶의 발자국을 남긴다

1) 자신의 체력의 맞는 운동 종류로 선택하라.

건강을 위한 운동은 참으로 많다. 테니스, 탁구, 스포츠덴스, 등산, 등 유산소 근육운동이 겸하는 운동이 많다. 우리가 운동을 하지 않는 큰 이유는 동기가 부족하거나 돈이 들거나 자신감이 결여되어 있기 때문이다. 자신을 위하여 지속적으로 운동을 하는 사람은 전체의 불과 20%이다. 가령, 가장 쉬운 운동이며 가장 효과적인 운동은 걷기 운동이다.

2) 걷기 운동이다.

사람은 앉고, 서고, 걷고, 눕기는 신체의 기본 자세이다. 걷기운동은 누군나 할 수 있는 가장 쉬운 운동이다 그리고 최고의 운동이다. 시간이 없다. 눈 뜰 새 없이 바쁘다. 고 한다. 가령, 아무리 바쁘더라도 밥은 먹고 승용차는 타고 잠은 잔다. 퇴근 길 버스 한 정류장 일찍 내려 걸으면 된다. 못하는 것은 자신의 게으름과 무관심하기 때문이다.

3) 걷기의 효능

- 1.6km를 15분에 걸으면 같은 거리를 8.3에 뛴 것과 같은 양의 칼로리가 소비 된다.

- 하루에 3.2km씩 일주일에 3일을 걸으면 3주마다 약373g씩 체중을 감량 할 수가 있다.

- 당신이 걸을 때에 1분당 수명이 1.3-2분씩 증가한다.

5. 사람을 그리스어로 " 안드로포스"(ανθρωπος)라고 부른다.

안드로포스라는 뜻은 "위를 바라보는 존재" 라는 뜻이다. 모든 생명체는 옆을 보거나 땅을 보며 산다. 즉 짐승들인 돼지, 소, 닭, 개, 모두가 그러하다. 그래서 사람들의 인체의 골격은 206개의 뼈와 연골, 관절, 인대, 등으로, 그리고 78개의 기관으로 조직되어 있고 , 호흡계, 내분비계, 소화계, 비뇨계, 중추신경계통으로, 심장은 1분에 70회를 이완과 수축을 하면서,평생 내 몸속의 퍼저있는 12만km를 돌면서 평생

사람은 희랍어로 "안드로포스", "위를 바라보는 존재"라는 뜻이다.

동안 28억번 심장이 뛰면서 혈액을 공급해준다.

또한 인체 속에 염도가 부족하면 몸이 썩는다. 즉 부패한다. 즉 부패하는 현상은 바로 각종 신체 내외 염증, 아토피, 무좀 등의 세균번식이다. 그래서 사람의 인체내에는 70% 중 그냥 수분이 아니라. 그 중 0.9가 소금물이다. 바닷물의 염도는 3.5%이다. 나의 몸속이 0.9%의 염도를 유지하게 되면 어떤 병균이 내 몸속에 들어와도 이길 수 있으며 소금의 주 성분 중에 하나인 염소c_i는 위액의 성분인(hy dr ochloric acid) HCI 염산의 강산성으로 음식을 잘게 부수고 소화를 시키는 역할과 부패를 예방하는 역활을 한다.

가령, 새차를 1년동안 움직이지 않고 세워두기만 하면 철은 산화반응으로 녹이 쓴다. 철이 산소를 만나면 부식된다 즉 썩는 다는 것이다. 사람의 자율신경도 밤 낮 움직여서 혈액순환을 하듯 신체가 필요로 하는 에너지를 만들기 위하여 당신의 신체는 움직여야 한다. 즉 체력에 맞은 운동을 찾아 규칙적으로 지구력 있게 운동을 하라. 육체가 건강한 사람만이 그 행복을 향유 할 수가 있기 때문이다.

행복을 위해서, 본능적 원초를 깨우라 ① 식욕(食慾)

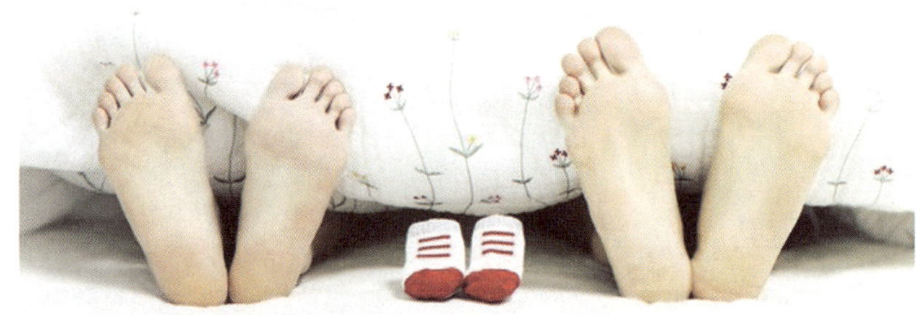

　사람에게는 원초(元初(的)의 3대 본능이 있다. 식욕(食慾)과 성욕(性慾)그리고 수면욕(睡眠欲)이다. 본능(instinct)의 어원은 라틴어로는 내부, 안의, 뜻하는 "in"과 stinger 찌름, 심한 아픔, 심한자극 의 합성단어이다. 결국 본능이란 내면적으로 하지 않으면 할 수 없는 원초의 그 무언가의 이끌리어서 심한 아픔처럼 또는 학습이나 경험에 의하지 않고 세상에 태어나면서부터 이미 갖추고 있는 행동 양식으로 그 능력이 심한자극을 말한다. 라고 백과사전은 말한다. 또한 사람이나 동물이 선천적으로 지니고 있는, 억제할 수 없는 정신적 충동이나 감정을 말 한다. 한 예로는, 한 두 끼니 굶었다가 허기진체 음식을 보면 침샘에서 자기 자신도 모르는 사이에 침이 흘러 나와서 침이 고이거나 입

술사이 밖으로 게..게..하게 침이 흘러서 내린다. 식욕의 원초가 깨어
나기 때문이다.

1. 식욕(食欲)의 원초를 깨워라.

사람의 인체는 대뇌의 조절 없이도 신체의 여러 장기와 조직의 기능
이 밤 낮 쉬지 않고 스스로 움직이는 것을 자율신경계라고 한다. 자율
신경은 교감 신경과 부교감 신경이 각종 기관과 혈관에 분포되어 소
화, 순환, 호흡 운동, 호르몬 분비 등 생명 유지에 필수적인 기능을 조
절하는 신체를 위한 3대 운동을 24시간 쉬지 않고 한다. 사람이 잠자
는 동안에 생명의 유지를 위하여 12만㎞나 되는 인체 내의 혈관은 정
맥, 동맥과 모세혈관으로 혈액이 순환을 하며 심장과 폐에 혈액을 공
급하며 각종 영양소, 노폐물, 산소를 온 몸의 혈액의 의해 순환을 밤
낮 쉬지 않고 그 일을 한다. 인
체가 이러한 신진대사를 하려
면 몸을 위한 에너지를 반드시
필요로 한다. 이 에너지는 식
품에 들어 있는 필수 영양소인
탄수화물, 단백질, 지방, 비타
민, 무기질, 물 등, 같은 필수
영양소가 건강한 인체를 만들
어 낸다. 그래서 건강한 신체

햄버거의 원조는 화이트 케슬러로 맥도널드는
1940년 버거킹은 1954년 시작이 되었다.

는 건강한 식생활을 통해서 얻어 진다. 건강한 식생활이란 다양한 종류의 음식으로 몸이 필요로 하는 적당량의 영양소를 몸에 공급하는 식단을 의미 한다.

1) 음식은 맛으로 먹는다.

프랑스의 미식가의 시조라고 불리우는 장앙텔름 브리야사바랭〈맛의 생리학 저자〉은 이런 말을 했다. 창

한국의 최초의 삼양 라면은 1963.9.15 탄생

조주는 우리로 하여금, 살기 위해 먹도록 명령을 했으며 식욕으로서 그 것을 권고하고 맛으로서 지원하며 결국 맛의 즐거움으로서 보상한다.고 했다. 음식을 잘 먹으면 맛과 그리고 먹은 후 쾌락의 즐거움을 내 뇌리와 마음속에 기쁨을 간직을 하며 즐길 수가 있다. 그래서 사람에게는 (三樂)이 있다. 먹고 놀고 자는 것이다. 그만큼 먹는 맛은 삶의 즐거움이요 기쁨이다.

2) 음식의 맛은 미향(味香)으로 먹는다.

향은 음식에 맛을 더해주며 맛의 풍미를 향상을 시킨다 특히 한국에서는 마늘, 고추, 파, 생강 후추 등의 양념이 향신료로 입맛을 돋구어주는 역할을 해왔다. 향은 아주 적은 양으로도 엄청난 맛의 영향을 미친다. 토마토에 존재하는 0.004%의 라이코펜이 토마토를 온통 새빨갛

게 물들이듯이 0.01%도 되지 않
는 향이 식품 전체를 물들인다.
대부분의 꽃들도 향기의 성분은
0.01%에 불과 하다. 실제 꽃들
의 향기의 성분을 추출을 하면
0.1%가 나오지만 실제 향의 기
여하는 성분은 극히 일부에 불과

하다. 이렇게 향기의 냄새는 당연히 코를 통해서이다. 코(비강)가 숨을
들이 쉴 때 코 속으로 냄새 분자도 흘러 들어간다. 후각수용세포라 불
리우는 특수한 신경세포는 좌우 각 코안의 윗부분에 자리 잡고 냄새분
자를 감지한다. 얇은 뼈로 이루어진 코 선반은 온기를 퍼트려서 후각수
용세포가 정상적으로 작동하고 손상되지 않도록 한다. 비강의 후각수
용세포 속에는 뇌로 전달하는 신경세포가 가득 들어 있어 뇌의 연변 계
에 속하는 편도체로 전달되고 편도 체에서는 냄새에 대한 감정 반응에
대한 맛 느낌을 호르몬이 신경계를 통하여 온몸에 퍼트려 알린다. 그래
서 음식은 맛과 향이 즉 향미로 온 몸으로 맛을 즐기며 먹는다.

3) 몸이 아프면 미각의 자각증상을 질병에게 빼앗긴다.

몸이 아프면 우리 몸은 세균과 바이러스를 방어하기 위하여 열을 발
생시키며 염증을 만들어 내면서 고통을 준다. 그 증상이 열, 콧물, 기
침, 두통, 오한 등의 질병이 자각증상을 빼앗아 미각을 잃게 한다. 그
래서 몸살이나 감기에 걸리면 끙끙.. 앓으면서 입맛이 없다고 하면서

식사 때에 밥상을 물린다. 그렇게 내 몸
이 아프면 미각을 질병에 빼앗기기 때
문이다.

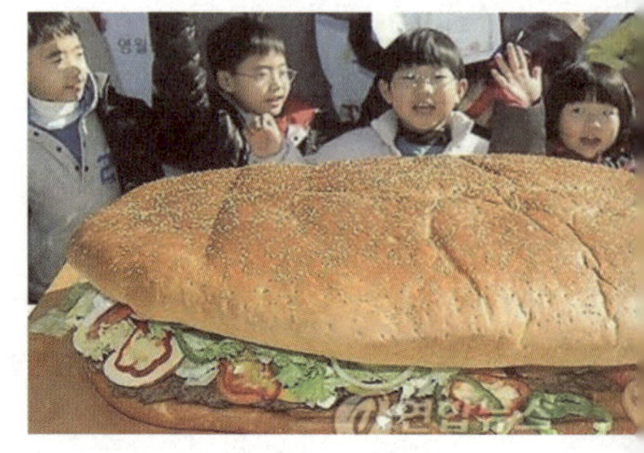
1937년 모리스 맥도널드 형제가 켈리포니아에서
최초 식당문을 열다

음식의 기본 맛은 단맛(甘味, 감미),
신맛(酸味, 산미), 짠맛(鹹味, 함미), 쓴
맛(苦味, 고미)의 네 가지 맛을, 4원미라
고 한다. 이 네 가지 맛은 각기 특성 있
는 맛을 가지며 서로 복합되어 여러 가지 맛을 만들어 낸다. 동양에서
는 이 4원미에 매운맛 또는 감칠맛을 더하여 5미를 기본 맛이라고도
한다. 기본의 맛은 음식에서 나와 공기 중으로 휘발(揮發)된 분자는 코
에서 냄새로 감지되어 음식의 분자는 침에 용해되어 혀와 접촉 할 때 4
원미의 맛의 진수를 느껴진다.

2. 먹은 것만큼 사용하여 본능의 원초를 자극하여 깨워라.

운동에는 근육을 붙이는 운동과 지방을 없애는 운동이 있다. 근육 살
을 붙이고 튼튼하게 하는 것은 전문 운동선수들이 하는 운동들이다. 격
렬한 운동을 하려면 운동선수는 반드시 근육 살이 필요하다. 근육 살을
붙이는 파워 트레이닝은 무거운 역기를 들어 올리고 발 빠른 질주를 하
는 육상경주 운동들이다. 그러나 가볍고 부드러운 운동들이 지방을 태
워 없애준다. 가벼운 운동들이 활성 산소를 만들어 낸다. 비만을 없애
는 가벼운 운동으로 워킹(working), 등산하기, 체조, 수영 등이 있다.

병원에서의 재활운동은 활성산소 운동이라고 걷기 운동부터 시킨다. 그래서 이른 아침이면 그린 파크에 나아와서 걷고 뛰고 체조하는 모습들을 쉽게 볼 수 있다.

질병 없이 행복하고 건강한 일생을 살려면 매일 신체의 운동으로 인체의 근육에서부터 말초신경까지 원초의 잠에서 깨어나도록 스트레칭, 체조, 걷기, 달리기, 헬스 , 등산 등의 운동으로 내 몸의 원초를 깨워라. 내 체력의 맞는 운동을 찾아서 주 3-4회 이상 운동을 하면 질병 없는 행복한 삶을 살 것이요. 그렇지 않으면 질병의 시달리며 골골하며 살다가 결국은 골골 죽는다.

3. 신체 대사 율이 약하면 내 몸에 만병이 죽음을 데리고 찾아온다.

인체는 몸 스스로의 생명 유지를 위해 생체 내에서 이루지는 물질의 화학적 변화를 일으킨다. 음식을 먹으면 산소와 함께 섭취한 음식을 합성이나 분해를 통해 에너지로 바꾸고 불필요한 노폐물을 몸 밖으로 내보내는 대사를 한다. 만성질환은 인체의 대사가 안 이루어 져서 오는 질환들이다. 나이가 들면 신체가 쇄하여져 가면서 대사 율이 떨어진다. 그래서 나이가 들면 대부분 만성질환으로부터 자유롭지 못하다. 많은 사람들이 고혈압, 심장혈관 질환, 천식, 당뇨, 관절염, 골다공증 등 한 두 가지 이상의 질병을 경험을 한다.

운동(運動)이란? 말은 말 그대로 '움직이는 것' 그 자체를 말하는 거고, 체육(體育)은 '몸을 기르는 것' 인데, 사람이 몸을 단련하거나 건강

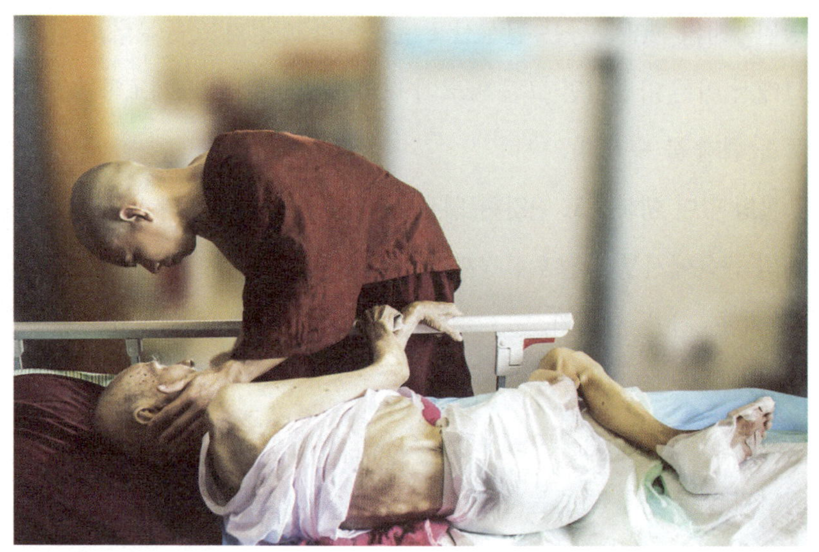

질병은 죽음을 목적으로 찾아온다 - 탈무드

을 위하여 몸을 움직이는 일을 운동이라 한다. 규칙적인 운동은 건강한 삶을 위해 반드시 필요하다. 몸이 병 들면 마음과 정신의 그릇인 육체도 시들고 병 들기 때문이며 질병의 목적은 곧 죽음이다. 히브리 사람들의 탈무드에 의하면, 근면, 인내, 열정, 노력은 신이 내린 선물로 이 네 가지 선물만 있으면 사람은 누구나 건강, 행복을 누릴 수가 있다고 했다. 운동의 속성인 근면의 부지런함으로, 힘이 들어도 인내심으로, 뜨거운 열정과 마음으로, 식욕대로 먹은 것만큼 내 몸의 건강을 위하여 잠자는 내 몸을 깨우며, 움직이며, 운동으로 본능적 원초를 깨우기를 노력을 하면 틀림없이 건강의 여신은 당신의 행복을 불러다 줄 것이다.

행복을 위해서 본능적 원초를 깨우라 ② 수면욕(睡眠欲)

사람에게는 원초(元初(的)의 3대 본능이 있다. 식욕(食慾)과 수면욕(睡眠欲) 그리고 성욕(性慾)이다.

본능(instinct)의 어원은 라틴어로는 내부, 안의, 뜻하는 "in"과 stinger 찌름, 심한 아픔, 심한자극 의 합성단어이다. 사람이나 동물이 선천적으로 지니고 있는, 억제할 수 없는 정신적 충동이나 감정을 말 한다. 한 예로는 사람이 잠을 못자거나 수면이 부족하면 출퇴근 중에도 전철이나 버스의자에 기대어 앉아 옆 사람에게 비스듬이 기대어 마냥 끄덕이며 존다. 어떤 때에는 벽에 이마를 쿵쿵 부디 처가며 부끄러운 줄 모르고 졸기도 한다. 심지어는 고속도로 운전을 하면서 졸음이 오면 허벅지를 꼬집고 노래를 크게 외처 불러도 졸음이 온다. 심하면 졸음운전 사고도 난다. 잠이라는 졸음의 원초가 깨어나기 때문이다.

1. 잠은 마음과 몸의 활동이 쉬며 회복하는 시간이다.

잠(睡眠欲)이란? 생물이 일정 시간 동안 마음과 몸의 활동을 쉬면서 의식이 없는 상태로 있는 일로서 보통 이 상태에서는 호흡이 느려지고 근육이 이완되며 움직임이 거의 없어진다. 사람의 경우는, 매일 밤 이러한 휴식 상태로 들어가는 일이 잠이라고 한다. 그래서 생의 시간의 $\frac{1}{3}$을 잠으로 소비를 한다. 그러한 잠자는 시간이 결코 낭비의 시간이 아니다.

잠은 현대의학의 신비의 영역으로 보지만 수면은 "회복"의 기능을 가지고 있다. 그러면서 수면은 거의 모든 건강 문제와 밀접하게 연관되어 있다. 고혈압, 당뇨, 심혈관계 질환, 내분비대사, 면역 기능, 감염병, 피부질환, 외상의 회복까지 잠과 관련이 없는 질환이 있을까 싶을 정도로 깊은 관여를 한다. 신체의 회복뿐 아니라 마음건강의 회복도 가져온다. 낮에 힘이 겨워던 걱정과 불안, 우울한 감정도 푹 잘 자고 나면 어느새 불안함이 가라앉고 신경질적이고 짜증내던 상황을 좀 더 객관적으로 볼 수 있게 되듯 하룻밤의 숙면을 푹 취하고 나면 아침 정신이 상쾌

해 지며 불안 걱정도 사라진다. 이렇게 잠을 통한 인간의 신체는 자연 치유와 회복의 기능을 가지고 있기도 하다.

2. 잠은 신체적, 정신적 고통을 완화하며 치유와 본능의 원초를 깨운다.

1) 생체 리듬에 따라 사람의 신체는 충분한 잠을 자야 한다.

인체는 생체 리듬에 따른 잠을 충분히 못 자면, 어떤 방식으로든 신체가 필요로하는 수면 량을 보충을 하려 한다. 충분한 수면 량을 못 채우면 1-2주 며칠 정도는 버틸 수 있지만 몇 주, 몇 달 이상 장기간은 제대로 버티기는 힘들다. 그러면 신체에 스트레스 호르몬 수치가 높아지고 피로 물질이 누적되기 때문이다. 장시간 동안 억지로 깨어있다 보면 중추신경에서 강제로 수면이 신경 감각을 차단 해버려서 기절하듯이 수면 상태로 들어간다. 실제로, 제1차 세계 대전 때의 사례를 보면, 전투를 하고 있는 참호전 중에 병사들이 오랫동안 잠을 못 자자 나중에는 바로 옆에 총알이 날아들고 폭탄이 터지는 와중에도 잠들게 되었으며, 지휘관들이 아무리 깨워도 다시 웅크린 채 잠들었다 는 기록이 있다. 즉 목숨이 왔다 갔다 하는 상황인데도 너무 잠을 자지 못하게 되니 신체는 일

좋은 웃음과 긴잠이 최고의 치료제다. - 아일랜드 속담

단 자고 보려는 것이다. 이는 그만큼 잠은 생명을 유지하는데 필요로 하고 있다는 반증이다.

2) 정신적 고통, 신체적 아픔 중에 잠은 스스로 힐링을 한다.

사람들은 누구나 신체상 외상이나 정신적 큰 충격을 당했을 때 잠이라는 것이 없다면 정말 견디기 힘들 것이다. 때문에 의사들은 생사가 오가는 상황의 중환자에게는 다량의 수면제를 투여해서 환자를 며칠씩 계속 잠을 자게 함으로써 환자의 고통을 완화하고 쇼크를 방지하기도 한다. 일례로, 교통사고로 기절하여 실려 간 환자들을 보면 한동안은 계속 잠만 자게 한다. 일단 깨우면 일어나긴 하지만 몇 마디 대화도 못하고 금방 다시 잠든다. 비몽사몽으로 며칠간 잠만 자던 환자가 어느 순간 딱 제대로 의식을 차리게 되는데, 그때쯤 되면 처음 병원에 실려 왔을 때보다는 몸이 많이 회복된 것을 쉽게 보게 된다. 그렇게 잠은 우리 몸을 몸 스스로치료하며 다스린다.

3. 잠자는 동안 인체는 쉬지만 신체의 내면은 내 몸을 위하여 열심히 일을 한다.

심신의 건강이 악화될수록 수면 부족 현상이 나타난다. 내 몸이 잠을 자는 동안 몸과 뇌의 기능이 멈춘 것처럼 보이지만, 사실 부지런히 일을 한다. 자는 동안 손상된 세포들이 회복되고, 낮 시간의 학습된 수많은 정보를 정리하고, 밤에는 이 기억을 편집하거나 기억 중추(해마)에 전달해 저장을 하는 것이다 또한 낮 동안 쌓인 뇌 속의 노폐물을 잠들어 쉬는 시간의 부지런히 청소를 한다.

일단 잠이 들면 뇌의 뉴런(신경세포)들이 순차적으로 활동을 정지하고, 활동이 정지된 뉴런은 많은 산소를 필요로 하지 않기 때문에 일시적으로 혈액 공급이 차단된다. 그리고 혈액이 빠져나간 자리에 뇌척수액을 들여보내 노폐물을 청소한다. 수면 중 청소되는 노폐물인 베타 아밀로이드는 알츠하이머병의 원인물질 중 하나인데, 이때에 충분한 수면이 치매 예방에 필수적이다. 그러므로 수면의 양과 질이 낮을수록, 몸과 뇌의 컨디션이 저하되기도 한다.

4. 생명체의 하루주기 생활리듬의 '생체시계의 원초"를 깨워라.

지구에 사는 모든 생명체는 하루 주기의 생활리듬의 생체시계'를 가지고 생활을 한다. 지구가 자전과 공전을 함에 따라 낮과 밤이 생기므로서, 낮과 밤의 변동에 맞춰 적응이 되어 우리 몸의 생체시계가 만들어져 있다. 그래서 우리 몸은 수면, 호르몬, 심장의 심박수, 체온, 혈압 등 신체기능을 하루주기로 반복하는 패턴을 가지고 있는 것이다.

또한 우리 몸에 생체 시계가 있다는 것은 너무나 자연스러운 것이다. 한 예로, 바로 비행기로 해외여행을 가서 겪는 시차적응이다. 특히 먼

나라로 여행을 가면 낮과 밤이 바뀌면서, 여행지에서는 밤인데도 잠이 오질 않고, 낮인데도 잠이 쏟아지고 몽롱하며 컨디션이 저하되는 경험을 하게 된다.

선생은 가르치고 학생은 잠을 잔다

바로 내 몸의 생체시계가 갑작스러운 환경 변화에 따라 바로 적응을 못하고 있다는 증거이기도 하다. 생체주기인 낮밤을 엇바뀔 때에 이것이 길게 이어질 때에 주기에 맞지 않게 사는 생활은 신체 문제를 일으켜서 때로는 대사 장애, 심혈관질환, 암 등이 발생을 하며 더 나아가 생체리듬의 교란이 뇌에 미치는 영향으로는 우울증, 조울증, 치매 등과 함께 불면증의 발생이 대표적인 예이다.

5. 잠은 얼마나 자야 본능적 육체의 원초를 깨우는데 좋을까?

성인의 경우 대개 22-23시, 가급적 자정 이전에, 늦어도 2시에 자기 시작해서 최소 5-6시간, 건강을 위해서라면 7-8시간 정도 수면 후 6-7시에 기상하는 것이 가장 좋다. 물론 이 수면 시간은 단순히 누워 있는 시간이 아니라, 수면 뇌파가 발생하는 실제로 잠을 자는 시간이므로, 잠들지 않고 그냥 누워 있는 시간까지 합하면 6-9시간 정도는 누워 있어야 적절한 수면 시간을 확보하게 되는 것이다. 그래서 병원 입원실이나 군대 등은 보통 21시에 취침해서 6-7시 정도에 기상하는 패턴이 가장 대표적인 표준적이다.

6. 어떤 방법으로 수면을 취해야 좋은 꿀잠을 잘까?

　좀 피곤하다 할 정도의 체력을 소모시키는 운동이나 노동을 하면 생물의 심신은 에너지를 지속적으로 소비하면 그 기능이 떨어지는데, 이를 피로(疲勞)라고 한다. 몸은 피로한 몸을 회복을 시키려고 생리적인 잠(睡眠)을 청한다. 각 사람마다 차이는 있으나, 사람은 밤이 되거나 눈에 들어오는 빛이 적어지면 호르몬 분비와 조절을 통해 신체를 이완시키고 잠에 들게 되고, 눈에 들어오는 빛이 많아지고 주변이 밝아지면 신체 스스로 서서히 잠에서 자기를 깨우게 된다. 깊은 잠에서 얕은 잠으로 바뀌다가 자연스럽게 눈을 뜨게 되는 것이다. 이렇게 자연스럽게 깰 경우 대부분 개운하다고 그 감정을 느끼게 된다. 개운하게 자고 일어나고 싶다면, 이런 수면주기기 자신이 언제 잠에 들어야 개운하게 깰지를 예상하고 그 시간에 잠들고 일어나는 습관을 들이면 적게 자더라도 일어났을 때 극심한 피로를 느끼는 일은 줄어 든다. 절대적인 시간 채우는 게 중요한 게 아니라 수면의 주기와 평소 수면 습관으로 생체리듬에 따른 생체시계대로　따르면 최적의 시간 동안 양질

수면은 피로한 마음의 가장 좋은 약이다 - 세르반테스

"겉표지만 보고 책을 판단하지 말라" - 영국격언

의 수면을 취하게 되는 것이다.

끝으로, 식욕은 건강과 생명의 기초이며, 성욕은 사랑과 종족의 번성이며, 수면욕은 육체의 쉼과 안식의 끝이다. 그래서 식욕과 성욕과 그리고 수면욕의 원초를 깨워야 삶의 기둥을 튼튼하게 우뚝 바로 세울수가 있고 나와 우리 가정의 행복의 집을 지을수가 있다.

행복을 위해서, 본능적 원초를 깨우라 ③ 성욕(性慾)

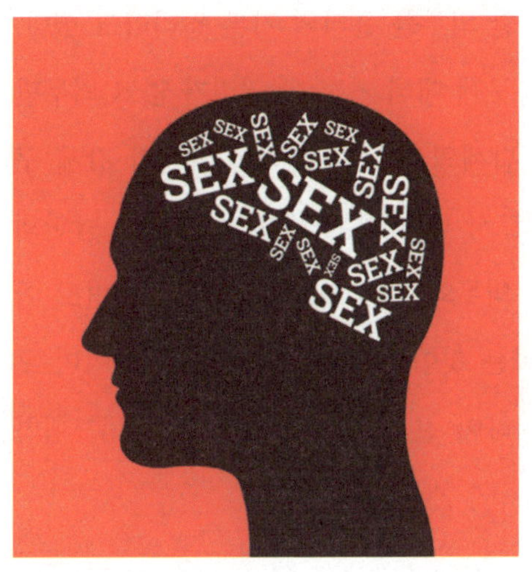

인간의 원초(元初(的)의 3대 본능인 식욕(食慾), 수면욕(睡眠欲) 그리고 종족 번성과 사랑의 환희인 인간의 성욕(性慾)이야기 이다. 생리학적으로는 성욕의 중추는 뇌의 시상하부에 있으며 이곳에서 혈액 중 성호르몬의 농도를 감지해 대뇌에 성욕으로 전해진다. 이와 함께 성욕의 조절 및 억제는 대뇌변연계에서 이루어진다. 성욕은 인간뿐만 아니라 모든 생명체가 개체 보존을 위해 가지는 선천적인 본능의 원초의 욕구이다.

1. 인류 경전(經典)인 기독교의 성경도 원초의 본능인 성욕에 대하여 말씀하고 있다.

신약성경 고린도전서 7:9절에 만일 절제할 수 없거든 결혼하라 『정욕』이 불 같이 타는 것보다 결혼하는 것이 나으니라. 라고 고린도교회의 미혼자와 과부에게 한 말이다. 그리고 결혼을 한 기혼자인 부부에게 이렇게 말을 했다 『남편은 그 아내에 대한 의무(성(性))를 다하고 아내도 그 남편에게 그렇게 하라』. 신약성경 고전7:3절 말씀이다. 의무란 희랍어로 ὁΦειλή(오페일레) "빚, 마땅히 응당 해야 할 본분" 이란 뜻이다. 칸트는 부부의 성에 대한 의무를 윤리의 기본 원리라고 했다. 부부는 서로 육체적인 성(性) 욕구에 대해 거절 할 권리가 없고 의무만 있다. 이는 마치 국방의 의무, 납세의 의무는 선택이 아니라 강제 구속성이 있어 국가에 대하여 반드시 해야 하는 책무의 일이다. 남편의 불 같이 타오르는 성적 요구에 의무와 같이 그렇게 응하며 남편도 아내에게 그렇게 의무를 이행하라는 것이 부부에 대한 성적의무이며 오페일레 즉 빚을 갚듯 상대를 위하여 전적으로 그 성적인 의무를 행하라는 뜻 이다.

2. 성(性)은 창조주가 결혼을 한 부부에게만 주신 원초의 선물이다.

신약성경의 고린도전서7:4절에 아내는 자기 몸을 주장하지 못하고 오직 그 남편이 하며 남편도 그와 같이 자기 몸을 주장하지 못하고 오직 그 아내가 하나니, 라고 했다. 고전7:4절에 "주장하다" 라는 단어는 희랍어로 ἐξσυιαω

엑수시아조 "권리를 행사하다" 는 뜻이다. 결혼한 부부들에 대하여 자

기 신체에 대한 성(性)의 권리의 용례에 대해서는, "남편의 몸에 대한 권리는 아내가" "아내의 몸에 대한 권리가 남편이 가지고 있다"는 것이다. 즉 남편이 아내에게 성적 행위를 요구 했을 때 아내는 피곤하다고 바쁘다고 싫타고 거절해야할 권리가 없다. 고 성경이 말하고 있다.. 이는 부부간 성적 행위에서는 의무만 있고 거절의 권리가 없다는 것이다. 남편 역시 아내의 요구에 남편이 거절할 권리를 가지지 못한다는 것이 "엑수시아조" 어원의 의미이다. 부부의 성(性) 행위는 종족 번성의 본능으로 여자에게는 채워줘야 하고 남자에게는 풀어줘야 하기 때문이다.

3. 남자와 여자의 명칭의 어원의 시작은 생육과 번성이다.

남자란 단어는 창세기 2:22절 (히브리어 אִישׁ Yi-sh) 잇쉬 라고 하는데 그 의미는 "화살" 이란 뜻인데 그 의미처럼 남자의 음경은 밖으로 뾰족하게 나온 화살모양의 형태로 뾰족하게 돌출이 되어 여자의 질속으로 쉽게 찾아 삽이 되도록 공격형으로 만들어 졌다. 여자란 단어는 창세기 2:21절 (히브리어 אִשָּׁה Yishsha) 잇솨 라고 하는데 "구멍" 리는 뜻으로 요처럼 움푹 패여 수용성의 구멍으로 되어 있다. 여자의 성은 여자란 어원 속에 숨겨져 있는 기능의 어원처럼 처럼 음부는 받아들이는 구멍과 같아서 우물과 샘 (잠언5:15-16)으로 여인들의 성(性)을 은유적(隱喩的)으로 성경은 표현을 하고 있다. 인간의 성(性)은 생육과 종족 번성의 원천이기 때문이다.

4. 인간의 삼락은 먹고(식욕,食慾), 자고(수면욕,睡眠欲), 놀고(성욕,性慾)이다.

사람에게는 삼락(三樂)이라는 즐거움이 있다. 먹고, 놀고, 자고이다. 먹고(식욕,食慾), 자고(수면욕, 睡眠欲), 놀고(성욕, 性慾) 즐기면서 산다. 인간의 정신과 육체가 이 삼락중에 제일 기쁨과 환희의 즐거움을 맛을 볼수 있는 것이 성욕 해소이다. 남녀의 성욕은 남성의 발기된 음경은 여성의 질에 삽입된 후 사람의 따라 다르지만 성적 흥분과 성교 동안의 일정한 양상의 성적인 흥분의 과정이 4단계로, (1)흥분기, (2)고원기, (3)오르가슴(or-gasme 성적 흥분의 절정 또는 아

남여 사랑나무, 전북 무주군 삼곡리 신인월담 계곡

크메 acme)의 정점 기, (4)해소기로, 이 4단계가 차례로 일어난다. 이러한 과정을 거친 성행위로서 성감곡선의 정점의 다다를 때를 엑스터시 (ecstasy- 황홀경) 또는 아크메"acme- 정점" 즉 오르가슴(orgasme 이라고도 한다. 이것은 창조주 하나님이 인간에게 생육과 번성을 위하여 주신 하나님의 귀한 성(性) 선물이다.

5. 원초(元初)의 본능들은 성질이 같아서 그 행위를 하고나면 곧 바로 그 욕망들은 모두 소멸이 된다.

① 몇일 몇 끼를 굶고 나면 굶고 배가 허기지면 기운이 가라앉고 몹시 배가 고플 때는 머릿속에 온통 먹거리 생각뿐이다. 그러나 음식을 먹고 든든히 허기진 배를 채우고 나면 허기증이 감쪽같이 모두 사라진다. 그리고 허기증을 잃어버린다. 성욕이 그와 비슷하다.

② 사람이 잠을 못자거나 수면이 부족하면 출퇴근 중에도 전철이나 버스의자에 기대어 앉아 옆 사람에게 비스듬이 기대어 마냥 끄덕이며 존다. 어떤 때에는 너무나 피곤하면 벽에 이마를 쿵쿵 부디 처가며 부끄러운 줄 모르고 실컷 졸다가 깨어나면 정신은 맑고 한결 깨운 하며 내가 언제 졸았다 는 듯이 그렇게 졸리던 잠이 감쪽 같이 사라진다.

③ 성욕도 식욕이나 잠욕과 비슷하다. 성욕이 남자는 20대 여자는 30대의 성적욕망의 리비도(libido)가 가장 높은 때이다. 이

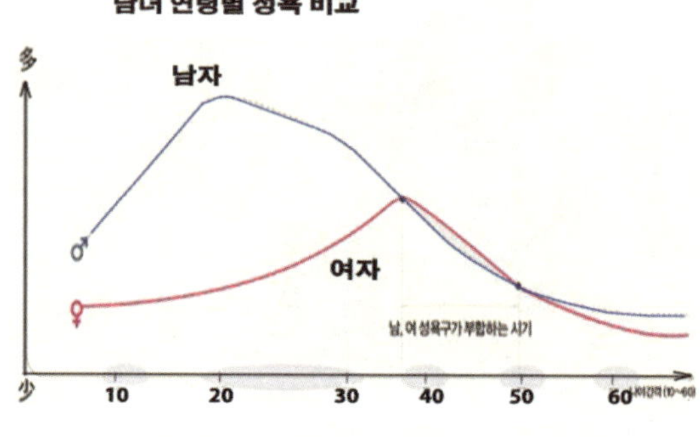

때의 성적인 리비도는 폭팔 적이다. 그래서 남녀가 성교의 행위를 하여 사정을 하고나면 성적인 흥분과 욕망은 언제 그랬냐는 듯 감쪽같이 사라진다. 식욕(食慾), 잠욕(睡眠欲), 성욕(性慾)의 욕망은 이 땅의 모든 생명체가 개체 자신의 보존을 위해 가지는 사랑이 전제가 된 본능적인 원초의 욕구이기 때문이다.

6. 인간들이 갖고 있는 욕구들 중 가장 강한 욕구는 뭘까?

식욕? 성욕? 수면욕? 인간에게 가장 강한 욕구를 알아내기 위하여 실험을 했다. 실험은 통제 방식으로, 이 세 가지가 결핍된 남녀 세 쌍을 각각 방에 집어넣고 관찰을 했다.

그 방에는 푹신한 침대가 있었고 맛있는 음식도 준비되어 있었다. 그들은 며칠 동안 한숨도 못 자고, 오래동안 헤어져 있었고 쫄쫄 굶은 젊은 남녀 세 쌍은 각 방에 들어가자마자 우선 침대에 누워 잠을 자는 것을 선택했다. 그리고 그 뒤 일어나서 밥을 먹고 얼마 후 원기가 회복

남녀가 성적인 차이가 생기면 다가갈 수 없는 공간이 생긴다.

이 되고 힘이 생기니... 서로가 서로의 원초의 욕구를 발산하려고 Sex를 하는 것이다. 그렇다, 결국 인간의 욕구는 수면욕〉식욕〉성욕의 순이라는 것이다. 당연한 결과일지도 모르겠다. 수면욕과 식욕은 생존에 직결되니 좀 더 상위 차원의 욕구이다, 성욕보다 앞서는 게 생존을 위한 수단으로, 인간에게는 우선 먹고 자야 산다. 그래서 식욕, 수면욕 그리고 성욕이다. 어쨌든, 가정의 행복 그리고 부부의 행복을 위해서라면, 인간의 3대 본능의 원초인 식욕(食慾), 수면욕(睡眠欲) 그리고 성욕(性慾)을 깨워라. 자기 자신의 행복한 건강을 위한 기준치의 잣대가 되기 때문이다.

맛과 멋과 즐거움으로 그 행복을 먹다.

고대 그리스도인으로 의학의 아버지라고 불리웠던 히포크라테스는 "우기가 먹은 것이 곧 우리 자신이 된다"고 했다. 인간은 누구나 음식물을 통하여 6대 영양소인 탄수화물, 단백질, 지방질, 비타민, 무기질, 물 등 이런 주 영양소는 우리가 먹는 음식물을 통한 물질대사를 통하여 우리 몸의 필요한 에너지를 생산하는 역할을 한다. 음식물이 입에서 씹히는 동안 혀 밑에 형태를 만들어 위로 내려 보내는 역할을 한다. 이때 음식물에 있는 음식의 분자는 침에 용해되어 혀와 접촉 할 때 맛으로 느껴진다. 음식에서 나와

공기 중으로 휘발된 분자는 코에서 냄새로 감지된다. 사람의 코 안에는 얇은 점액층이 있다. 냄새 분자가 점액을 만나 용해되면 후각 수용 세포 끝에 연결된다. 코의 후가수용세포와 혀의 미각수용세포는 냄새와 맛을 기록하기 위하여 뇌신경에 신호를 보낸다. 뇌에 전달된 맛은 사람의 뇌의 행복을 결정지어 주는 행복 호르몬 네 가지 신경전달물질이 있다. 즉 ①"도파민"(Dopamine), ②"노르아드레날린"(Norepinephrine), ③"세로토닌"(Serotonin) , ④"엔도르핀"(endorphin) 이 맛의 행복을 느끼게 온 몸의 행복한 마음을 뇌가 신경세포를 통해서 온 몸의 전달을 한다. 그러면 우리의 몸에서는 각 기관들이 기쁘고 즐거운 감정과 표정으로 그 행복함을 반응들을 한다.

1. 먹는 것으로 행복한 즐거움은 시작이 된다.

사람에게는 (三樂)이 있다. 먹고 놀고 자는 것이다. 그래서 모든 생명은 먹어야 산다. 먹는 것은 생명활동에 필요한 에너지와 자원을 공급하는 일이다. 한 알의 약도 챙겨 먹기가 귀찮은데 고박꼬박 하루의 삼시 세끼를 챙겨서 그 많은 량의 음식을 먹는 다는 것은 정성으로 하기는 힘든 일이기도 하지만 먹는 것에는 즐거움이 있기 때문이다. 프랑스의 미식가의 시조라고 불리우는 앙텔름 브리아사바랭〈미각의 생리학 저자〉은 이런 말을 했다. 창조주는 우리로 하여금, 살기 위해 먹도록 명령을 했으며 식욕으로서 그것을 권고하고 맛으로서 지원하며 결국 쾌락으로서 보상한다. 고 했다. 음식을 잘 먹으면 맛과 쾌락을 즐길 수가 있다.

2. 음식을 제대로 못 먹으면 몸이 고생하며 시들어 병들고 결국은 죽는다.

음식은 입맛이 땡기는 대로 먹지 말고 자신의 건강 체질에 맞는 식단에 맞추어 먹어야 한다. 신체의 배고픔은 음식에 대한 생리적 욕구로 저혈당이나 공복감 같은 내적인 신호로 생겨난다. 배고픔은 뇌와 소화

기관. 지방저장, 등 서로 연관된 신
체적 복잡한 시스템의 제어를 신경
호르몬을 통해 받는다. 마치 비싼
고급승용차라 할지라도 연료가 없
으면 절대 움직이지 않는다. 그냥
고철 덩어리일 뿐이다 사람의 신체
도 배가고프면 먹고 싶은 열망으로
이어지다가 배고픔이 심해지면 기

음식의 향을 즐길수 있는 한국의 전통음식

아가 되어 사람이 죽는다. 누구나 사람의 몸은 위가 2시간가량 비어 있
으면 장 근육이 수축하여 남은 찌꺼기를 모두 배출한다. 그리고 저혈당
상태는 허기를 악화시킨다. 배고픔 호르몬인 그렐린(그렐린 호르몬은
식욕촉진 호르몬이다)의 수치가 올라간다. 우리 몸이 정상적으로 음식
을 섭취하지 못한 몸의 대부분의 세포는 포도당이나 지방산을 에너지
원으로 끌어서 사용을 한다. 지방세포로부터 지방산을 받아드린 근육
세포는 이를 분해하여 에너지를 얻어 신체의 혈관의 혈액을 통하여 각
기관이 원활한 활동을 하도록 에너지와 산소를 공급을 한다.

3. 음식의 맛은 향(香)이다.

향은 아주 적은 양으로도 엄청난 영향을 미친다. 토마토에 존재하는
0.004%의 라이코펜(토마토의 붉은색을 내는 항산화 물질)이 토마토를
온통 새빨갛게 물들이듯이 0.01%도 되지 않는 향이 식품 전체를 물들

인다. 대부분의 꽃들도 향기의 성분은 0.01%에 불과하다. 실제 꽃들의 향기의 성분을 추출을 하면 0.1%가 나오지만 실제 향의 기여하는 성분은 극히 일부에 불과 하다. 이렇게 향기의 냄새는 당연히 코를 통해서이다. 코(비강)가 숨을 들이 쉴 때 코 속으로 냄새 분자도 흘러 들어간다. 후

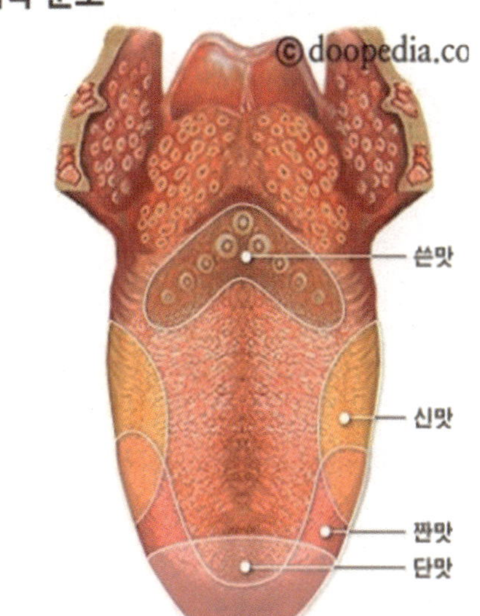

각수용세포라 불리우는 특수한 신경세포는 좌우 각 코안의 윗 부분에 자리 잡고 냄새분자를 감지한다. 얇은 뼈로 이루어진 코 선반은 온기를 퍼트려서 후각수용세포가 정상적으로 작동하고 손상되지 않도록 한다. 비강의 후각수용세포 속에는 뇌로 전달하는 신경세포가 가득 들어 있어 뇌의 연변 계에 속하는 편도체로 전달되고 편도 체에서는 냄새에 대한 감정 반응에 대한 맛 느낌을 신경 호르몬을 통해 온몸에 퍼트린다.

4. 맛의 풍미는 단맛, 신맛, 짠맛, 쓴맛, 그리고 감칠맛이다.

음식의 기본 맛은 단맛[甘味(감미)], 신맛[酸味(산미)], 짠맛[鹹味(함미)], 쓴맛[苦味(고미)]의 네 가 맛을, 4원미라고 한다. 이 네 가지 맛은

Taste areas on the human tongue

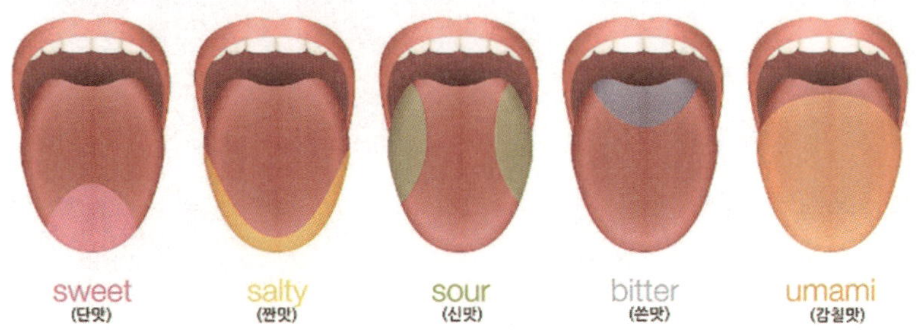

혀의 미각 (출처: 게티이미지 코리아)

각기 특성 있는 맛을 가지며 서로 복합되어 여러 가지 맛을 만들어 낸다. 동양에서는 이 4원미에 매운맛 또는 감칠맛을 더하여 5미를 기본 맛이라고 한다.

① 단맛: 맛의 기본으로 단맛을 내는 물질은 복잡한 유기화합물로 당류와 알콜류, 아민류 등이 있다. 단맛을 내는 물질의 당 정도는 차이가 많아서 설탕과 비교하여 상대적으로 평가한다. 어떠한 감미료는 단 정도가 설탕의 200배나 되는 것도 있다.

② 신맛: 식품의 신맛은 향기를 수반하는 경우가 많으므로 본래의 맛과 아울러 식품의 맛을 좋게 하고 식욕을 증진시키기도 한다. 이들 신맛은 상쾌한 신맛과 특유의 감칠맛을 지니기도 한다.

③ 쓴맛: 어린아이들은 쓴 맛을 싫어하지만 많은 어른들은 홍차, 녹차, 커피, 다크초콜릿 등, 의 쓴 맛을 즐긴다. 쓴맛은 신맛과 같이 다른 맛과 혼합되어 독특한 풍미를 형성한다. 보통 쓴맛은 불쾌하게 느껴지지만 적당히 희석되면 입맛을 돋우기도 한다.

④ 짠맛: 식염의 구성 성분
은 염화나트륨이며 조리에서
가장 기본이 되는 맛이다. 순
수한 짠맛의 대표적인 것은 소
금으로서 그 농도가 1%일 때
에 가장 기분 좋은 느낌을 갖
는다.

⑤ 감칠맛: 감칠맛은 최근에 발견이 되었는데 일본어로 우아미
(Umami)는 맛있다는 뜻으로 클루탐산의 감칠맛이 나는 풍미로운 맛
으로, 말린 해조류, 조개류, 간장, 치즈 같은 발효식품과 숙성식품에서
주로 들어 있다. 감칠맛은 사원 미와 향기 등이 잘 조화된 맛이다. 여러
가지 정미성분이 혼합되어 나타나는 복잡하고 미묘한 짠맛이다. 그 성
분은 여러 종류의 아미노산, 비단백성 질소화합물 등이다. 따라서 이들
식품을 국물에 우려내어 이용하기도 한다.

5. 멋과 맛의 풍미로 즐기다.

1950. 6.25전쟁의 인명손실은 남북한을 합친 한국민의 인명 손실은
무려 520만 명이다. 3년 동안의 전쟁이 끝이 나고 전 국토가 포화로 폐
허가 된 땅에서 살아남은 자들은 생존을 위하여 무엇인가를 먹어야 생
명을 유지하며 살수가 있었다.

이 글을 쓰는 필자는 1950년 6.25사변 둥이로 전 국토가 전쟁으로

폐허가 된 척박하고 황폐한 땅에서 처절하게 투사와 같이 싸우시며 생존하시며 부모님이 세상에서 열심히 살아가는 아름다운 삶의 방법을 보아 왔다. 필자의 옆집은 식구가 12식구이다. 원악 가난하여 식사 때가 되면 밥 먹으라고 부르는 일도 없고 스스로 알아서 식탁에 앉는다. 약간의 옥수수 가루의 멀건 나물죽을 먹노라면, 말하는 사람도 없다 많이 먹기에 바쁘다. 숟가락 부딪치는 소리뿐, 또는 후르륵 죽 넘어가는 소리뿐이다. 당시에는 대체로 나라 전체가 이처럼 가난했다. 다행이 우리 집은 토지가 좀 있어서 감자, 옥수수, 밀, 쌀 등 있었다 식사 때가 되면 여섯 식구가 음식을 들기 전에 하는 일이 있다.

콩나물을 무치거나 된장국을 끓여 놓으면 어머니는 아버지에게 "여보" 내가 간을 보니까? 맛이 있는 것 같은데 당신 맛은 어떤지 맛 좀 봐주세요" 아버지는 수저를 들어 푹 떠 드시면서 야..맛 참 기가 막히네! 하신다. 철없는 우리들의 수저는 아버지가 "맛있다"고 맛보신 그릇의 음식을 뚝딱 맛있게들 먹어 치운다. 맛이 있다고 음식에 대해 풍미하는 어머니, 어버지의 목 소리는 우리들의 양쪽 귀의 두 신경신호를 통하여, 냄새는 코의 후각수용세포를 통하여, 혀의 미각수용세포는 냄새와 맛을 기록하여 뇌 중앙에 위치한 맛 신경신호세포로 보내어

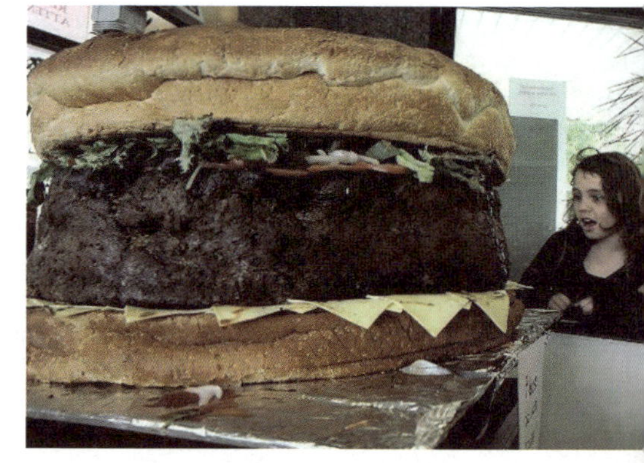

한국에서 햄버거 매장수 2025. 2. 기준 버거킹 513개(1984.4종로1호점), 맥도날드 422개(1988 압구정 1호점)

대뇌 전체를 "참 맛이 있다" 는 생각으로 각인을 시킨다. 그리고 침샘에 침이 돌게 하여 침을 흘려 정말 맛이 있다고 신체가 반응하여 느끼게 한다. 이렇게 가난 속에서도 멋과 맛으로 필자의 부모는 인생의 풍미를 즐기시며 우리들에게 먹는 즐거움을 안겨주신 분들이시다. 남들 보다는 많이 소유하지는 않았지만 있는 것만으로도 감사하며 즐기며 풍미하였다. 서로 이해하며 배려하는 자세라면 멋, 그리고 서로가 아끼며 섬겨주는 삶이라면 인생의 맛이 아닐까 싶다. 그래서 사람은 멋과 맛, 그리고 풍미를 먹고 살며 함께 행복함을 매일 즐긴다.

지식이 아닌? 지혜로, 행복을 누려볼까?

지혜(智慧)는 사물의 이치를 깨달으며 그것을 현명하게 대처해내는 정신적 능력의 세계이다. 그러나 지식은 교육이나 경험, 또는 연구를 통해 얻은 체계화된 앎의 세계이다. 쉽게 말하면 지식은 사물이나 그 어떤 대상을 아는 것을 말하고 지혜는 그 지식을 가지고 세상을 살아가는 방법을 말 한다.

1. 지혜는 인생의 행복 길을 만들어 준다.

미국의 오랜 역사를 자랑하는 한 장로교회에서 담임목사님을 초빙을 했다. 담임목사로 초빙된 목사님은 예배당 구조상, 강대강을 오른쪽에 놓고 설교를 하면 좋을 것 같아서 설교대인 강대상을 오른 쪽에 옮겨 놓고 교회 부임 첫 번째 주일 설교를 은혜롭게 마쳤다. 그런데 교회는 당회를

신체적 아름다움을 갖춘 아프리카인

열어서 새로 초빙된 목사를 해임을 했다. 그리고 역시 담임목사를 초빙

을 했다. 이번엔 새로 초빙되어온 목
사님은 교회 구조를 보니 역시 오른
쪽에 강대상을 놓는 것이 강대상이
놓여 있어야 할 위치였다.

그런데 신임 담임목사는 고민이
생겼다. 설교대인 강대상을 오른 쪽
으로 옮겨 놓으면 담임목사직에서
해임이 될 것은 전임목사를 통해서
들었으므로, 어떻게 하면 강대상을
오른 쪽으로 옮겨 놓을 수 있을까?
하나님께 지혜를 구하기로 했다.

그래! 사람은 지혜로 사는거야…
하면서 매일 새벽 기도회가 끝이 나
면 설교대인 강대상을 5㎝씩 옮겨
놓기를 시작을 했다. 5㎝를 옮겨 놓

흑인 어린이들의 아름다운 모습들

았는데도 당회원들과 교인들은 전혀 몰랐다. 시간이 1년이 지난 후에
는 설교대인 강대상이 오른 쪽에 이미 와 있었다. 교회의 당회는 신임
목사님의 지혜와 인내의 탄복을 하고 온 교회가 함께 목사님을 담임을
섬기며 지혜를 모아서 훌륭한 교회로 만들어 갔다는 것이다.

2. 행복한 내 삶은 내 지혜로 만든다.

　한 늙은 인디언 추장이 자기 손자에게 자신의 내면에 일어나고 있는 '큰 싸움'에 관하여 이야기하고 있었다. 이 싸움은 또한 나이 어린 손자의 마음속에도 일어나고 있었다. 추장은 궁금해 하는 손자에게 설명했다. "얘야, 우리 모

화사하게 웃는 흑인여인

두의 속에서 이 싸움이 일어나고 있단다. 두 늑대간의 싸움이란다." "한 마리는 악한 늑대로서 그 놈이 가진 것은 화, 질투, 슬픔, 후회, 탐욕, 거만, 자기 동정, 죄의식, 회한, 열등감, 거짓, 자만심, 우월감, 그리고 이기심이란다." "다른 한 마리는 좋은 늑대인데 그가 가진 것들은 기쁨, 평안, 사랑, 소망, 인내심, 평온함, 겸손, 친절, 동정심, 아량, 진실, 그리고 믿음이란다." 손자가 추장 할아버지에게 물었다. "어떤 늑대가 이기나요?" 추장은 간단하게 답하였다.

　"내가 먹이를 주는 놈이 이기지." 그리고 이 간단한 이야기 뒤에 숨은 교훈 다섯 가지를 알으켜 주었다.

　1) 생각을 조심하라, 그것이 너의 말이 된다.

　2) 말을 조심하라, 그것이 너의 행동이 된다.

　3) 행동을 조심하라, 그것이 너의 습관이 된다.

4) 습관을 조심하라, 그것이 너의 인격이 된다.

5) 인격을 조심하라, 그것이 너의 운명이 되리라.

결국은 생각은 자기 자신의 인격과 운명을 만들어 낸다. 실존주의 철학자 데카르트(Descartes : 1596~1650)는 이렇게 말한다. "믿어라. 당신의 인생은 당신이 생각하고 그린대로 이루어진다." 내가 지금 내 머릿속에 무엇을 생각하고, 무엇을 그리느냐가 그 인생을 지배한다는 것이다.

3. 슬기로운 지혜가 더욱 멋있는 내 인생을 만들었다.

옛날 그리스에 유명한 애꾸눈 장군이 있었다. 이 장군은 죽기 전에 자신의 초상화를 부탁했다. 그러나 수많은 화가들이 그려낸 초상화를 보고 장군은 못마땅하게 생각했다. 어떤 화가는 애꾸눈을 그대로 그렸고, 또 어떤 화가는 장군의 심중을 짐작한 나머지 양쪽 눈이 모두 성한 모습으로 그렸다. 장군은 애꾸눈의 흉한 자기 초상화도 못마땅했지만, 그렇다고 성한 모습으로 그렸던 것은 사실과 다르기 때문에 받아들일 수 없었다. 그때 고민하고 있는 장군에게 어리고 이름도 없는 화가가 나타나서 자기가 장군의 초상화를 그려보겠다고 했다. 장군은 못 미더웠지만 마지못해 허락을 했다. 그런데 얼마 후 장군은 이 무명 화가가 그린 자신의 초상화를 보고 매우 만족스러워 하였다. 그 화가는 장군의 성한 눈이 있는 옆모습을 그렸던 것다. 화가의 지혜에 탄복하여 장군이 황제로 등극을 한 후 그 화가를 재상으로 등용하여 부강한 국가로 함께 지혜를 모아서 만들어 갔다.

4. 모든 사물들은 각각 자신의 사명의 몫의 지혜의 달란트가 있다.

동물들의 세계에 전쟁이 일어났다. 사자가 총지휘관이 되었고 동물들이 사방에서 몰려들었다. 동물들은 서로를 쳐다보며 한심하다는 듯이 수군거렸다. "당나귀는 멍텅구리라서 전쟁에 방해만 될 테니 돌아가는 게 낫지.""토끼 같은 겁쟁이가 어떻게 싸움을 한다고 온 거야! 한심하군." "개미는 힘이 약해 어디다 쓰겠어?" "코끼리는 덩치가 커서 적에게 금방 들통나고 말걸." 이때 총지휘관인 사자가 호통을 쳤다.

"씨끄럽다. 모두 조용히 해라! 당나귀는 입이 길어서 나팔수로 쓸 것이다. 그리고 토끼는 걸음이 빠르니 전령으로 쓸 것이며, 개미는 작아서 눈에 안 띄니 적진에 게릴라로 파견할 것이고, 코끼리는 힘이 세니 전쟁 물자를 운반하는 일을 할 것이다." 사람도 지혜로운 사람은 그 사람의 장, 단점으로 살려 쓴다. 링빙스턴은 누구나 사람이 이 땅에 태어나는 것은 아무렇케 태어나는 것이 아니라 자기의 할 일이 있어 태어나 그 사명을 다하기 까지는 죽지 않는다. 고 했다.

5. 세상을 사는 모든 사람에게 지혜는 모두가 필요로 한다. 그래서 지혜롭게 살자.

어느 병원 로비에는 병원장은 이런 글이 적어 남겼다.

"개에 물려 다친 사람은 반나절 만에 치료를 마치고 돌아갔다. 뱀에 물려 다친 사람은 3일 만에 치료를 마쳤다. 그러나 사람의 말(言)에 다친 사람은 아직도 입원 중이다." 이스라엘 사람들이 5살 때부터 가르치는 조기교육을 '토라'에서 가장 먼저 가르치는 '말(言語)에 대한 7계명'이다.

1) 항상 연장자에게 발언권을 먼저 준다.

2) 다른 사람 이야기 도중에는 절대 끼어들지 않는다.

3) 말하기 전에 충분히 생각한다.

4) 대답은 당황하지 말고 천천히 여유있게 한다.

5) 질문과 대답은 간결하게 한다.

6) 처음 할 이야기와 나중에 할 이야기를 구별한다.

7) 잘 알지 못하고 말했거나 잘못 말한 것은 솔직하게 인정한다.

　　그래서 희랍의 철학자 플라톤은 무지를 가리켜 지혜의 상실이라고
했다. 그는 『국가론』에서도 가장 이상적인 국가를 사람의 몸을 통해 설
명했다. 즉 몸을 나누어서, 머리와 가슴과 배의 부분으로 열거하면서,
머리 부분은 통치계급이고 가슴은 무사계급, 그리고 배 부분은 서민으
로 분류했다. 플라톤은 특히 머리 부분에 있는 통치자들에게는 반드시
덕이 있어야 한다고 하면서 그 덕을 가리켜 '지혜'라고 강조했다. 아리
스토텔레스도 사람에게는 지성이 필요한데, 그것은 역시 지혜라고 했
다. 이렇듯 우리에게는 이 세상을 살아가는 데는 모두에게 그렇게 지
혜를 필요로 한다.

시련과 고통은 뿌리 깊은 행복의 굴성(屈性)이 된다.

주로 한 방향에서 센 자극을 주면 식물이나 하등동물은 반응을 보인다. 즉 그에 대한 반응이나 방향성 또는 구조변화가 자발적으로 외부의 힘을 견디어내며 성장하는 것을 생명과학 용어로 굴성(屈性)이라고 한다. 굴성(屈性)의 종류는 과학에서 다양하다.

빛에 대해 반응하는 굴광성, 중력에 대해 반응하는 굴지성, 물에 대해 반응하는 굴수성, 상처에 의해 일어나는 굴상성, 등이 있다. 이렇게 대부분의 굴성운동은 정향적이어서 생물이나 동물들이 자극이 오는 방향을 향해 집중하며 힘을 모은다. 사람의 인체에도 시련이나 고통과 눈물

시련과 고통을 역은 굴성이 강한나무

이 신체적, 정서적 굴성이 되어 생각과 마음 그리고 인체적으로 그 굴성이 발전하며 강해지는데 어느 쪽으로 발전하느냐가 중요하다.

1. 깊은 뿌리는 굴성을 통하여 더욱 더 강해지며 깊어진다.

뿌리의 기능을 보면 흙 속의 물과 무기 양분을 흡수하는 흡수작용을 하며 또한 식물체를 고정하고 지탱하는 지지 작용을 한다 특히 고구마, 당근, 무 등은 잎의 광합성으로 만들어진 양분을 뿌리의 저장을 하기도 한다. 그리고 흙 속의 산소를 흡수하고, 이산화탄소를 내보내는 호흡작용을 뿌리가 한다. 이러하듯 식물에서의 뿌리는 생명 그 자체이다. 우리의 옛 말의 "좋은 과일을 먹으려면 가지치기를 하라"는 격언이 있다. 웃자람 가지, 흡지, 윤생한 나뭇가지, 헛가지 등을 아픔의 가지치기인 전지를 하면 시간이 지나면서 나무가 더욱 더 건강해지면서 뿌리성장이 촉진되고 더욱 품질이 좋은 과일을 생산을 할 수 있기 때문이다. 이런 것을 보고 굴성이 좋아진다고 한다.

2. 식물들도 아픔을 통하여 자신의 굴성을 키워간다.

모든 식물들은 자신과 자신의 종을 보호하기 위하여 색깔이나 화학물질로 병원균, 해충, 곰팡이에 저항하려고 식물이 냄새를 내뿜거나 분비를 발산해 낸다. 충북 보은군 상판리 속리산 국립공원을 품은 정이품 소나무는 수령 약 600년의 소나무로, 경기도 용문면 신점리 수령 1,100년된 은행나무 등은, 수많은 풍산을 격은 나무이다. 은행나무는 겉껍질을 감

아침고요수목원

싸고 있는 과육질에서 '빌로볼'과 '은행산 이라는
구린내 나는 독성 성분인 빌로볼과 은행산 냄새는
은행열매가 외부의 천적들로부터 스스로를 종을
지키기 위한 방어 수단이다.

동물이나 곤충으로부터 번식을 위한 종자를 보
호하는 역할을 하기 때문에 냄새가 지독할수록 그
나름의 역할을 하고 있는 것이다. 이 때 분해되어
생기는 물질은 대부분 알코올과 알데히드류가 주
성분으로 독한 냄새를, 또한 소나무는 상큼하고
상쾌한 피톤치드의 나무향기를 낸다. 이에 덧붙
여 향기가 나는 기름산인 피톤치드의 주성분 테
르펜 향기로, 이 녹색 향기를 더욱 더 푸르고 짙
게 해 준다. 피톤치드(phytoncide)란 냄새는 식
물이 병원균, 해충, 곰팡이에 저항하려고 내뿜거

천년고목 용문사 은행나
무 2024기준 1018살

나 분비하는 물질로 생물들의 생존의 굴성을 스스로 더욱 높혀 준다.

3. 인생은 고통과 시련을 겪으며 굴성이 발전한다.

불교에서는 인생을 고해(苦海)라고 했다. 기독교에서는 순례자 또는
나그네라고 한다. 나를 죽이지 못하는 고통은 나를 더욱 강하게 만든
다. 라고 고통의 점철을 겪었던 철학자 니체의 말이다.. 또한 1980년
대부터 폴란드 산악계의 황금기를 이끈 보이테크 쿠르티카는 '등산은

고통(인내)의 예술 그 자체이다. 라고 했다. 산악의 높은 산 정점에 다다르려면 무 산소의 죽음의 고통을 이겨내야 하는 것이 고산악등반이다. 시편을 기록한 다윗은 "사망의 줄이 나를 두르고 스올의 고통이 내게 이르므로 내가 환난과 슬픔을 만났을 때에 내가 여호와의 이름으로 기도하기를 여호와여 주께 구하오니 내 영혼을 건지소서", "고난 당한 것이 내게 유익이라 이로 말미암아 내가 주의 율례들을 배우게 되었나이다"라고 했다(시 116:3,4; 119:71). 고통이나 눈물이 결코 나쁜 것만은 아니다. 외부의 힘과 자신을 이겨내는 좋은 굴성의 힘을 길러내는 한 과정이기 때문이다.

4. 고통과 시련, 눈물을 이겨낸 자만이 세상을 높이 더 멀리 난다.

영국의 한 연구실, 식물학자 알프레드 러셀 월리스가 누에 고치에서 빠져나오려고 애쓰는 나비의 모습을 관찰하고 있었다. 바늘구멍같이 작은 구멍을 뚫고 고치에서 빠져나오기 위해 꼬박 한나절을 애쓰고 있었다. 나비가 고치에서 나오느냐 마느냐는 생사가 걸린 문제였다. 고통과 인내를 뒤로하고 고치를 뚫고 나온 나비는 활기찬 날갯짓을 하며 세상으로 훨훨 날아갔다. 개중 다른 나비들과 달리 고치를 쉽게 뚫지 못하는 나비도 있었는데 월리스 박사는 이를 안쓰럽게 여긴 나머지 나비가 쉽게 빠져나올 수 있도록 고치의 옆 부분을 칼로 살짝 그어주었다. 그래서 나비는 박사의 도움을 받고 고치에서 너무나 쉽게 빠져나왔지만, 혼자 힘으로 고치를 뚫고 나온 나비와는 달리 무늬나 빛깔이 곱지 않고 날갯짓에 힘이 없었다. 그렇게 몇 번의 날갯짓을 퍼드득 퍼드득 시도한 나비는 신체의 굴성이 약해서 결국은 픽 쓰러져 죽고 말았다. 누에 고치속에 애벌레는 고치를 뚫고 뚫려진 고

보은군 속리산공원 정이품 소나무 수령 6백년

치구멍사이로 비비고 부디치고 나오면서 나비의 날개의 굴성이 하늘을 날수 있도록 날개가 아주 강해진다. 즉 갖 태어난 나비도 힘이들고 어려운 고통, 시련을 통해서 나비 날개의 굴성이 강해저서 푸른 하늘 그리고 산과 들의 꽃밭을 날수가 있는 날개를 소유하게 되는 것이다.

5. 병아리로 살 것인가? 아니면 하늘의 제왕 독수리로 살 것인가?

성경 신명기서 32:11에 맹견류인 독수리가 자기 새끼를 굴성 훈련에 대한 방법의 이야기가 나온다. 마치 독수리가 자기의 보금자리를 어지럽게 하며 그 새끼 위에 너풀거리며 그의 날개를 펴서 새끼를 받으며 그의 날개 위에 그것을 업는 것 같이...

1) 독수리 새끼의 복음자리를 어지럽게 하며,

은유적인 비유이지만 독수리는 높은 절벽 위 벼랑, 협곡의 바위 또

는 너른 초원이 훤히 내려다보
이는 아주 높은 나무위의 나뭇
가지들로 둘레를 쌓고 그 안에
잔가지와 풀, 동물의 털 혹은
깃털로 폭신하게 자리를 깔고
독수리들은 알을 낳는다. 약
35~40일 가량의 포란 기간을
거쳐 작디작은 한 생명이 태어

난다 처음엔 듬성한 회색 털만 있을 뿐 꼬리깃털은 없다. 부화 후 30
일 가량이 넘어서면서부터 회색털이 빠지고 비로소 갈색털이 나기 시
작한다. 어미 독수리는 이때부터 새끼를 데리고 하늘을 나는 훈련을 혹
독하게 시작을 한다.

2) 생존을 위한 새끼의 훈련은 매우 혹독하게,

새끼 중 나는 법과 사냥하는 법을 배우지 못하고 둥지를 떠난 독수리
중 60%가 살아남지 못한다. 어미 독수리의 불안은 여기에 있다. 그는
새끼 독수리가 살아남을 수 있도록 어미 독수리는 아주 강하게 훈련을
시켜야만 한다. 새끼 독수리를 등에 태우고 나는 어미 새끼는 모질게
그 높은 절벽에서 새끼 독수리를 밀친다. 아직 다 자라지 못한 새끼 독
수리가 날 수 있도록 어미 독수리는 떨어지는 새끼 독수리를 향해 2-3
미터되는 그 큰 날개를 접어 급 하강하여 20-30여 미터 아래로 떨어지
는 새끼 독수리를 업는 과정을 계속해서 반복을 한다.

이때 즘에 회색 솜털이 빠지고 날개의 깃털이 난다 하늘 높이 허공에 버려진 독수리 새끼는 솜털이 빠지고 막 깃털이 나려고 하는 연한 새끼 날개로 떨어지지 아니하려고 허공을 향해 마구 날개 짓을 한다. 허공으로 떨어지는 독수리 새끼는 연한날개 깃털을 세운 날개 짓에 깃털이 거친 바람에 부디 치면서 독수리 날개는 더욱 더 날개의 굴성이 강해진다. 즉 날개의 피부와 그 깃털이 강해져서 아주 튼튼한 날개를 어린 독수리 새끼 때부터 가지고 하늘의 제왕으로 자라나게 된다. 그렇게 둥지에서 100일 가량을 보내면서 독수리 새끼는 성조에 가까운 모습으로 성장을 하여 둥지를 떠날 시기를 맞는다.

"그렇다" 아기가 걸음마를 배우려면 넘어지며 엎어지고 주저 않고 하는 엉덩 방을 찌면서 굴성이 강해져서 제 스스로 걸음마를 배운다. 야구에서 4번 타자도 삼진아웃을 당하면서 굴성이 강하여져서 홈런 또는 만루 홈런을 친다. 모든 식물은 추운 엄동설한을 이겨내고 굴성이 강해지면서 봄날의 아름다운 꽃을 피운다. 지금 당신의 고통, 시련, 눈물은 당신의 인생의 희망과 행복을 안겨주는 틀림없는 미래의 행복한 굴성의 자양분이다.

늦은 나이지만 나도 누군가의 행복한 꿈이 된다.

2002년 월드컵 개최 서울 상암경기장

　생각의 지혜의 베스트 셀러의 저자 제임스 앨런은 이런 말을 했다. "마음속의 생각이 그대를 만들고 미래의 모습을 만들고, 기쁨을 만들기도, 슬픔을 만들기도 한다. 마음속으로만 생각해도 현실로 나타난다." 고 말했다. 그렇다. 생각이 우리의 미래를 결정을 한다. 우리는 '생각하는 대로 살지 않으면 사는 대로 생각하게 되기 때문이다 그래서 인생이 라스트스퍼트의 나이라 할지라도 꿈을 잃지 말아야 한다. 비록 늦은 나이지만 나도 누군가의 꿈이 될 수가 있기 때문이다.

1. 인생이 꿈을 이루기에 너무 늦은 나이란 없다.

인생은 마라톤과 같아서 자신 스스로 달리는 한 평생 레이스와 같다. 그 가운데 일찍이 젊은 나이의 누군가의 꿈이 되는 사람이 있는가 하면 그렇지 못한 사람도 있다. 반대로 너무나 늦은 나이지만 누군가의 꿈이 되어 삶의 희망과 용기를 불어 넣는 사람들도 있다. 여기에 89세의 최고령의 나이로 2000년 런던 마라톤 대회의 42.195km를 6시간54분 만에 완주를 하는데 등, 세계대회에 여러 차례출전을 해서 무엇인가를 쟁취하기에 늦은 나이란 없다 는 교훈을 주는 파우자 싱의 이야기이다.

92세에 토론토마라톤 대회에서 5시간 40분으로 90대 세계기록을 세웠다. 2013년, 우리 나이로 102세를 맞는 세계 최고령 남자 마라토너 파우자

세계 최고령자(012세) 마라토너 파우자 싱

싱이 24일 홍콩에서 열린 은퇴 마라톤 10㎞ 레이스에서 1시간 32분 28초를 기록하고 불꽃 같아던 철각 인생을 마무리했다. 그리고 런던 마라톤 5회, 토론토마라톤 2회, 뉴욕 마라톤 1회 등 8차례나 국제 대회에 출전해 완주의 기량을 닦고 2012년 런던올림픽 성화 봉송 주자로, 아디다스의 광고 모델로, 너무나 늦은 나이지만 라스트스퍼트의 마

라토너 인생들에게 파우자 싱 (Fouja Singh)은 희망의 꿈이 되었다.

1911년에 태어나 인도에 살던 그는 아내와 막내아들이 세상을 떠나자 84세에 영국에 사는 큰아들 집으로 거처를 옮겼다. 그러나 영국에서의 생활은 쉽지 않았고 매일 다시 고향으로 돌아가는 꿈만 꾸었다. 그는 향수병과 외로움, 권태로움을 잊기 위해 조깅을 시작했고. 이렇게 시작한 조깅은 그에게 큰 위안이 되었다. 달리기를 할 때만큼은 기쁨과 열정이 샘솟았고 고령이지만 더 이상 외롭지도 자신이 하찮게 느껴지지도 않았다. 그는 일상에서 건강을 위하여 카레와 홍차를 스테미너의 원천으로 즐겨 먹었고 장수 비결에 대해서는 "스트레스 없는 생활을 하는 것"이라며 "언제나 즐거운 기분을 유지하는 것이 매우 중요하다"고 말을 했다.

2. 내가 꿈을 이루면 "나도 할 수가 있다"는 누군가의 꿈의 롤 모델이 될 수가 있다.

꿈은 반드시 이루어진다. 꿈을 가진 사람은 그 꿈이 이루어질 때까지 계속도전을 하기 때문이다. 또 한 사례는, 전북 완주군에 사는 차사순 할머니는 당시 69세로, 운전면허를 취득을 하려는 뭇 사람들에게

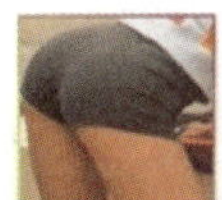

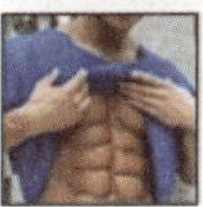

В ЮЖНОЙ КОРЕЕ ЖЕНЩИНА ПОЛУЧИЛА ВОДИТЕЛЬСКОЕ УДОСТОВЕРЕНИЕ С 950-Й ПОПЫТКИ

06.11.09 14:43

Кореянка приходила на экзамен почти каждый день.

В Южной Корее зарегистрирован своеобразный рекорд - женщина по имени Чхе Са Сун сдавала письменный экзамен по правилам дорожного движения ровно 950 раз. Еще в апреле 2005 года ей пришла в голову мысль разъезжать на собственном авто, однако она провалила экзамен. Чхе Са Сун пришла в дорожную инспекцию еще раз... а потом еще и еще.

В общей сложности она потратила на сдачу экзамена 4,2 тысячи долларов, но не жалеет. Чтобы сдать экзамен, ей нужно было правильно ответить на 60 вопросов из 100. За судьбой упорной кореянки начали следить местные СМИ, и когда она все-таки сдала экзамен, поздравлял ее чуть ли не весь город.

차사순 할머니의 운전면허 취득 소식이 실린 러시아 일간지

는 희망과 용기 그리고 꿈이 되었다. 2005년부터 면허증 취득에 나선 차 할머니는 필기시험에서 949번을, 도로주행에서 5번이나 떨어지고 960번의 도전 끝에 2010년 5월 결국 면허증을 땄다. 결국 960번째 운전면허를 취득을 하게 되니 그의 열정은 뉴욕타임즈와 로이터통신 등 국내 서울신문, 경향신문, 세계신문, 등 유수의 언론을 통해 전 세계에 알려지기도 했다. 합격하려고 그동안 사들인 인지대는 1회 6천원씩 시험장과 운전학원을 오가는 버스비와 식비 등을 합치면 면허증 취득하기까지 들어간 돈이 2천만 원을 넘을 것이라고 차 할머니는 귀띔

한다. 더 나아가 그는 "많은 분들의 도움으로 꿈에 그리던 차를 현대자동차에서 상으로 받게 돼 정말 행복하다"며 활짝 웃었다.

그리고 서울신문 멀티미디어국 영상 콘텐츠부의 임병선 기자가 완주까지 달려가 할머니에게 운전대도 맡겨보고 그렇게 운전면허증을 갖고 싶어 하신 이유를 여쭤보았다.

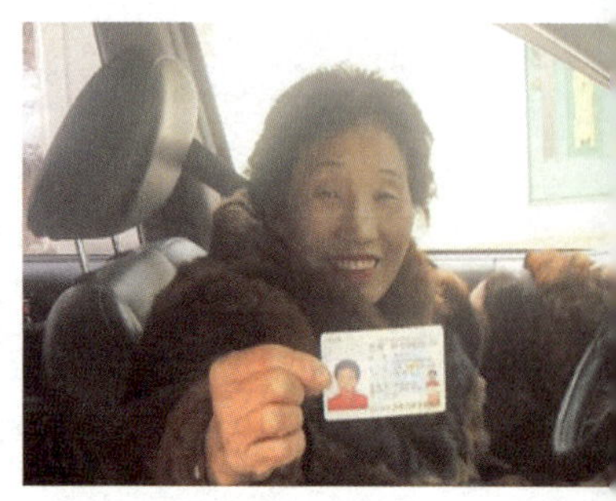

당시 949점 96세로 운전면허취득

혼자 지내면서 쑥이나 나물을 캐 용돈을 벌어오신 차 할머니는 운전을 배워 "장사도 하고 아들네 집도 가고 딸네 집도 가고 손자 손녀들을 데리고 놀러 다니고 싶었다."고 했다. 또한 일본 후지TV 제작진이 그렇게 먼 산골까지 찾아와 취재했으며 2010년5월에, 김완주 전북 지사가 직접 할머니 집을 찾아 격려도 하셨다. .그리고 전주 중앙시장에서는 길 가던 분들이 알아볼 정도로 이제는 너무나 유명인이 되였다. [서울신문]에서.. 사람은 누구나 노력을 않해서 못하는 것이지 "하면 누구든지 할 수 있다"는 당시 69세의 고령의 나이로 차사순 할머니의 운전면허 취득은 운전면허 취득에 실패를 한 뭇 사람들에게, 그렇지 않은 사람들에게 까지 "나도 할 수 있다"는 949전 960기로 뭇 사람들의 꿈의 롤 모델이 되었다.

3. 실패, 좌절, 절망한 자에게 할 수가 있다는 용기, 희망, 꿈이 되었다.

KFC 치킨 할아버지로 유명한 커넬 할랜드 샌더스, 그는 6살에 아버지를 여의고, 어린 나이부터 생계를 위해 일을 해야만 했다. 페인트 공, 자동차 타이어 영업, 유람선 등, 1930년, 샌더스는 새로운 주유소 를 시작한다.

1) 꿈과 희망은 실패와 좌절의 자양분을 먹고 자란다.

여행자 대부분이 허기진 상태에서 주유소를 찾는다는 사실에 주목한 그는 주유소 귀퉁이 작은 공간에서 '샌더스 카페'를 선보였다. 샌더스 카페의 메뉴는 남부 지방의 토속 음식으로 손님들은 음식 맛에 감탄했 다. 5년 후 커넬은 마을의 유명인사가 되었고 켄터키 주지사로부터 '콜 로넬'이라는 명예대령의 칭호를 받았다. 하지만 1939년에 레스토랑에 화재가 발생을 하여 모두 불에 타서 소실되었다. 65세의 나이로 같은 자리에 142석의 대규모 '샌더스 카페'를 차리지만 식당이 위치한 국도 25호선에 우회도로가 만들어져 손님이 격감되었다. 추가로 국도 75호 선 건설 계획이 발표되면서 식당은 경매로 넘어갔고 그의 아내마저 시 련과 고통, 죽음으로 그의 곁을 떠났다.

2) 실패와 좌절을 먹고 자란 꿈은 자기를 깨고 미래의 길을 만들어 준다.

커넬 할랜드 샌더스는 1890년 9월 9일, 미국 인디애나주 남부 헨리 빌에서 태어나 일찍 아버지를 여의고 7살에 가족들을 위해 호밀빵을 만들었는데, 어린아이의 솜씨라고 믿기지 않을 만큼 맛있었다. 이후 커 넬샌더스는 음식을 만들기 즐거워했고 어느덧 40대가 된 할랜드 샌더 스 평소 요리 실력을 살려 자신만이 조리법으로 만든 닭튀김을 만들어

팔기 시작하면서 요식업에 뛰어 들었다. 그러나 그가 가진 거 하나 없이 무일푼으로 힘든 삶을 살고 있는 그에게 있는 돈이라곤 사회보장금으로 지급된 105불이 전부, "105불을 가지고 무엇을 새로 시작을 할 수 있단 말인가?" "다 늙어서 무슨."일을 할 수 있을까 했지만 낙심을 딛고 다시 도전하기로 한다.

3) 커넬 할랜드 샌더슨은 1008전1009기로 70세 나이에 기적과 같은 희망의 꿈을 이루다.

할랜드 샌더슨은 낡아빠진 트럭을 끌고 다시 길을 떠난다. 그동안 레스토랑을 운영하며 꾸준히 개발해 온 독특한 조리법을 팔아보기로 했다. 트럭에서 잠을 자고 주유소 화장실에서 면도하며 미국 전역을 돌았다. 쉽지 않은 도전이었다. 그가 믿었던 소중한 꿈이 사람들에게 외면을 당하기 일쑤였다 영업을 위해 찾아가는 식당마다 그의 소스를 반기는 사람은 없었다. 실패하면 방법을 달리해서 또 도전을 했다. 할 때까지, 될 때까지 이룰 때까지 65세의 커넬 샌더스에게는 독자적으로 개발한 '11가지 허브 비밀양념이' 미국 전역을 돌며 양념을 사줄 식당을 찾아다니기 3년간 1,008개의 식당에서 거절당했다. 결국은 자신

70세 나이로, 1008전 1009기로 성공을 하였다.
현재는 세계 2만개 매장보유 샌더슨

이 개발한 소스팔기 영엽에 1008회나 실패한 격이 되었다. 이 때의 샌더슨의 마음상태는 아마도 패닉상태였을 것이다. 그러나 할수있다는 맨탈능력은 잃지 않았다. 1952년, 1,009번째의 노력끝에 미국 솔트레이크시티의 레스토랑 운영자 '피트 하먼'에게 라이선스를 인수하여 켄터키 프라이드 치킨' 인 최초의 KFC가 탄생이 되였고 지금은 전 세계의 20,000여개의 매장을 가지고 있다.

　이렇게 성공을 이룬 사람들에게는 공통점이 있다. 많은 좌절과 실패에도 굴하지 않고 자신의 꿈을 이루기 위해 노력을 한다는 것과 자기 자신에 대한 확실한 믿음을 가지고 자기 자신과의 자아와의 싸움에서 이기였다는 것이다. 누구든지 꿈을 가진 자는 성공을 하게되면 비록 나이가 들어 늦은 나이일지라도 나도 누군가의 꿈이 될 수가 있다. 롤 모델(Role model)의 교훈을 남겨준다.

스트레스가 희노애락(喜怒哀樂)을 춤추게 한다.

　이 세상에는 이유 없는 존재는 없다. 존재하여야 할 이유가 없다고 하는 맹장도 인체의 생리학적으로, 어린 아기가 손가락을 빠는 습관도 생리적, 심리적으로 반드시 그 이유가 있다. 스트레스도 사람에게 존재하여야 할 이유가 있다. 그것은 사람의 인체의 희노애락을 춤추게 하기 위해서이다. 사람의 인체에도 긍정적인 스트레스인 '유스트레스(eustress)'와 부정적인 스트레스인 '디스트레스(distress)'로 나누어지는데 그 스트레스에는 스트레스의 존재의 그 이유가 있다. 스트레스는 원래 물리학에서 "물체에 가해지는 물리적 힘"을 의미하는 용어로 사용되어 왔고 '스트레스'의 어원은 라틴어 "strictus" '팽팽한' 혹은 조인다. 는 뜻이다. 그리고 스트레스는 역경, 고난, 어려움 따위를 지칭하는 은유적 용어로 사용되었다.

1. 스트레스는 신체 반응의 핵심 역활을 한다.

스트레스란? 한스 셀리의 내분비학자에 의해 명명된 것으로 정신적, 육체적 균형과 안정을 깨뜨리는 자극에 대해 저항하는 정서적 반응을 말한다. 원래 스트레스란 단어는 15세기 물리학에서 '외부로부터 물체에 가해지는 압력'이라는 뜻으로 처음 사용되기 시작했다. 17세기에는 좀 더 일반화되어 '역경'이나 '곤란'이라는 의미로 사용되었고, 20세기에 들어서면서 오늘 날 쓰이는 '질병의 발생이나 악화에 영향을 미치는 인자'로 뜻이 확대되었다. 20세기 생리학자였던 캐논은 스트레스가 정서적 반응을 일으키고, 이는 우리 몸의 항상성을 저해해 질병을 일으킨다고 설명했다, 사실 스트레스는 긍정적인 스트레스인 '유스트레스(eustress)'와 부정적인 스트레스인 '디스트레스(distress)'로 나뉘어지는데 유스트레스는 질병 저항력을 높여 건강증진을 돕는 반면, 디스트레스는 인간의 질병 저항력을 낮춰 건강을 해치는 역할을 한다.

2. 스트레스를 받으면 제일 먼저 호르몬이 온 몸에 메신저 역할을 한다.

인체가 스트레스를 받을 때면 이처럼 호르몬은 온 몸속을 돌아다니며 조직의 변화를 일으켜주며 수면, 생식, 소화, 성장, 임신에 이르는 모든 것을 조절하는 정보신경 물질인 호르몬은 신경물질을 온 몸에 분비하면서 몸의 각 기관에 정보전령 메신저 역할을 한다. 신경호르몬은 온 몸에 어떻게, 언제, 무엇을 해야 하는지를 갈등하는 신체를 조정하며 몸 전체의 신경기관을 통하여 알려준다. 그러면 뇌하수체와 시상하부를 통하여 신체구석 구석 내분비기관을 지배하며 간여한다. 스트레스에 신체가 시달리면 호르몬은 인체에 각 종 호르몬을 분비하면서 인체를 위하여 보호하는 윤활유 역할의 일을 한다.

3. 인체는 부정적인 스트레스인 '디스트레스(distress)'도 필요로 한다.

내 몸의 신체 균형을 깨트릴 스트레스가 발생하면 신경 세포인 뉴런을 통하여 부신피질을 자극을 하여 응급상황을 알리는 아드레날린 호르몬을 분비한다.

인체는 부정적인 디스스트레스로 인하여 불안을 느끼면 혈액 속의 신경 전달물질인 노르아드레날린의 수치가 급상승해서 각성이나 흥분에 관계하고 있는 뇌의 청반핵과 부신에서 노르아드레날린 호르몬이 분비되어 신경을 활성화를 시켜준다. 디스 스트레스로 인하여 교감신경이 자극되면 심장의 운동이 활성화되어 심박 수, 체온, 혈압이 급상승하기 때문에 얼굴이 붉어지게 되거나, 체온을 내리기 위해서는 땀이 나고, 발성기관의 근육이 경직되기 때문에 음성이 떨리게 된다. 그리고 소화관 운동과 소화액분비가 억제되어 식욕도 감소하게 된다. 그렇게 스트레스로 인한 노르아드레날린은 몸을 긴장상태로 만들어서 목적을 해결을 하는데 집중력을 높여 주는 일을 호르몬이 스트레스를 위하여 일을 한다.

4. 부정적인 '디스트레스(distress)'에 몸을 맡기면 질병을 불러온다.

스트레스는 스트레스 자체가 신체와 정신 모두에 문제를 일으킨다. 우리 몸은 스트레스를 받으면 바짝 긴장한다. 불안하고 초조하고 어떨 땐 혈압과 맥박이 올라간다. 하지만 일상에서 스트레스를 받지 않고 지내는 건 매우 어렵다. 대인관계나 학업, 업무, 집안일 등 우리가 맞이하는 대부분의 일은 크고 작은 스트레스를 유발하기 때문이다. 스트레스의 어원은 '팽팽하게 조이다'라는 뜻과 같이 크고 작은 일로부터 발생하는 스트레스는 정신과 마음 그리고 몸을 압박감을 주며 조이어 온다. 그래서 스트레스가 압박감으로 조인 것을 우리는 흔히 '스트레스를 푼다'고 표현을 한다. 호르몬은 그 스트레스를 잘 풀어서 스트레스로부터 부정적인 영향을 받지 않게 우리 몸을 보호한다.

1) 산모가 임신 중 해산일이 다가오면 많은 스트레스를 받는다.
산모는 과연 나도 아기를 날수가 있을까 정신적 중압감에 스트레스

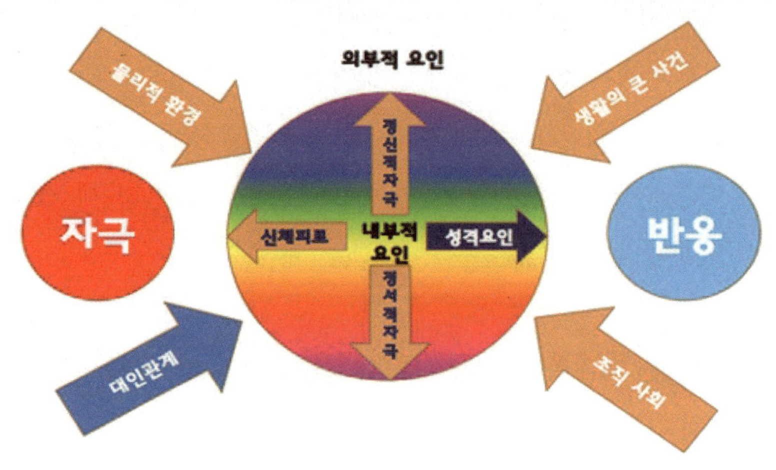

인용 : 네이버 백과사전

를 받는다. 심지어는 정신 장애를 격기도 한다. 한 번도 경험 해보지도 못한 해산을 자신 스스로 한다고 할 대에 산모는 정신적 중압감에 많은 스트레스를 받는다 산모가 태아를 잉태 할 때에 산고를 덜 느끼게 하기 위하여 산모에 몸에서는 해산 할 당시 내 인성 마약인 엔도르핀이 나오기 때문에 고통을 덜 느끼게 되고 몸은 아프고 힘이 들며 스트레스가 들지만 엔도르핀 호르몬으로 비상감 같은 느낌을 경험을 하기도 한다. 분만할 때에 산모와 태아가 받는 고통과 통증은 말로 표현할 수 없을 정도로 그 스트레스가 크기 때문에 산모의 뇌에서 마약의 200-300배 강한 엔도르핀이 최고도로 유지 되어 나와 산모와 태아가 받는 고통을 덜어주게 되며 산모를 위하여 해산때에 주사하는 무통주사와도 같은 류의 주사인 셈이다.

2) 사람은 임종이 다가오면 정신적 육체적으로 고통과 두려움, 공포속의 스트레스에 빠질 때에 인체는 엔도르핀 호르몬을 방출을 한다.

힘들고 고통스러운 스트레스로 인하여 실컷 울고 나면 속이 좀 후련해지는 것도 엔드르핀의 작용이다. 또한 사람은 임종이 가까 우면 죽음에 대한 정신적 두려움, 몸이 쇄약 해져 육체적으로 누적된 피로, 노쇄하여 허약해진 내면의 자아, 이렇게 엔돌핀은 사람이 죽기 바로 직전에 나오는 신경물질이다. 그래서 죽기 전에 파노라마 같은 환각현상을 보기도 하는데 엔도르핀이 나와서 스트레스와 고통을 줄여주기 때문에 사람은 편안하게 운명을 한다고들 한다. 이러한 스트레스와 고통스러운 죽음의 순간에 엔도르핀이 뇌에서 방출되는 천연 마약 역활을 하여 죽기 전엔 몸에 있는 모든 괄약근이 다 풀리어 눈물, 콧물, 똥이 나오기도 한다. 또한 반대로 정신적으로나 육체적으로 고통스러운 아픔을 잊게끔 뇌에서 엔도르핀 진통제 처방이 자동 방출이 되어 미소를 지으면서 운명을 하기도 한다. 그래서 엔도르핀호르몬은 신비의 진통제이다.

5. 스트레스를 통해 집중력을 높혀 일을 완성한다.

스트레스 심리학자인 한스 셀리(1907~1982) 의학계에서 스트레스라는 용어를 처음 사용했다. 어느 날 한 출판사로부터 "어떻게 하면 행복해질 수 있을까"라는 주제로 글을 써달라는 부탁을 받고 이것을 원고지 300매로 완성했다. 그의 원고를 훑어본 편집장은 "이것을 30매로 축약할 수 있습니까?"라고 물었다. 그래서 그는 편집장의 요청에 따

라 30매로 요약했다. 수정한 원고를 살펴본 편집장은 다시 "이것을 10매로 줄일 수 있습니까?"라고 말했다. 그는 이를 승낙하고 다시 10매로 요약하기 시작했다. 그 내용을 줄이는 과정에서 한스 박사는 한 가지 사실을 깨달았다. "결국 이것을 한 줄로도 쓸 수 있구나." 그 한 줄이란 다음과 같았다. "결국 스트레스는 집중력을 높혀 일을 완성 한다."

6.스트레스의 희노애락(喜怒哀樂)의 답은 어프리시에이션(Appreciation) 즉 감사이다.

캐나다 맥길대학교의 내분비학자이며 의사인 '한스 셀리' 박사는 '스트레스에 관한 감정적·신체적 반응과 질병' 분야에서 워낙 탁월하게 뛰어 나서 내분비의학계의 아인슈타인'이라 부르기도 한다.

　'한스 셀리' 박사는 인간의 스트레스 반응에서 감사가 핵심적인 역할을 한다고 그의 저서에서 "모든 감정 중에서도 인간관계에서 스트레스가 존재하는가, 존재하지 않는가를 결정짓는 요소는 감사이다."라고 언급했다. 그의 저서로 유명한 『삶의 스트레스(The Stress of Life)』 고민이 없는 스트레스에서 감사에 대해 다음과 같이 기술했다. "감사는 내가 잘 되어야 한다는 소망이 다른 사람의 마음속에서 깨어나는 것이다. 이는 내가 그에게 베풀어준 것 때문에 생기는 현상이다. 감사의 느낌을 일으킴으로써 나는 다른 사람이 나의 행복을 동참하고 싶도록 만든다." 그 말이 곧 "감사' "어프리시에이션(Appreciation)!"이다.

7. 스트레스의 해답을 정신세계와 자연에서 얻는다.

　유엔이 세계 158개국을 대상으로 국민 행복도를 조사하여 ‘2015 세계 행복 보고서’라는 것을 발표했다. 1위는 스위스이고, 아이슬란드와 덴마크가 2,3위를 차지했다. 그리고 핀란드, 네덜란드, 스웨덴이 그 뒤를 이었다. 행복도가 높다고 발표한 나라들의 공통 국가는 대부분이 유럽에 속한 나라이고, 국민소득이 높은 나라들이라는 것이다. 그 가운데 관심을 끄는 나라가 있는데, 히말리야의 위치한 작은 나라인 부탄이다. 유엔의 발표에 의하면 부탄은 2015년도 국민행복도가 79위이다. 조사 대상국 158개국 가운데 딱 중간이다. 그런데 부탄 국민 95%가 스스로가 ‘나는 행복하게 살고 있습니다.’라고 생각하며 사는 나라이다. 그런데 유엔은 그런 부탄 국민들의 행복도가 79위라고 발표했다.

　왜 그런 차이가 나는 걸까? 그 이유는 유엔에 행복도를 조사한 기준의 차이 때문인데 유엔은 ‘그 나라의 국내총생산(GDP)량, 기대수명, 정부와 기업의 부패 지수 등, 이 얼마나 되느냐?’ 는 기준으로 행복 도를 평가를 했다. 그런데 실제로 1인당 국민소득이 2,500불 밖에 되지 않는 부탄의 국민들은 스스로 행복하다고 여기며 기쁘게 살고 있다. 어쩌다 스트레스를 받으면 곧 좋은 일이 생기겠지, 또 스트레스를 받을 일이 생겨나면 천혜의 자연속에 사는 그들의 참 이웃인 자연을 찾아 즐긴다. 엄청난 스트레스에 시달릴 때는 자연 속에 고행으로 스트레스를 해소 하며 스스로 행복을 자연 속에서 찾는다. 부탄은 중앙 히말리아 산맥의 고도 2,000m가 넘는 산들로 둘러싸인 원시적인 비경

지대 이며 불교종파인 라마교를 신봉하며 세계 유일의 금연 국가로 참 행복 국가이다.

8. 스트레스가 심하면 인체의 질병이 발생을 한다.

① 스트레스가 심하면 신체 피부에 가려움증이 생긴다.

연구에 따르면, 불안하거나 긴장하게 되면 피부염이나 습진, 건선 등 피부 가려움증의 근본적인 조건들을 악화시키는 것으로 나타났다. 스트레스 반응은 신경섬유를 활성화시켜 가려운 느낌을 유발한다.

② 스트레스가 심하면 이유 없이 배가 자꾸 아파온다

불안과 스트레스는 두통, 불면증 등과 함께 복통을 유발한다. 극심한 스트레스를 받은 사람은 그렇지 않은 사람에 비해 복통을 앓을 가능성이 3배나 높다는 연구 결과도 있다. 한 가지 이론에 따르면 머리가 스트레스에 반응할 때 내장도 같은 신호를 받는다. 나중엔 염증 인자가 되어 큰 병이 되기도 한다.

③ 스트레스가 심하면 잇몸병이 어느 날 갑자기 생긴다

스트레스를 많이 받는 사람들은 치주염에 걸릴 위험이 높다는 연구 결과가 있다. 스트레스 호르몬인 코르티솔의 계속 방출되면 면역체계를 손상시켜 세균이 잇몸으로 침투한다. 운동을 하거나 수면을 충분히 취해 스트레스를 낮춤으로써 치아를 보호할 수 있다.

④ 스트레스가 심하면 염증이 발생하거나 편두통이 생겨난다.

스트레스가 갑자기 감소하면서 오히려 편두통이 일어난다. 이 때문

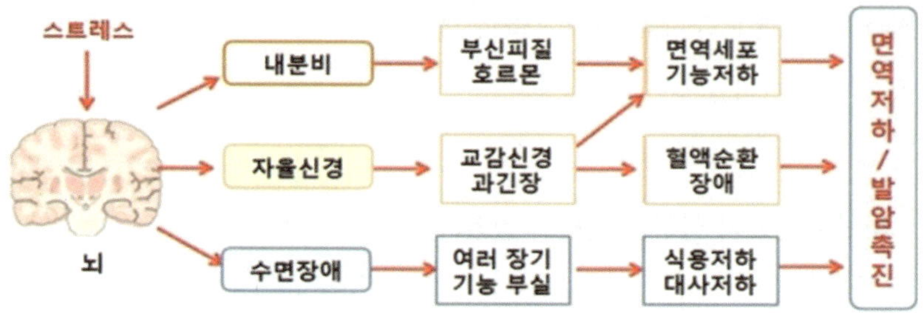

에 두통이 주말에만 나타날 수 있다. 전문가들은 "주말에도 주중의 수면이나 식사시간을 유지함으로써 두통을 일으키는 요인을 최소화할 수 있다"고 말한다.

⑤ 스트레스가 심하면 염증이 발생하여 피부와 얼굴의 여드름이 일어난다.

스트레스는 인체의 염증을 증가시켜 여드름을 발생시킬 수 있다. 적절한 로션으로 피부를 매끄럽게 하고 건조해지지 않도록 수분 제공 크림 등을 사용해 피부를 관리해야 한다.

9. 스트레스는 이렇게 대처한다.

1) 스트레스를 없애기 어렵다면 스트레스를 견디는 멘탈 능력을 기르자.

스트레스의 상황이 사라지는 것은 이는 불가능에 가깝다. 나를 힘들게 하는 상사나 직장의 업무, 학업, 경제적 문제와 같은 스트레스는 쉽게 없어지지 않는다. 따라서 스트레스를 견디어 내는 면역력과 멘탈 능력을 스스로 길러야 한다. 스트레스가 되는 사안 자체에 집중하면 불안해지고 늘 걱정이 앞 설 수밖에 없다. 일상에 집중하거나 취미활동을 하면서 나의 관심을 다른 데로 돌려보자.

2) 스트레스 일에다 나의 감정을 입히지 말자. 스트레스를 많이 받는 이유는 우리가 주변에서 일어나는 모든 걸 스스로 잘 스트레스로 받아들이기 때문이기도 하다. 격무에 시달려 스트레스를 받으면 아무런 방해도 받지 않는 곳으로 가서 조용히 푹 쉰다.

3) 스트레스로 불확실함 발생을 하거나 우리는 무언가 불확실한 게 있으면 정면으로 돌파하기보다는 되도록 피하려 한다. 명확하게 정해져 있는 것을 견디는 건 쉽다. 성공을 100% 보장하는 일이라고 한다면 온갖 역경에도 버틸 수 있다. 반대로 무조건 실패한다고 정해져 있으면 쉽게 포기한다. 문제는 우리 인생은 그렇게 확실히 정해져 있는 일은 거의 없다는 점이다.

트레스(distress)'는 줄이자. 나를 긍정적 방향으로 나아가게 하는 긍정적 스트레스는 적당한 자극제 역할을 하며 나를 발전시킨다. 반면 부정적으로 작용하는 부정적 스트레스는 나를 지치고 힘들게 만들지만, 확실한 것은 스트레스는 상황에 따라 수시로 변한다. 다행인 건 디스트레스도 어느 날 유스트레스로 바뀔 수 있다는 점이다. 스트레스와 불확실한 상황을 잘 견뎌내고 객관적 사실과 그 위에 입혀진 나의 감정을 잘 구분하여 슬기롭게 잘 이겨내노라면 나는 어느 날 스트레스를 벗겨내고 행복한 그 자리에 그 중심에 내가 서서 있다는 것이다.

그리고 우리 몸에는 스트레스에서 행불행을 춤추게 하는 신경전달

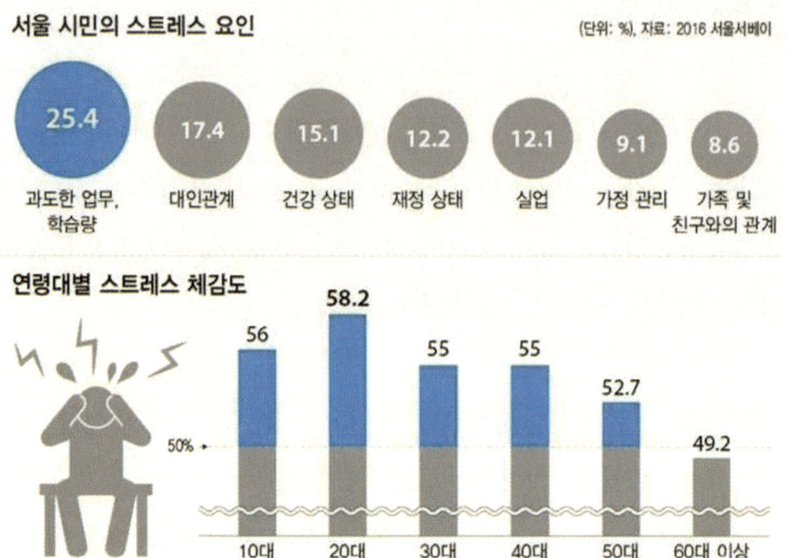

물질인 신경호르몬인 네 가지 ①도파민(Dopamine)호르몬, ②노르아드레날린(Norepinephrine)호르몬, ③세로토닌(Serotonin)호르몬, ④엔도르핀(Nndorphine)호르몬을 하나님이 내 인체내에 주셨어 내 몸이 그 스트레스를 받고 있을 때에 행불행을 춤추게 내 몸을 위하여 지금도 그 신경호르몬들이 그 일을 위하여 지금도 열심히 일을 하고 있다는 것을 감사하자.

제3장
어떻게(How)

◈

『사람은 누구나 행복의 조건(條件)을 모두 가지고 산다』
– 해피 크리에이터의 노르아드레날린 호르몬의 이야기

1) 규칙적인 운동, 긍정적 생각은 나의 건강, 행복이다.
2) 성기(性器)를 신(神)으로 숭배하다.
3) 피는 성(Sex)생활의 생명이다. 피를 건강하게 만들어라
4) 부부행복, 침실의 의무와 권리에서 시작된다.
5) 당신의 희망은 행복한 꿈을 이룬다..
6) "부부싸움" "사랑싸움" 행복을 위해 좀, 더 잘 해야지!
7) 몸은 타고난 회복력(Resilience)을 가지고 있다.
8) 행복을 위해서라면 어떠한 기다림과 인내가 필요할까?
9) 길이 없으면 길을 만들어 가는 Korea의 밀라클(Miracle)정신

『사람은 누구나 행복의 조건(條件)을 모두 가지고 산다』

해피 크리에이터의 노르아드레날린 호르몬 이야기

생존의 호르몬인 『노르아드레날린』은 내 몸이 위험 할 때 몸을 위하여 활동을 한다.

노르아드레날린(아드레날린)호르몬은 기초 대사 량을 높여 집중력을 높여준다. 사람의 인체는 불안이나 위기를 느끼면 혈액속의 신경전달물질인 노르아드레날린의 수치가 급상승해서 자율신경의 교감신경을 자극하여 심장의 운동이 활성화되고 심, 박, 수, 체온, 혈압이 상승이 되면서 얼굴이 붉어지고 체온을 내리기 위하여 땀이 나고 발성기관의 근육이 경직이 되기 때문에 음성이 떨린다. 긴장을 하게 되면 소화관 운동과 소화분비액이 억제가 되어 식욕도 감소하게 된다...그렇게 노르아드레날린 호르몬은 분노의 호르몬으로 몸을 긴장상태를 만들어서 목적을 이루는데 집중력을 높여준다.

아미노산의 일종인 타이로신을 먹으면 노르아드레날린호르몬을 도와서 집중력과 기억력 개선 을 해주며 스트레스 상황에서 고갈되기 쉬운 신경전달물질을 보충하는 역할을 하므로, 피로감 완화와 기분 개선에 도움을 줄 수 있다 뿐만 아니라 스트레스 중에 타이로신을 먹으면 노르아드레날린호르몬을 도와서 체력 회복이나 지구력 향상을 시키는 역할을 한다.

  예를 들어, 동물들이 외부로부터 위협을 느끼게 되면 주위의 움직임에 집중을 하면서 털을 곤두세우며 귀를 쫑끝하게 세우고 행동이 빨라지며 본능적인 위협의 대응을 하게 된다. 교감신경이 높아지면서 심장이 꿍꿍.. 빨리 뛰며 호흡이 빨라지고 신경이 경직이 되고 입이 바싹 바싹 말라가며 갈증을 느끼게 된다. 그리고 말도 덜덜 떨면서 어눌해 진다. 그렇게 충동적이고 적극적인 역할을 노르아드레날린 호르몬이 하지만 반대로 그 공격을 막는 방어적 역할을 돕는다. 그래서 노르아드레날린 호르몬은 승부의 호르몬이자 용기의 호르몬이라는 별명을 가지고 있다. 노르아드레날린 호르몬은 희노애락의 감정을 조절하며 막아주는 내 몸의 행복한 생존의 호르몬이다.

인생은 꽃과 같고 사랑은 그 속의 꿀과 같다. - 빅토르 휴고 -

규칙적인 운동, 긍정적 생각은 나의 건강, 행복이다.

행복하려면 건강해야 한다. 생각도 긍정적이여야 한다. 그리고 건강을 유지하려면 운동이 절대 필요하며 규칙적인 운동을 하면 인체는 극대화의 변화의 효과가 나타난다. 운동은 우리의 인체의 근육을 더욱 키워주며 호흡은 더 깊어지고 정신 상태까지 더욱 더 건강해 진다. 자 이제 모두 함께 운동을 하자.

그럼, 운동을 하면 우리의 몸의 어떠한 변화가 일어날까?

1. 규칙적인 운동은 심장근육을 더욱 튼튼하게 만든다.

주먹 크기만 한 심장은 주로 근육으로 이루어진 기관이며 1분의 70회쯤 수축과 이관을 자율 신경에 의해 반복한다. 이 운동 덕분에 혈액이 허파와 몸 전체를 순환하며 살아가는데 우리들의 인체의 꼭 필요한 산소와 영양소를 운반을 한다.

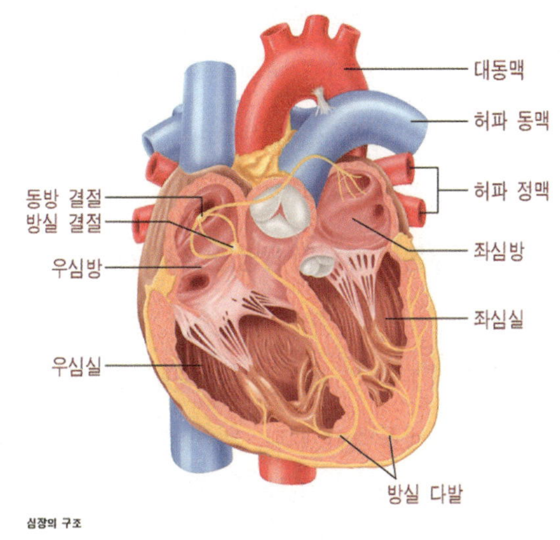

심장의 구조

출처: 네이버 백과사전

　우리 몸의 피가 온몸을 돌 수 있도록 펌프 역할을 하는 순환계의 중심 기관으로, 왼쪽 가슴 아래에 있다. 심장은 좌우로 2개씩 총 4부분으로 나누어져 있는데 위쪽 2개의 방은 혈액을 받아들이는 장소로 '심방', 아래쪽 2개의 방은 혈액을 내보내는 장소로 '심실'이라고 한다. 심장은 주기적인 수축과 이완 작용 운동을 반복하여 심장 안으로 들어온 혈액을 다시 내보냄으로써 혈액이 온몸을 순환할 수 있도록 해 준다.

　심장은 고대로부터 생명과 동일한 의미로 인식되어 왔다. 심장이 뛰지 않으면 곧 사망을 의미했고, 이는 현대에도 변하지 않는 상식이다. 주된 역할은 산소와 영양분을 싣고 있는 혈액을 온몸에 흐르게 하는 것이다. 심장은 1분에 60~80회 정도 심장 근육이 수축면서 심장의 왼쪽 부분은 산소와 영양분을 실은 신선한 혈액을 내보내는 역할 즉 체순환을 하고, 오른쪽 부분은 각 장기를 순환하고 심장으로 들어오는 노폐물과 이산화탄소를 실은 혈액을 폐로 순환시켜 다시 산소를 받아들이게 하는 역할 즉 폐순환을 하게 하는 운동을 한다.

2. 혈액운동이 인체의 생명을 유지시킨다.

심장에서 나가는 혈액은 큰 동맥으로 들어가며 이 동맥은 점점 나뉘어져 작은 세동맥이 된다. 혈액은 세동맥을 지나 그물처럼 퍼지고 얽힌 모세혈관으로 들어간다. 허파의 모세혈관에서는 산소가 혈액으로 들어가고 이산화탄소가 혈액에서 나온다. 허파가 아닌 몸의 다른 곳의 모세혈관에서는 혈액에서는 혈액에서 산소가 나오고 이산화탄소가 들어간다. 모세혈관을 나온 혈액은 세정맥으로 들어가고 이들이 점점 모여 큰 정맥을 이루어 심장으로 들어간다. 결국은 동맥은 심장에서부터 신체의 먼 곳까지 혈액을 운반 한다. 그리고 정맥은 혈액을 심장으로 운반 한다.

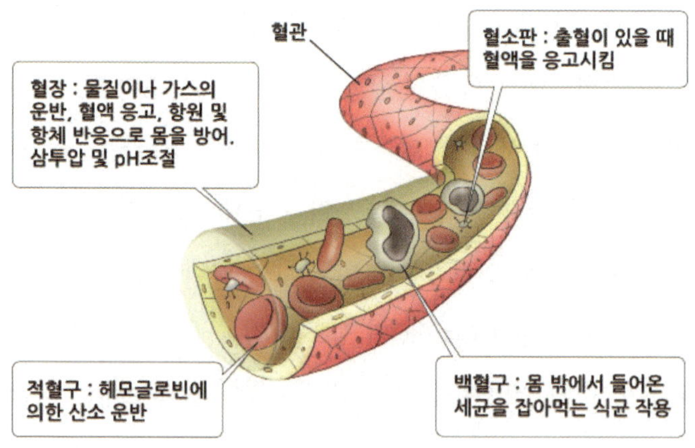

3. 허파는 들숨과 날숨의 산소호흡 운동이 신체내의 필요한 에너지를 만든다.

우리가 호흡하는 산소는 신체에서 에너지를 만드는데 사용되므로 살아가는데 필수적이다. 허파가 산소를 얻고 이산화탄소를 버리기 위해 공기를 빨아들였다 그리고 세포는 음식물에서 얻은 탄수화물을 분해하는 화학반응에 산소를 사용함으로써 에너지를 만든다. 우리가 가만히 있을 때 1분에 12-15번 정도 숨을 쉬며 운동을 할 때는 1분에 20회 이상 숨을 쉬게 된다. 1년의 우리가 숨 쉬는 횟수는 850만번 정도이다. 코를 통하여 들어 온 공기는 코와 입을 지나면서 덥혀지고 습기가 더 해진다. 기관이나 허파를 자극하여 기침 발작을 일으킬 수 있는 먼지 알갱이는 코털에 걸린다. 양쪽 기관지를 통과한 공기는 점점 좁아지는 관을 지나 결국 폐포라는 작은 공기 주머니에 도달 한다. 허파와 윤곽사이에는 가슴막이라는 가슴 막액이 있다. 얇은 층의 끈끈한 윤활제인 이 액체는 호흡할 때 허파가 흉곽 안에서 흉벽 표면을 매끄럽게 움직이게 해주며 숨을 내 쉴 때 허파가 흉 벽에서 떨어지는 것을 막는 운동을 한다.

4. 들숨과 날숨 때 횡경막이 호흡의 기계작용 운동을 해 준다.

횡격막은 가슴과 배를 나누는 가로무늬근육을 말하며 위로는 가슴, 아래로는 배와 구분이 된다. 횡격막은 수축과 이완을 통해 호흡운동을 돕는다. 그리고 횡격막은 수축과 이완을 통해 호흡운동의 기계작용을 해주는데 우리가 숨을 들이마시면 횡격막은 수축하여 아래로 내려가 흉강 내의 압력을 낮추어주어 폐에 공기가 들어올 수 있게 해주며, 우리가 숨을 내 쉴 때는 횡격막은 이완하여 위로 올라가 폐에 있는 공기가 밖으로 나갈 수 있게 해준다. 그리고 배변과 구토 시 복압을 증가시키는 역할로 건강한 배의 구조 역할의 호흡기 운동을 돕는다.

5. 좌우 대뇌반구의 뇌는 정신과 육체를 이끄는 운동을 한다.

대뇌는 좌우 반구로 구분된다. 구조가 거의 동일하지만 각각 주관하는 특정 과제가 있다. 왼쪽 대뇌반구는 신체의 오른쪽 부분을 조절하며 언어와 말하기를 주로 주관한다. 오른쪽 대뇌반구는 신체의 왼쪽 부분을 조절하며 자신의 주변에 있는 존재들을 인식하는데 중요하고 감각정보와 창의성을 주관 한다. 좌우 대뇌관구는 뇌 들보라 불리는 거대한 신경 섬유 다발을 통해 좌우의 대뇌 반구사이를 연결하고 있는 초고속 신경케이블을 통해 서로 소통하며 좌우의 뇌들이 우리 인체의 정신과 육체를 직접 조절하며 신체를 움직여 운동을 하게 한다.

6. 내 몸은 기관에서 세포까지 건강한 몸 그리고 행복을 위하여 다양한 운동을 한다.

호흡계통, 내분비계통, 중추신경계통, 소화계통, 비뇨계통 등, 인체

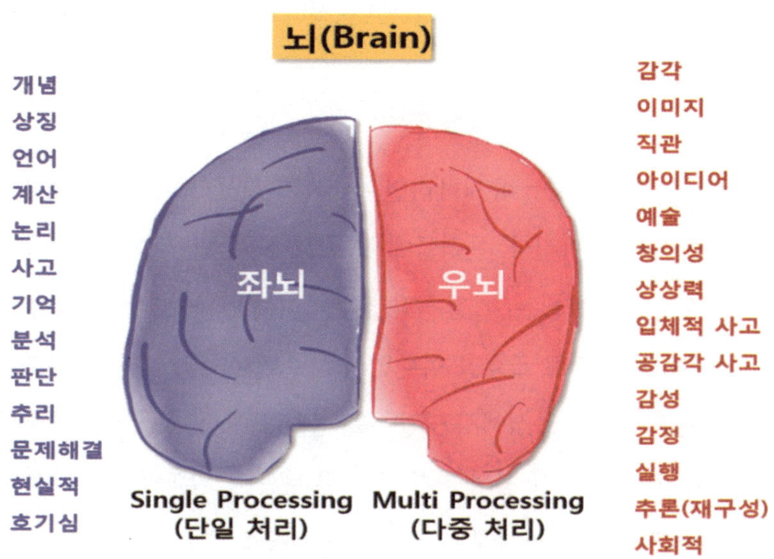

좌뇌 우뇌 뇌기능 (인용 : 네이버 백과사전)

의 있는 78개의 기관 있다. 860억 개의 뇌의 신경 세포 수, 3000억 개의 허파의 혈관 수, 우리 몸 전체를 이루는 약50조개의 세포들에게 하루 산소 양을 550리터를 공급한다. 1분에 뛰는 심장 박동 수는 70-80회, 평생 동안의 28억 번의 심장이 운동을 한다. 간은 1분마다 1.4리터의 혈액을 여과 한다. 매일 1리터의 담즙을 생산한다. 또한 사람은 대략 1,200만 개나 되는 후각수용세포가 있고 이 세포들이 1만 가지의 다양한 냄새를 감지한다. 또한 걷기 같은 단순한 행동이나 춤추기 같은 복잡한 동작을 수행 할 때 뇌와 척추가 주된 조정자 역할을 하지만 인체의 모든 계통들은 항상 서로 신경계망을 이용하여 소통하고 지시를 주고받으며 인체의 건강과 삶의 행복을 위한 일들 즉 분주하게 운동을 한다.

7. 건강하고 행복하려면 늘, 생각하고 움직이되 규칙적으로 신체를 극대화하는 운동을 하라.

사람의 건강한 신체를 유지하려면 에너지가 필요하며 에너지는 음식물을 통하여서 얻어 진다. 음식물에서 이 에너지원인 지방이나 탄수화물, 물, 비타민, 단백질, 무기질 등을 섭취하려면 인체의 각 계통이나 기관에서 유기체로 서로 조화를 이루면서 서로를 위하여 내 몸은 식도를 통하여 위로 들어온 음식에서 영양분을 섭취를 하려고 소화 운동을 한다. 그러하기 때문에 내 몸과 다른 또 다른 나는 내 입맛에 맞는 맛있는 음식만 골라 먹고 내 인체에 따른 적당한 운동을 해주지 않는다면, 10년에서 20년, 더 일찍 죽는다. 허약한 몸으로 질병에 시달리며 침상에서 일찍 죽을 것인지? 아니면 즐겁게 운동을 하면서 행복한 생활을 하다가 행복한 죽음을 맞을 것인가? 자신에게 조용히 질문을 던져 보라?

성기(性器)를 신(神)으로 숭배하다.

삼척시 신남마을의 해신당(성기숭배)

　한국의 가부장적인 제도 속에서 아들만이 가정의 가계도를 이어가는 전통적인 한국의 가정제도는 "아들을 낳아야 한다."는 아들을 낳지 못하면 가정의 가계도가 끊어진다는 기습적인 슬픔의 풍습을 한국의 여인들은 지니고 가정을 이어 왔다. 또한 아들을 낳지 못하면 여인의 칠거지악 중 하나로 취급을 받아 왔다. 그래서 아들을 낳지 못하는 여인들은 아들을 낳는 많은 방법들이 동원이 되었고 아들을 낳아 가계도를

이어주는 가습을 위하여 정당한 아내의 자리도 씨받이 여인에게 내어
주고 뒷켠으로 물러나야하고 때로는 대계가문의 족보를 이어주기 위하
여 씨받이로 들어가는 기구한 운명을 여인들은 지니고 살아야 했다. 그
래서 여인네들은 가계도가 끊기지 않고 아들을 낳기 위하여 일월성신
께 치성을 올리거나 성기신앙을 숭배를 하기 까지 이르렀다.

1. 가계도(家系道)를 위하여 부근당(扶芹堂)을 모셔왔다.

조선 전기부터 한양의 각 관청에 설치하고 신을 모신 곳. 중종 때는 '부
근(付根)'이라 하여 사방 벽에 남자 성기(性器) 모양의 나무로 깎은 것
을 걸어놓고 아들을 낳아 가문에 대를
잇기 위하여 여인네들이 치성을 드렸던
곳으로 조선 제 24대 왕인 헌종 때 가
장 성행하였다. 사신은 토지신이요 짓
신은 오곡신이기에 농정문화의 시작으
로부터 이 사신 숭배는 이어왔고 그 생
산의 주력(呪力)을 손(孫)이라 하여 손이
많으면 그 만큼 일손이 많고 일손이 많
은 만큼 농토를 많이 일구어 천하지대
본의 풍요를 누릴 수 있기 때문에 손은
곧 복이요 그 복은 곧 농토와 부의 기준
이 되어왔던 것이다. 가부장적인 원시

해신당의 남근모습

사회속에서 많은 자손을 거느려야 하기 때문에 가문은 곧 장손이요. 아들이 있어야 가문을 지킬 수 있으므로 아들 선호 사상으로 각사에 신사를 두고 부근당을 모셔왔다. 이 부근당에서는 사직 신에게 바치는 신물로 나무로 남자의 음경을 깍아 붉은 칠을 하여 사직에 제사를 드리는 풍습으로이어 왔다 부군당은 서울에만 15개소가 있었다 하며, 지금도 서빙고동(西氷庫洞) 등에 있는 당(堂)에서는 대개 정초에 당제를 지낸다.

2. 남근(男根)과 여근(女根)의 성기숭배 현장의 사례.

1) 여 근석(根石) 공알 바위

충북 제천시 송학면 무도리 마을 입구에 직경 다섯자 크기에 원형으로 된 여근석 바위가 있는데 가운데가 움푹 패이고 그 속에 직경 석자크기에 난형바위가 볼록하게 마치 여자의 음부를 닮았다. 하여 공알바위라 부른다.볼록하게 솟아오른 건너편 논둑에서서 동전 3개를 공알바위에 던져 들어가면 첫 아들을 낳고 그렇지 못하면 딸을 낳는다. 또한 이 공알 바위의 구멍에 작대기를 쑤시면 그 처녀는 바람이 난다고

공알바위. 제천시 무도리 마을 입구

전해진다. 여성의 음부를 작대기로
쑤시는 행위는그 자체가 남녀의 상
관을 뜻한다. "계집과 아궁이 불은
쑤석거리면 탈난다. 는 속담이 여
기서 나왔다. 그래서 매년 초이튿
날 연1회에 바위 제를 올려 처녀들
의 평안을 기원하고 있다.

여성의 음부모양 닮은 여근바위, 삼성산 삼막사 근처

2) 여자의 음부를 닮은 여근바위

안양시와 서울 시계를 조금지나 경인 제2고속도로를 벗어나면 좌측
으로 큰 사찰이 보인다. 그 사찰쪽으로 좌회전을 하면 삼성산 방향으로
3.5km쯤 산기슭으로 오르면 신라시대부터 내려오는 "삼막사" 란 오
랜 전통을 가진 큰 사찰이 나온다. 이 사찰 우측을 약
100m오르면 여근바위, 남근바위가 자리를 틀고 있
다. 불교의 절기 때가 되면 인산인해를 이룬다. 평소
때도 불자들이 많이 찾는 명 사찰이기도 하지만 사월
초파일 날이면 많은 사람들이 이곳을 찾아 득남하기
를 소원하는 마음으로 긴 줄을 서서 자기 차례를 기
다리며 기원하는 모습들을 볼 수가 있다. 그만큼 자
녀를 잉태치 못하는 여인들의 애절한 사연을 안고 아
기를 낳기 소원하는 성기숭배의 신앙의 기속들이 아
직도 우리주변의 많이 있다.

여성의 질처럼 움푹폐인 바위

3) 여자음부의 질처럼 잘 생긴 여근 알 바위

독립문 사거리에서 무악재 쪽으로 30m 가다가 오른쪽 샛길로 들어서 산길따라 오르면 국사당이 나오며 기자 신앙 터인 선바위가 있다. 계속해서 오르면 여근 알 바위가 나오는데 이곳에서는 늘 굿이 끊이지 않는다. 치성을 들이던 촛불도 켜있고 차례음식도 차려져있고 사람이 붐빈다. 바위 모습이 마치 애를 못 낳는 여인이 말 바위 엉덩이 부위에 두 다리를 쫙 벌리고 앉은 모습이 여성이 벌리고 있는 음부의 질 모습과 흡사하다 하여 여근 알 바위라고 불러지고 있다.

4) 삐죽 남근 자지바위

이화여자대학교 뒷산에는 삐죽 바위라고 불리우는 거대한 남근바위가 있다.서대문형무소를 사이에 두고 서로 마주보고 있는 남근과 여근이 서로 정기가 맞아 그곳에 정성을 드리면 후손을 생산할 수가 있다는 것이다. 그래서 남다른 후손의 사연을 안은 연인들이 찾아와서 자손의 생산을 위하여 정성을 드리고 있는 것이다.

남근 자지바위

5) 남근숭배를 공원화 한 해신당

강원도 삼척시 신남마을에는 남근숭배 민속을 관광에 접목시킨 해신 당 공원이 있다. 옛날 신남마을에 결혼을 약속한 처녀, 총각이 살고 있 었다. 어느 날 해초작업을 위해 총각은 해변에서 조금 떨어진 바위에 처녀를 태워주고 다시 돌아올 것을 약속하고 돌아간다.

그런데 갑자기 거센 파도와 심한 강풍이 불어 처녀는 바다에 빠져 죽 고 만다. 이후 이 마을에는 처녀의 원혼 때문에 고기가 잡히지 않았다 는 소문이 돌게 된다. 어느 날 한 어부가 고기가 잡히지 않자 바다를 향해 오줌을 쌌더니 풍어를 이루어 돌아온다. 이후 이 마을에서는 정 월대보름이 되면 나무로 실물모양의 남근을 깎아 처녀의 원혼을 달래 는 제사를 지내게 되었다. 지금도 이 마을에서는 매년 정월대보름(음 력 1.15), 음력 10월 첫 오일에 남근을 깎아 매달아 제사를 지내는 풍 습이 전해지고 있다.

이러한 애뜻한 사랑 이야기를 삼척시에서는 현실화 하여 공원을 만 들어서 많은 관광객들 을 모으며 이목을 끌고 있다. 공원 내에는 신남 마을 처녀, 총각의 애절 한 사랑이 얽힌 해신당 과 어촌민속전시관, 그 리고 세계적으로 유례

빙계리 남근석 앞에서 필자

가 드문'남근 조형물의 집합처'인 남근장승공원 등이 있다. 공원 내의 어촌민속전시관은 어민들의 실생활, 대형 영상수족관, 동해안별신굿과 뱃고사의 매직 비전, 세계 성민속실 등 다양한 볼거리를 갖추고 있다.

6) 득남 증험의 의성군 빙계리 남근석

"제발 우리 며느리가 아들을 낳아 대를 잇게 해주십시오" 경북 의성군 춘산면 빙계리 이종근씨 집 앞에 아들이 없어 애태우는 부인과 손자를 빨리 보려는 할머니 10여명이 매일 찾아와 치성을 드리곤 한다. 높이 2m 둘레가7m 무개가 3톤가량의 남근석을 모 건설회사 간부로 있던 둘째 아들 항우가 건설공장 현장에서 우연히 발견한 것이다. 항우씨는이 돌을 내버리기 아까워서 대형 트럭으로 집앞에 옮겨 놓았다. 그동안의 입에서 입으로 소문이 번지면서 어느새 이곳의 명물이 되었다. 의성은 물론 대구와 영남지방 전국에서 소문을 듣고 찾아오는 아낙네가 늘어나고 있다. 이 돌은 위 부분이 두루뭉술한 타원형인데다 그 밑에는 굵고 가는 힌 띠가 두 줄로 둘러져 있어 남성의 성기를 꼭 닮았다. 근간에는 위쪽의 흰 띠 부분을 떼어내 삶아먹으면 아들을 낳는다는 소문까지 퍼지면서 어느새 군데군데 흠집이 생기고 있다.

3. 대한민국의 산부인과 임신의학은 세계 최고의 수준이다.

B.C 460년경 의사의 아버지라고 부르는 히포크라테스 선서 이후 세

월이 흐르면서 우리나라의 삼국시대쯤인 약 A.D 1세기경에는 간질병 (수전증)자가 간질을 하면 귀신이 들렸다고 의사들이 처방을 내렸다 고 하니 웃을 일이다. 그러나 18세기 X선(X-ray) 19세기의 현미경 등 이 발명을 하면서 현대의학은 놀랍게 발전을 한다. 의학기기인 광학현 미경의 경우 보통 2,000배의 배율로 관찰할 수 있지만, 전자현미경의 경우 약 10,000,000배율로 관찰이 가능하다. 전자현미경은 광결정부 터, 사람 인체의 단백질 분자, 세포 그리고 세포의 조직 등 다양한 샘플 을 관찰할 수 있고, 단백질의 경우 샘플을 초저온상태로 관찰하여 원

자 수준의 해상도로 단백질의 구조 분석
이 가능하다. 그래서 육안으로는 전혀 식
별이 불가한 세포분열과 활동, 난자와 정
자의 건강상태의 움직임을 관찰을 할 수
가 있어서 임신에 관하여서도, 여자의 난
소기능, 남자의 정자 상태가 나쁘면 난임
이나, 불임 검사를 하여 여성의 나팔관,
호르몬, 초음파, 정액 등. 의학기기를 통
한 검사를 하여 인공수정 또는 시험관아
기(체외수정)를 건강한 남녀라면 누구든
지 그리고 얼마든지 아기를 갖을 수가 있
는 과학문명의 시대에 우리는 살고 있다.
이러한 것들은 의학기기 발달, 의학기술
의 발전, 국민소득과 직접 관련이 있다.

동해의 해신당에 모신 남성성기

　남근석이 오래된 것이든 최근의 것이든 남근석에 대한 성기신앙숭배에 대한 기속(奇俗)은 예나 지금이나 그리고 때와 장소를 가리지 않고 아이를 낳고자 성기신앙을 향원하는 여인네들의 마음은 변함은 없겠지만. 그래도 민간신앙이기는 하지만 성기숭배의 무지에서 이젠 우리 모두가 벗어나야 한다. 우리는 다음세대, 미래세대를 위하여 살고 있기 때문이다.

한국 성풍속과 성에 대한 리얼한 해학들
- 강원도 삼척시 신남리에 위치한 해신당 공원 -

해신당 남근 공원의 남근 조형물들

**피는 성(Sex) 생활의 생명이다. 피를 건강하게 만들어라.
몸이 더욱 건강해진다.**

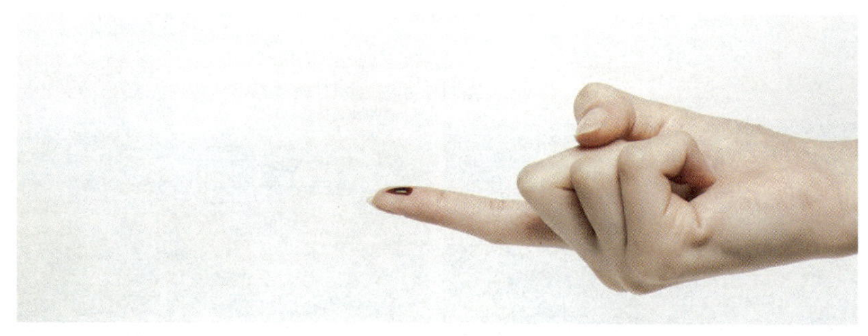

　내 몸에는 혈관을 따라 피가 흐른다. 그런데 다치거나 상처를 입어
서 내 몸 밖으로 피를 흐르게 되면 사람들은 화들짝 놀란다. 이유는 피
는 내 몸의 생명이기 때문이다 그리고 출혈이 심하면 곧 죽기 때문이
다. 출혈은 건강한 성인 남성의 경우, 외상을 입어 출혈이 있더라도 전
체 혈액의 약 20%(1L)까지는 신체에 큰 무리가 오지 않지만. 약 40%
에 해당하는 2L 가량의 혈액을 잃었을 경우 쇼크사(death shock)에
빠질 수 있어 매우 위험하다. 그러나 혈액에는 혈소판과 같은 응고 인
자가 있어 더 이상 출혈이 일어나지 않도록 손상된 혈관을 막기도 한
다. 피는 이처럼 생명의 근본이라는 것은 일반적으로는 다 알고 있는
것 갖지만 실제적으로는 잘 모른다. 그러므로 왜 피가 나의 몸의 생명

이 되는지 이제 알아보자.

1. 혈액은 심장으로부터 동맥, 정맥으로부터 심장에까지, 세포층의 모세 혈관에 피가 흐른다.

혈관(血管)은 피를 온 몸으로 보내는 가느다란 관이다. 사람의 혈관 총 길이는 120,000km이며 지구의 둘래가 40,000㎞이니 지구를 세 바퀴를 도는 거리이다. 혈액이 동맥에 흐르는 속도는 대동맥부에서 초속 20-60cm이고, 혈관 지름이 좁아질수록 관 벽의 마찰 저항 때문에 속도가 떨어진다. 혈액이 심장을 나온 뒤 다시 심장으로 되돌아오기까지의 시간은 그 혈액이 어디를 흐르는지에 따라 다르지만 팔꿈치 에서 측정하면 약 18초 정도이다. 그리고 혈관은 동맥, 정맥, 모세혈관으로 나뉜다. 우리 몸의 혈액량은 그 사람의 몸무게와 비례하는데, 예를 들어서 몸무게가 60kg인 사람은 약 4.8리터(몸무게 1kg당 평균 80ml)의 피를 가지고 있다. 내 몸의 혈액량을 알고 싶다면 몸무게에 곱하기 80ml를 해 보면 된다.

2. 인체의 생명 유지를 위한 원천(原泉)의 피를 혈관을 통하여 공급 한다.

혈관의 혈액을 통하여 산소와 영양분을 몸 구석구석 말초세포와 조직사이에 순환을 시키면서 모세 혈관은 그 지름이 약 10㎛여서 다음과 같은 물질교환의 중요한 역할을 한다.

　우리 몸속의 ㉠ 영양분을 혈액은 위
나 장에서 흡수된 단백질, 비타민, 등
의 영양분을 폐에서 섭취한 산소와 소
화관에서 흡수한 영양소를 각 조직 세
포로 보내고 각 조직에서의 ㉡ 대사
산물인 요소, 요산, 젖산 등을 운반하
여 세포에서 만들어진 이산화탄소와
노폐물을 폐, 신장, 피부를 통하여 배
출을 한다. ㉢ 또한 적혈구내의 해모

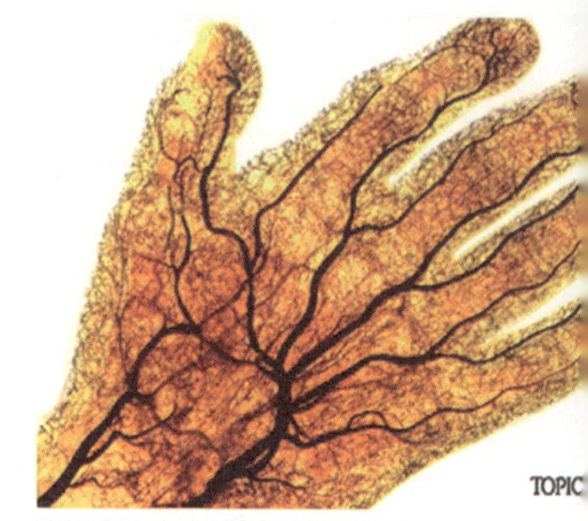

사람의 몸에는 수없이 많은 혈관이 분포하고 있다.

글로빈이 폐에서 산소와 결합을 하여 조직에 산소를 공급하며 조직세
포에서는 이산화탄소를 혈색 고에 결합된 산소와 교체하여 폐로 운반
을 한다. 즉 입과 코를 통하여 들어온 신선한 산소와 가스교환을 한다.

　그리고 ㉣ 사람은 항온 동물이므로 혈액의 수분을 통하여 36.5도에
체온을 유지를 해야 한다. 내 몸의 각 기관이나 조직에서 생긴 열을 흡
수하여 폐, 피부 등에서 수분증발 또는 방사로 인하여 소모된 체온의
차를 혈액이 온몸에 전신 순환을 하면서 체온을 적절하게 조절을 해 준
다. 신체 내의 각 기관과 세포액과 수분을 교환하여 조절하며 혈장내
의 물에 녹은 수용액 상태에서 이온으로 쪼개져 전류가 흐르는 물질인
전해질인 염화나트륨, 황산, 염산, 수산화나트륨, 수산화칼륨, 질산나
트륨, 등을 인체의 필요한 수분의 수용액 상태로 온 몸으로 보내진다.

　㉤ 내분비비기관에서 만들어진 호르몬은 혈관을 거쳐 신체의 여러
기관으로 운반되어 그곳에서 각각의 호르몬이 지닌 기능을 발휘하게

된다. 특히 물질대사와 생식, 그리고 세포의 증식에 호르몬이 직접적으로 관계를 한다. 이렇게 혈액은 우리 몸의 혈관의 피를 통하여 생명의 원천을 공급하여 준다. 그러면 혈관의 혈류가 사람의 인체 내 구석구석 모세 혈관에게까지 어떻게 흘러야 자손 번성과 가정의 행복 그리고 성생활의 기쁨을 누릴 수 있는지를 알아보자.

3. 혈관의 혈액, 혈류는 종(種)의 번식, 성(性)을 통한 환희와 기쁨을 준다.

포유류에 속한 인간은 남녀의 성 관계를 통하여 종족을 번식을 시킨다. 사람의 음경발기는 혈관, 내분비, 신경계 등이 종합적으로 작용하는 복잡한 생리 반응이다. 성적 흥분을 일으키는 정신적 자극이나 성기 주위의 직접적인 자극을 받으면 음경의 발기는 다양한 촉각, 청각, 시각적 자극과 야한 생각 등의 정신적 자극이 대뇌의 척수와 부교감 신경에 의해 음경동맥에 흥분성이 전달이 되면서 음경동맥이 확장이 되어

평상시보다 4~11배나 많은 다량의 혈액이 음경 내로 유입이 된다. 이 때에 스폰지 모양의 좌우 두 개의 음경해면체의 수많은 혈액이 음경해면체강에 가득 채우게 된다.

동맥을 통해 유입되는 혈액의 양이 정맥을 통해 유출되는 양보다 많으므로 음경해면체가 탄탄하게 팽창하게 되면서 팽창 정도가 증가할수록 음경해면체강 사이사이에 배출정맥들이 압박을 받아 폐쇄되고 음경 혈액의 유출경로가 모두 차단되어 음경해면체 내압이 급격히 상승하면서 딱딱하면서도 부드러운 탄성을 가진 피부의 결합조직이 되어 음경은 최고의 강직 도를 가진 막대기처럼 된다.

4. 인간의 성행위의 성감곡선의 정점을 신경 호르몬과 혈액이 만든다.

이렇게 발기된 음경은 여성의 질에 삽입된 후 사람의 따라 다르지만 성적 흥분과 성교 동안 일정한 양상의 성적인 흥분의 과정이 4단계로, ⑴흥분기, ⑵고원기, ⑶오르가슴(orgasme 성적 흥분의 절정 또는 아크메 acme)정점 기 ⑷해소기로 이 4단계가 차례로 일어난다. 기본적인 유형의 성적 자극의 형태에 관계없이 양성(兩性) 모두 비슷하다. ① 흥분기에는 신체가 성적인 활동의 준비로 근육이 긴장하며 심장박동이 빨라지고 음경에 혈류가 증가하여 발기한다. 여성은 질 벽이 축축해지고 질 내부가 넓어지며 음핵이 커진다. ②고원 기에는 호흡이 가빠지고 근육은 계속 긴장하며, 남성의 음경귀두가 부풀고 고환이 확대되며 여성은 외부의 질이 수축하고 음핵이 위축된다. ③오르가슴 단계에서는 축적된 신경 근 긴장이 흥분의 절정의 정액의 사정의 단계를 몇 초 동안을 거치면서 긴장이 풀어져버린다. ④해소 단계 기에는 점차 휴식상태로 돌아가는데, 이렇게 남자는 음경이 정상적인 크기로 줄어들고 여자는 질과 기타 성기가 흥분상태 이전으로 돌아간다.

5. 인간의 성을 통한 행복도 혈관과 혈류 즉 피가 만든다.

이러한 과정을 거친 성행위로 성감곡선의 정점의 다다를 때를 엑스터시의"ecstasy- 황홀경" 또는 아크메"acme- 정점" 이라고 한다. 정점은 그냥 다다르지 않는다. 반드시 힘들고 땀을 흘리고 벅찬 과정을 거처서야 엑스터시에 이른다. 이 과정 중에 도파민이 혈액운동을 활성화 시켜 교감신경을 자극하여 욕망을 깨워 흥분을 일으키고 엔도르핀 호르몬이 힘든 것을 참게하면서 쾌감을 자극을 하여 행복의 극치에 이르게 한다. 남녀의 성은 도파민 호르몬과 엔도르핀 호르몬이 함께 분비가 되면서 엄청난 쾌감의 극치감을 서로 맛보게 된다.

인류의 경전인 성경은 "피에 대하여 이렇게 말을 한다. 레위기17:11에 육체의 생명은 피에 있음이라... 생명이 피에 있으므로 피가 죄를 속하느니라." 부부만

이 누리는 성(性)은 향유와 쾌락의 대상이 아니라 결혼을 통한 종족번
성, 그리고 부부의 기쁨, 즐거움, 환희, 행복의 대상일 뿐이다.

부부행복, 침실의 의무와 권리에서 시작된다.

창조주 하나님이 남녀 부부에게 성(性)을 주신 목적은 종족 번성과 부부만이 누릴 수 있는 부부의 기쁨과 즐거움 그리고 환희의 건강을 위하여 주셨다. 그 원리가 톱니바퀴의 원리와도 같다. 기계가 가장 정밀하고 효과적으로 동력의 힘을 전달할 수 있는 것이 톱니바퀴의 원리이다. 서로 모양이 다른 톱니가 서로 맞물려 돌아가면서 동력의 힘을 얻는다. 그 동력의 힘의 원천 속에는 숨어있는 지레의 원리가 있다.

즉 받침점과 작용점 그리고 힘점의 힘의 원리를 이용하여 몇 배수의 힘을 활용 할 수 있는 원리를 말한다. 이러한 힘의 원리처럼 톱니바퀴는 그 힘의 크기를 바꾸는 성질을 가지고 있다. 톱니바퀴는 바퀴의 둘레에 일정한 간격으로 움푹 파인 곳, 뾰족하게 나온 것이 서로 톱니가 되어 서로 맞물려 돌아감으로써 동력을 전달하는 기계요소이다. 현대에 와서도 전자장치의 발달로 그 위상이 좀 떨어지기는 했지만 여전히 사랑 받는 기계요소이다. 그렇게 부부의 남녀의 성(性) 원리도 톱니바퀴의 원리와도 같다.

1. 성경 창세기 속에 나타난 남녀의 명칭의 어원적 의미가 그 원리를 말한다.

1) 남자란 성경 창세기 2:22절 (히브리어 שׁיִ Yi-sh) 잇쉬 라고 하는데 그 의미는 "화살" 이란 뜻인데 그 의미처럼 남자의 음경은 밖으로 뾰족하게 나온 화살모양의 형태로 뾰족하게 돌출이 되어 시야로 식별과 보기가 쉽고 만지고 찾기 쉽게 고 안이 되어져 있다. 그 생김새 모양대로 기능과 의미는 다음과 같다.

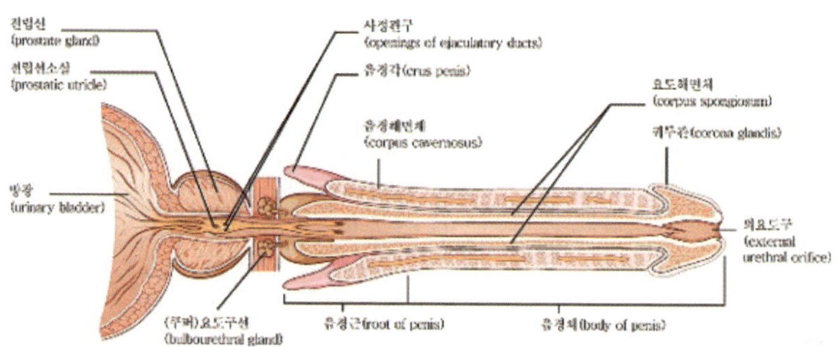

음경 (인용 : 네이버 백과사전)

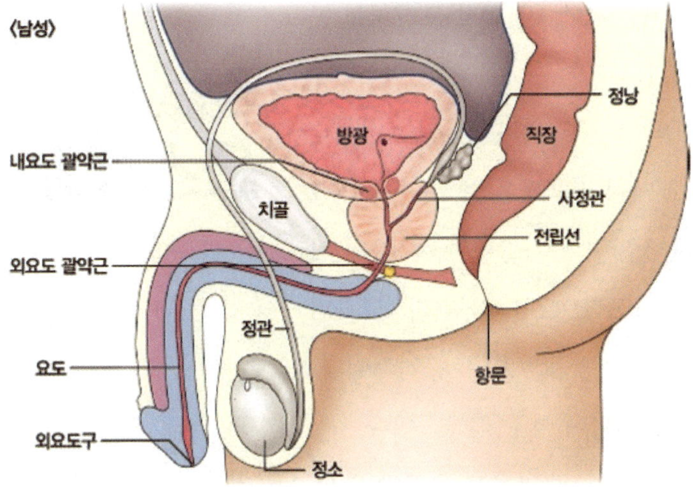

남성의 생식기능

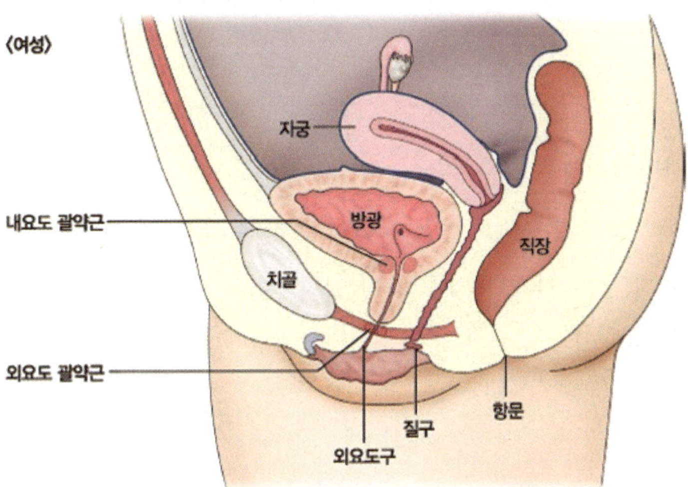

여성의 생식기능(네이버 백과사전)

⑴ 남자의 성(性)은 화살 모양처럼 공격적이다.

남자의 음경은 평균11.4㎝-15㎝로 성교 후 사정 정액량은 약 25cc로 약 1억개의 정자가 난자를 찾아 여자의 질속으로 공격적으로 찾아 간다. 남자의 성의 성질 그 자체가 아주 공격적이다.

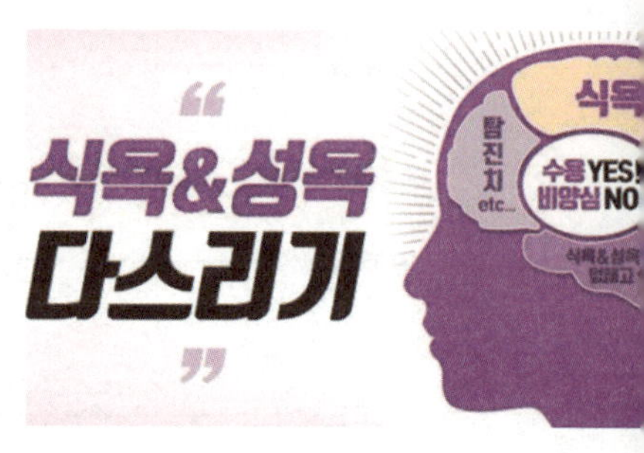

⑵ 능동적이며 아주 적극적이다.

남성의 성(性)의 반응은 육체의 오감 즉 시청촉미후(視聽觸味嗅)를 통하여 자의 또는 타의에 의하여 성(性) 신경을 자극케 하는 자율신경의 부교감신경에 의하여 남성의 생식기의 해면체의 혈관이 확장되며 혈액이 가득차 팽만한 탄성을 가진 피부의 결합조직이 되어 음경은 최고의 강직 도를 가진 무기가 되어 여성의 질속을 공격하게 된다.

⑶ 사랑적이다.

동물의 성은 본능적이지만 사랑이 있어야 사랑하는 사람에게 사랑을 바친다. 사랑의 기술의 저자인 엘릭후롬은 그 사람을 사랑하는 마음이 있어야 성을 주고 성을 주는 것은 곧 자기를 사랑하는 것 이다 라고 했다.

2) 여자란 성경 창세기 2:21절 (히브리어 אשה Yishsha) 잇솨 라고 하는데 "구멍" 리는 뜻으로 요처럼 움푹 패여 구멍으로 되어 있다는 뜻이다. 여자의 성은 여자란 어원 속에 숨겨져 있는 기능처럼 음부는 받아

들이는 구멍과 같아서 우물과 샘 (잠언5:15-16)으로 여인들의 성(性)을 은유적(隱喩的)으로 성경은 표현을 하고 있다. 인간의 성(性)은 생존의 본능과 종족 번성의 원천이기 때문이다.

(1) 여자의 성은 채워주어야 한다.

여자 즉 잇쇠 구멍이란 듯처럼 요처럼 움푹 패어져 있는 것은 채워줘야 하는 기능이다. 남자의 것을 받는 기능이다 남성으로부터 성교 시 정자를 받는다. 그 정자는 여자의 난자를 만나서 생명을 탄생시킨다. 그래서 수동적이다. 자신 스스로 받을 수 가 없다 그래서 남자로 인하여 채워주고 부어주어야 한다 여자는 매우 생물학적이기 때문이다.

(2) 피동적이면서 생산적이다.

꽃은 제 스스로 수정을 하지 않는다. 동물이나 바람 심지어는 사람의 힘을 빌려서 수정을 한다. 여자는 남자의 정자를 만나므로 수정이 되어 임신이 시작이 된다. 출산 전 태아는 난세포, 배아기, 태아기의 3단계를 거치면서 태어난다. 식물이나 동물이나 생명의 문은 암컷을 통해서 이 땅에 태어나듯 사람도 여자구멍을 통해서 생명이 이 땅에 태어난다. 그래서 여자란 이름은 히브리어로 "잇쇠" 즉 구멍이란 그 이름을 주었는지 모른다.

2. 부부는 서로가 성(性)에 대한 의무를 다하라.

1) 남편은 아내에 대해 성(性) 생활 의무를 마땅히 다하라.

『남편은 그 아내에 대한 의무(성(性))를 다하고 아내도 그 남편에게 그렇게 하라』. 신약성경 고전7:3절 말씀이다. 의무란 희랍어로 óΦειλή(오페일레) "빚, 마땅히, 응당 해야 할 본분" 이란 뜻이다. 칸트는 부부의 성에 대한 의무를 윤리의 기본 원리라고 했다. 부부는 서로 육체적인 성(性) 욕구에 대해 거절 할 권리가 없고 의무만 있다. 빚 즉 채무와 같이 의무로 반드시 갚아야 하는 것이다 부부는 독립되어 있는 별개가 아니라 상호 의존적이며 상호 한 몸이 된 지체이기 때문이다.

2) 아내도 그 남편에 대해 성(性) 생활 의무 즉 오페일레를 다하라.

사주(四柱)에 근거하여 사람의 길흉화복을 보는 명리학 (命理學)은 사람이 태어난 연(年)·월(月)·일(日)·시(時)의 네 간지(干支) 즉 사주(四柱)에 근거하여 궁합을 본다. 특히 속궁합 이라 하여 속궁합은 두 사람 간의 성교 및 성생활에 대한 만족도라고 한다. 남녀 생년월일을 사주팔자·오행에 맞춰 봄으로써 이를 확인할 수 있다는 동양철학에 근거한 주장이다. 이렇게 미신에 속하는 점술에서도 속궁합은 인간이 결혼생활

남녀 연령대별 성욕 그래프

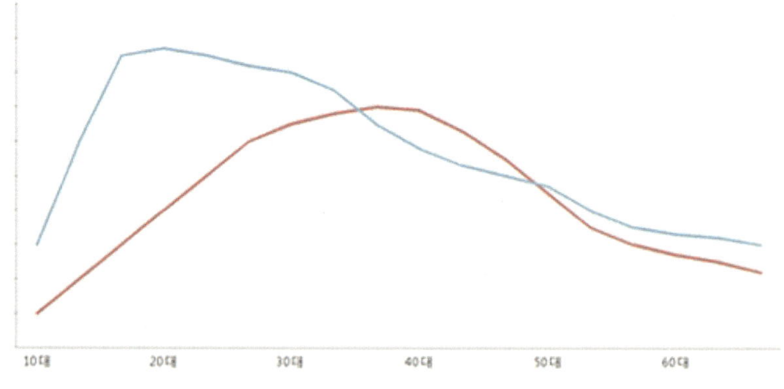

을 유지하는 데 가장 중요한 요소로 작용을 한다.
는 말이다. 국방의 의무, 납세의 의무는 선택이 아
니라 국가에 대한 의무로서 강제 구속성이 있어 반
드시 해야 하는 일이다. 남편의 성적 요구에 그렇
게 응하며 남편도 아내에게 그렇게 의무를 하라는
것이 오페일레 즉 빚의 의미이다.

3. 자기 몸이라고 성(性) 생활에서 자기 몸의 권리를 주장하지 말라.

　신약성경 고전7:4절에 "주장하다" 희랍어로 ἐξουιαω 엑수시아조 "권
리를 행사하다" 뜻이다. 결혼한 부부들의 자기 몸에 대한 권리의 용례
에 대해서는, 남편의 몸에 대한 권리는 아내가, 아내의 몸에 대한 권리
가 남편이 가지고 있다는 것이다. 즉 남편이 아내에게 성적 행위를 요
구 했을 때 아내는 피곤하다고 바쁘다고 싫타고 거절하지 말라는 것이
다. 이는 부부간 성적 행위에서는 의무만 있고 거절의 권리가 없다는
것이다. 남편 역시 아내의 요구에 남편이 거절할 권리를 가지지 못한
다는 것이 "엑수시아조" 원어의 의미이다. 부부의 성(性) 행위는 생존
의 성의 본능으로 여자에게는 채워줘야 하고 남자에게는 풀어줘야 하
기 때문이다.
　고대 그리스의 중요 산업도시였던 고린도시는 아프로디테의 신전
이 위치한 곳으로 유명하다. 아프로디테의 신전은 사랑의 여신의 신
전으로 고린도 시가지를 한눈에 내려다보이는 해발 575m 높이의 암

반의 아크로고린도로 이 신전에는 당시 무려
1,000여 명의 여 사제들이 있었는데, 이들은
제사 의식의 일환으로 온갖 음란한 행위를 만
년하게 자행하여 일상생활이다 보니 사제들
이 복음을 듣고 교회에 나와서도 옛 구습을 버
리지 못한 체 음란 행위가 너무나 난무하여 교
회에 큰 문제가 되었다(고전5:1) 당시 도덕과
윤리의 문제를 넘어 고린도교회 영성이 무너
지므로 성도의 몸은 성령의 전이므로 간음은
몸 안에 죄이므로 피하라고 사도바을의 가르
침이 뒤 따랐던 것이다.

해신당에 걸어둔 남성 성기조각들

4. 톱니바퀴가 돌아 동력에 힘을 내듯 부부의 성(性)은 삶의 동력이 된다.

철판이나 금속이 절곡이 되고 다듬어 저서 톱니바퀴가 만들어 진다.
마치 거대한 기계가 여러 개의 크고 작은 톱니바퀴가 맞물려 돌아감으
로써 움직이듯이, 틈새의 이가 맞지 않거나 벌어지면 굉음소리를 내며
매우 요란스럽다. 서로의 이가 잘 맞거나 틈새나 균형이 잘 맞으면 아주
잘 돌아 간다.

인간의 부부도 화성에서 온 남자와 금성에서 온 여자와 만나서 결혼
을 했다. 결혼 전 키스는 낭만이요 결혼 후 키스는 노동이더라. 결혼 전
에는 나와 달라서 이상적이라고 하더니 결혼 후에는 나와 달라서 이상

하다 고 한다. 결혼 전에는 섬세하다고 하더니 결혼 후에는 간섭한다고 하더라. 결혼 전에는 당신 없으면 못 살아, 라고 하더니 결혼 후에는 당신 때문에 못 살아! 하고 절규를 한다.

　남자는 신뢰를 요구하고 여자는 관심을 요구한다. 남자는 목표를 더 중요시 여기지만 여자는 과정을 더 중요시 여긴다. 남녀가 서로가 다르다는 것이다. 성(性)이 다르고 남자는 좌 뇌를 주로 사용하고 여자는 우 뇌를 주로 많이 사용을 한다. 이렇게 부부가 서로 다르니... 인간 생리학으로 노벨상을 받은 엘리자베스 불랙번은 남녀가 한 지붕 밑에 사는 것 자체가 기적이다. 라고 했다. 그래서 침실의 성(性)의 행복은 서로가 이해, 수용, 인내, 노력, 그리고 사랑으로 시작이 된다. 삶의 동력인 부부의 성(性)의 톱니바퀴를 부부는 서로가 손을 맞주잡고 행복한 인생의 톱니바퀴를 잘 돌려야 하니까? 말이다.

당신의 희망은 행복한 꿈을 이룬다.

　　1900년대 프랑스 남부의 한 절망적인 마을에 나무를 심어 자연과 인
간에게 희망을 준 양치기 노인인 『엘제아르 부피에』의 주인공의 이야
기로 한 소설가 장 지오노 (1895~1970)가 쓴 작품 『나무를 심은 사람
이야기』 소설의 희망 내용이다.

1. 절망의 답은 희망이다.

　　엘제아르 부피에가 사는 이 마을은 고산 지대로, 나무라고는 없는 단

조롭고 황폐한 황무지의 땅 위로 견디기 어려울 만큼 세찬 바람이 부는 곳이었고, 그곳에 사는 사람들은 모든 것을 놓고 경쟁하며 서로 다투었다.

희망이 보이지 않는 그곳에서 '나'는 우연히 양치기 한 명을 만난다. 그의 이름은 『엘제아르 부피에』로 그는 상수리나무에서 떨어진 도토리를 주어다가 고르고 골라서 정성스럽게 마을 뒷산에 도토리를 심는다. 알고 보니 그는 3년 전부터 이 황무지에 홀로 나무를 심어 왔다. 시킨 사람도, 보는 사람도 없는데 그는 왜 묵묵히 나

아버지와 아들

무를 심는 것일까? 희망이 보이지 않는 그곳에서 양치기인 그는 매일 100개의 도토리를 골라 정성스럽게 심고 있어서 알고 보니 그는 3년 전부터 이 황무지에 홀로 나무를 심어왔다고 했다. 쉰 다섯인 그는 아내와 아이를 잃고 고독하게 살면서 나무가 없어 죽어가고 있는 황무지인 이 땅을 살리고자 나무를 심고 있다고 했다. 또 그는 너도밤나무 재배법을 연구하며 묘목도 기르고 있었다.

2. 희망은 인내, 열정, 지구력, 사랑, 믿음, 등의 거름을 먹고 자란다.

그는 주변에 많은 사람들로부터 쓸데없는 괜한 짓을 한다고 하면서 비난, 비판, 그리고 어리석은 사람으로 놀림을 받아 왔지만 그는 스스

로 묵묵히 나무 심기를 계속했다. 그리고 세월이 꽤나 많이 흘렀다. 어느덧 32년의 세월이 지난 후에 만난 엘제아르 부피에와 마을은 희망이 넘치는 행복한 마을로 이미 변해 있었다. 두 번의 세계대전이 일어나는 어지러운 환경 가운데 엘제아르 부피에는 여전히 나무를 심고 숲을 지키며 가꾸고 있었으며 엘제아르 부피에가 87세 되던 해 나는 그를 마지막으로 만나게 된다.

팔 다리가 없는 테그라 아멜리아 증후군이라는 회귀병으로 태어나 좌절의 장애를 딛고 세계 30여개국을 다니며 신체 장애자들에게 꿈과 희망을 심어주는 강연을 한국에 강연하고 다녀감, 닉 부이치치아 그의 아내 카나에

황폐한 황무지였던 그 마을의 주변 산들은 푸른 숲으로 둘러져 있고 이름 모를 산새들과 짐승들이 찾아들고 물소리가 끊이지 않고 채소밭에 채소가 가득했으며 사람들이 희망을 가지고 함께 일구어 놓은 아주 살기 좋은 희망의 새로운 푸른 숲의 미래 마을이 되어 있었다. 위대한 마음의 고결한 인격을 지닌 한 사람의 끈질긴 노력과 열정, 희망에 많은 마을 사람들은 감동을 받으며 엘제아르 부피에 에게 큰 존경심을 갖게 된다.

『소설 나무를 심은 사람』에서 볼 수 있듯이 나무는 사람에게 여러 변화와 유익을 가져다가 준다. 그러면 자연과 나무들은 우리를 위해 어떤 일을 하는지 알아보자?

3. 그 희망의 숲은 이젠 행복으로 다시 되 돌려준다.

자연의 시작은 나무로부터 시작이 된다. 나무로 인하여 숲이 생기면 온도, 습도, 풍량 등, 변화가 일어나서 나무는 황폐한 땅을 옥토를 만들고 성목은 바람을 막아주고 숲을 형성하고 물을 모으면서 나무로부터 자연 생태계를 형성하며 식물과 곤충 등, 원생동물들을 불러들여 생명을 서식하게 하면서 먹이사슬 생물과 자연이 푸른 숲속을 통해서 사람과 자연이 공존하는 세상을 만든다.

그 뿐만 아니다. 나무는 지구 온난화의 원인 중 하나인 탄소를 축적하여 지구 온난화를 늦추는 데 도움을 준다. 그리고 무더운 여름날에 나무가 많은 곳에 가면 시원함을 느낄 수 있는데, 실제로 나무 한 그루는 에어컨 6대, 선풍기 800대의 냉방 효과가 있다.

또한 나무는 공기를 맑게 하고 산소를 공급해 준다. 비가 많이 쏟아져도 나무가 많은 숲은 홍수나 산사태를 막아준다. 숲과 흙은 스펀지처럼 물을 보관했다가 천천히 내어보낸다. 그래서 바람 길과 물길을 낸다고 한다. 바람소리, 물소리, 새소리 등 숲의 리듬감 있는 자연의 소리는 신경을 안정시켜 스트레스를 없애준다. 그렇게 사람이 쉴 수 있고 동식물이 살 수 있는 공간을 제공해 주는 것도 자연과 나무, 숲의 역할 중 하나이다. 『삼림욕』이라는 말이 있듯이 사람은 깨끗한 공기가 있는 숲에 가면 정신적, 육체적으로 안정을 느끼는 이유가 여기에 있기 때문이다. 나무와 자연은 누군가의 사람의 손에 의해서만 심겨지고 가꾸어 지듯, 행복도 자신의 꿈에서 만들어지고 시작이 된다.

4. 희망은 미래의 것, 행복은 현재의 것이다.

성 어거스틴에 따르면, "희망은 선한 것, 미래에 있는 것, 희망을 소중히 여기는 사람들에게 어울리는 것과 관련될 뿐이다." 희망이 그 목적을 성취하고 나면, 희망은 더 이상 희망으로 존재하지 않고 그 사람의 소유가 되어버린다. 따라서 '사랑은 끝이 없지만', 희망은 이 세상에서 유

한한 인생살이에 국한이 된다. 그래서 희망은 미래요 행복은 현재의 것이다. 행복은 희망의 열매이다.

그렇다, 우리는 실제 이 세상 속에서 희망을 갖고 살아가지만 주변 환경에 의하여 근심에서 염려로, 걱정이 더 발전하여 때로는 그로 인하여 절망의 늪에 빠져서 갈등하며 허우적거릴 때가 있다. 그러면서 내일은 내일의 해가 뜨듯 또 내일의 희망을 갖는다. 현재의 행복을 만들기 위해서이다. 신은 우리를 죽이기 위해 우리에게 절망을 내려 보내는 게 아니다. 절망은 우리가 새로운 삶에 눈을 뜨도록 하기 위한 것이다. 라고. 독일 작가 헤르만 헤세(1877~1962)의 말이다. 또한 바닥에 떨어진 사람에겐 위로 올라가는 것 말고는 갈 곳이 없는 법이다. 미국 제33대 대통령 해리 트루먼의 말이다. 그래도 우리는 미래의 희망을 갖고 그 희망의 열매가 현재의 행복으로 맺어지도록 그 꿈을 꾸면서 새해를 또 시작을 한다.

5. 나는 행복하고 싶다.

아이오아(Iowa)주립대학에서 심리학을 공부하고 졸업을 한 후 자신의 이름을 딴 연구소를 세운 갤럽은 모든 사람들이 궁금해 하는 것이 무엇인지를 가장 먼저 조사하기 시작했다. 그리고 미국 전역을 조사한 결과 사람들이 인생에서 가장 관심을 두고 있는 것은 '행복'이라는 것을 알아내었다. 갤럽은 이번엔 어떤 사람들이 행복한 사람인지 다시 조

사하기 시작했고 마침내 나온 자신의 여론조사 결과를 TV의 한 방송에 나와 밝혔다. 그의 조사결과는. 먼저 종교적인 신앙체험을 직접 경험한 사람들이 행복도가 가장 높았고. 그리고 반대로, 가장 행복도가 낮은 사람들은 알코올 의존형 중독자 였다.

6. 사람들은 누군가가 나에게 행복하게 해 주기를 바란다.

그렇다. 비 종교인은 종교에 한번 입문 해 보는 것이 어떨까? 또는 종교인이라면 새벽기도회를 시작을 해 보거나 성경 완독을, 성경필사를 한번 시작을 해보면 어떨까? 아니면 악기를 배우거나, 그림 그리기, 건

강을 챙기는 운동, 등, 좀 더 확실히 챙겨봄이 어떨까? 완주하거나 이루고 나면 그로 인한 성취감, 그리고 그로인한 행복감이 몰려 올 것이다. 행복은 이룬 것에 있는 것이 아니라 그 일을 이루어가는 과정 속에 갈등과 고통도 있고 즐거움과 기쁨 그리고 따뜻한 행복이 있다.

앤드류 매튜스가 쓴 세계적 베스트셀러 행복해지는 법(Being happy)에 이런 글이 있다. 사람에게 크게 2가지 가치관, 즉 부정적인 가치관과 긍정적인 가치관을 가지고 있다. 긍정적인 가치관을 가진 분은 어떤 일을 당해도 긍정적으로 보면서 행복을 찾는다. 그러나 반면에 부정적인 가치관을 가진 분은 똑 같은 상황 똑 같은 일을 가지고서도 불행만 생각을 한다. 사람들은 살기 힘든 세상이라고 하지만 우리는 참 좋은 세상에 살고 있다. 우리는 얼마나 좋은 세상에 살고 있을까?

필자가 현재(2021년도) 소유하고 있는 핸드폰은 2018년도형 겔럭시9 플러스로, 저장용량은 128 기가 바이트로 도서관의 도서 5만권의 책을 저장할수 있는 반도체로 무장된 전화기이다.

오만권의 책을 옮길려면 4톤 트럭 다섯대가 있어야 한다. 그러나 오만권의 책의 정보를 핸드폰에 담아서 소리, 그림, 문자, 그래픽, 동영상 등의 정보를 담는다.

IG시대 즉 1세대의 소리만 오고가는 이동통신에서 이젠 5G 이동통신으로 동시에 3D영상, 초고속, 초실시간처리, 증강현실, 자율주행 AI(Artificial Intelligence)의 살기 편하고 좋은 세상에서 과학문명의 행복을 누리며 살고 있다.

"부부싸움" "사랑싸움" 행복을 위해 좀, 더 잘 해야지!

사랑은 질투를, 질투는 싸움을, 그리고 다시 사랑을 찾는다 - 스웨덴 격언

한국의 속담의 '부부싸움은 칼로 물 베기'라고 했다. 일본속담에는 '부부싸움은 개도 거들떠보지 않는다' 고 했다. 영국속담에는 '부부싸움은 팔꿈치를 부딪치는 것과 같다. 서로가 아프긴 하지만 곧 낫는다' 고 했다. A.모로아는 〈행복한 결혼〉이라는 책에서 "부부간의 대화나 싸움은 외과수술과 같아서 신중히 하지 않으면 안 된다."고 했다. 부부싸움은 부부간의 갈등에서 표출되는 싸움이다. 또는 문화충돌이라. 고도 한다. 여자와 남자의 차이는 신체적 조건도 다르고, 행동과 마음 씀씀

이도 다르고 살아온 개인적인 생활환경이나 교육환경 또는 경제적 여건 등, 도 각각 다르게 남남으로 살다가 남녀가 만나서 부부의 연(然)을 이어 부부가 된다. 그래서 이해, 수용, 노력, 인내, 관심으로 서로가 사랑으로 조화를 이루며 사는 것이 부부이다.

잘 싸운 부부싸움은 때로는 삶의 동력이 되기도 한다. - 러시아 속담

1. 갈등의 표출이 가벼운 말다툼으로 끝나기도 하지만, 난투극으로 발전을 하기도 한다.

부부 싸움은 가볍게 말다툼으로 끝나기도 하지만, 서로의 감정의 골이 깊어 감정이 폭발하면 각자 리모콘, 빗자루, 냄비, 의자, 프라이팬, 접시, 등의 생활용품을 들고 본격적으로 서로 던지면서 난투극을 벌이는 부류의 사람도 있다. 결국은, 싸움이 격해져서 폭행, 방화, 살인 등으로 이어져 가정을 붕괴를 시키기도 한다. 형태는 다양하다. 그러나 부부(夫婦)란? 남과 남이 만나 가정이란 가장 행복이 깊은 관계를 맺으며 서로의 조화를 이루며 삶의 인생 여정을 만드는 사이이다. 그리하여 세상에서 가장 좋은 사람, 가장 사랑하는 남편과 아내가 된다,

2. 말로 하는 부부싸움은 여성이 신체 구조상 더욱 월등 하다.

사람의 인체 구조상으로는 말싸움은 여자가 이긴다. 미국의 신경정

신학자 루안 브리젠딘에 따르면 여성은 남성보다 신체 구조상 하루에 3배 가까이 말을 많이 한다. 즉 남성은 하루의 사용하는 말 어휘가 7천 단어의 말을 사용을 하는데 여성은 2만 단어를 말을 한다. 남자는 직장에서 하루 온 종일 7천 단어를 다

부부싸움, 감정이 폭발하고 집기를 던지면 않된다.

쓰고 퇴근을 하여 집에서 쉬고 있는데 아내(여자)는 아직 사용을 할 수 있는 1만3천 단어가 남아 있어 오늘은 마트에서 저녁반찬 준비를 위하여 세일하는 콩나물을 구매를 했다는 등, 한웅 큼 더 받은 이야기로부터 시시콜콜 한 이야기까지 더 말을 하자고 한다. 그러면서 아내는 더 할 이야기가 있는데 내 이야기를 더 안 들어 준다고 불평을 한다. 여자는 친구와 3시간을 전화 통화를해 놓고도 남편이 집에 들어오면 전화 통화를 하던 친구에게 "얘야, 자세한 이야기는 나중에 다시 만나 하자"며 전화를 끊는다. 그만큼 여자는 신체 구조상 말을 많이 하여야 하며 하루의 시작을 이야기로 아침의 마음을 깨우며 하루의 스트레스를 이야기로 푼다.

켈리포니아대학교의 교수인 그녀는 여성의 뇌 (The Female Brain) 라는 그의 저서에서 남녀의 뇌가 구조뿐만 아니라 화학적 구성이 서로 다른데서 비롯된다.

　남자의 뇌는1.4kg 여성의 뇌는 1.2kg 로 남성이 여성보다 뇌가 더 크다. 그러나 감정과 기억을 구성하는 신체 부위는 여성이 더욱 크다. 브리젠딘 교수의 비유에 따르면 여성은 마치 언어와 감정을 처리하는 언어 감정 신경통로가 8차선 고속도로이지만 남성은 시골의 1차선 단 일도로와 같은 언어 감정통로로 되어 있다. 그래서 여자는 언어의 표 현 능력이나 말의 횟수 그리고 감정표현이 남자보다 더욱 월등하며 뛰 어나다. 고 했다.

3.양 뇌를 연결하는 "뇌량"이 여성이 남성보다 더 많아 말을 더 잘 한다.

　1981년 노벨 생리학의학　수상자인 로저 월크프 세리(Roger　Wolcff Sery)박사는　남녀의 두뇌는 좌우반구로 나누어져 있음을 발견한다.　그리고 우뇌는 도형, 공간 인식, 창의성, 수학, 과학, 수리, 스포츠, 탐구, 등 의 사용을

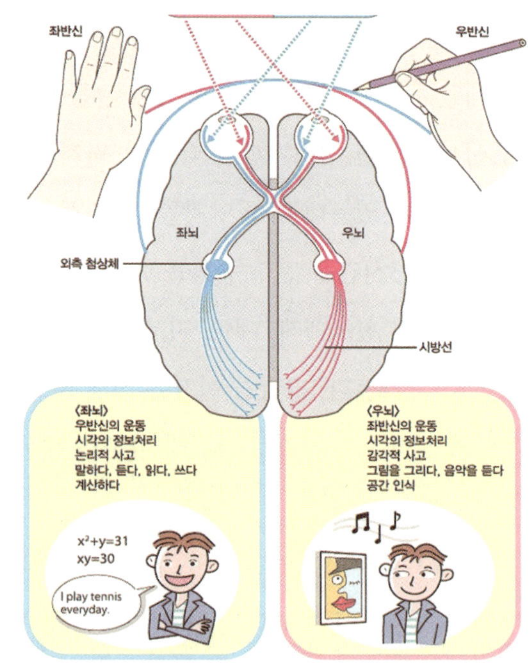

인용 : 네이버 백과사전, 좌우뇌를 연결하는 뇌량

하며 좌 뇌는 언어, 논리, 음악, 무용, 등 기능의 역할을 한다. 여자의 뇌는 감정의 영역과 언어와 논리감정의 뇌량(腦梁) 즉 신경 연결체가 수억개가 더 있다. 그래서 남자는 언어을 사용을 할 때에는 한쪽 뇌 즉 우뇌만 사용 하지만 여자는 언어를 사용을 할 때 여자는 양족 뇌량이 좌뇌우뇌 서로 연결이 되어 있어 즉 두뇌를 동시에 사용을 하므로 남자보다 월등히 말을 잘 하게 된다. 부부싸움을 할 때에도 그러한 원리에 의해 여자가 말을 잘 할 수밖에 없다. 언제나 부부싸움은 말싸움이므로 어쩔수 없이 남자들이 여자의 아련한 눈물과 말 싸움의 완패를 할 수밖에 없다.

4. 여자는 감정표현을 이야기로 하지만 남자는 행동으로 한다.

노벨 수상자 로저 월크프 세리(Roger Wolcff Sery)박사는 여자는 화가 나면 그 상황에 대하여 이야기로 상황을 플으려고 말하지만 남자는 그 어떤 행동으로 해결을 하려고 한다. 즉 다음 "표" 처럼 『여자는: 감정영역에서 → 언어영역으로 → 사고영역으로』내가 왜? 그랬을까? 생각을 하면서 말로서 그 문제를 해결을 하려고 한다. 『남자는: 감정영역에서 → 행동영역 → 사고영역으로』내가 왜? 그때 주먹질을 왜 했지? 그러면서 그의 따른 상황들을 행동으로 해결을 한다고 했다. 즉 여자는 말로, 남자는 행동으로, 그 상황에 따른 문제를 해결을 한다. 그래서 여자는 언어의 영역이 발달을 하여 말로 하는 부부사움에서 신체적 조건상 남자보다 월등히 잘 한다.

5. 결국은 서로 다르다고 틀린 것은 아니다.

금속이 절곡이 되고 다듬어서 톱니바퀴가 만들어져 여러 개의 크고 작은 서로 다른 톱니바퀴와 맞물려 돌아감으로써 거대한 기계를 돌린다. 서로의 이가 잘 맞거나 서로의 다른 틈새와 균형이 잘 맞으면 아주 잘 돌아 간다. 그러나 마치 틈새의 이가 잘 맞지 않거나 벌어지면 굉음 소리를 내며 매우 요란스러우면서 고장이 나서 결국은 멈춘다. 인간의 부부도 화성에서 온 남자와 금성에서 온 여자와 만나서 결혼을 한다. 결혼 전 키스는 낭만이요 결혼 후 키스는 노동이더라. 결혼 전에는 나와 달라서 이상적이라고 하더니 결혼 후에는 나와 달라서 이상하다 고 한다. 결혼 전에는 섬세하다고 하더니 결혼 후에는 간섭한다고 하더라. 결혼 전에는 당신 없으면 못 살아, 라고 하더니 결혼 후에는 당신 때문에 못 살아! 하고 서로 틀리다고 절규를 한다.

남자는 신뢰를 요구하고 여자는 관심을 요구한다. 남자는 목표를 더 중요시 여기지만 여자는 과정을 더 중요시 여긴다. 이렇게 남녀가 서로가 그렇게 다르다는 것이다. 성(性)이 다르고 남녀의 뇌 즉 남자는 우뇌를 주로 사용하고 여자는 좌 뇌를 주로 많이 사용을 한다. 이렇게 부부가 서로 다르니. 생리학으로 노벨상을 받은 엘리자베스 불랙번은 남녀가 한 지붕 밑에 사는 것 그 자체가 기적이다. 라고 했다. 그래서 서로가 이해, 수용, 인내, 노력, 사랑으로 서로를 보완하며 조화를 이루며 씨줄, 날줄로 삼베를 짜드시 서로가 역으면서 살아 간다. 남녀의 부부의 싸움도 잘 싸우면 삶의 역 동력을 돌리는 사랑의 톱니바퀴가 된다.

6. 부부싸움을 안하거나 피하는 방법은 절대 3존(尊) 3비(比)를 하라.

부부의 싸움에도 3존(尊)이 있다. 부부싸움을 하다보면 감정이 멍하게, 엉크러져서 이성을 잃어 서로의 멘탈능력을 상실을 한다. 아무리 살을 석고 서로가 함께 사는 부부일지라도   예의와 질서는 지켜주며 싸워야 서로가 존경 받는 부부 가 된다. 그래서 절대 3존하는 싸움을 하자.

1) 서로가 존중하는 싸움을 하자.

신약성경 벧전3:7절에 남편은 아내를 귀(貴)이 여겨라. 귀히: 희랍어로 "티멘"이란 말로서, 아내는 보석같은 귀한 존재라는 뜻이다. 더욱 연약한 그릇이다. 아내의 가치를 인정해주고 결코 소홀히 대하지 말라는 것이다. 쌍스러운 욕을 하고, 치고, 박고, 던지고, 때리는 싸움이 아니라 존중 할 수 있는 부부싸움을 이젠 좀 하자.

2) 서로가 존대하는 싸움을 하자.

혼내고, 화내고, 소리 지르고, 욱박, 지르고, 무시하는 싸움은 멈추어야 한다. 그러한 행동은 사람의 마음을 얼마나 병들게 하는지 모른다. 작은 마음의 상처는 마음의 병을 몰고 오고 마음의 병은 이혼을 몰고 온다. 통계청 2020년도 혼인건수 21만 4천건 이혼건수 10만 7천 건이다. 결혼 후 약½ 이혼을 한다. 상대를 존대하지 않는 서로의 감정 갈등은 부부의 감정싸움을 몰고 온다. 서로의 사람을 존대하는 부부사움을 이제 부터는 하자.

3) 서로가 존귀하게 싸움을 하자.

달걀은 사람의 속성과 비슷한면이 있다. 달걀의 흰자의 영역은 타인과 함께 어울려 살아가는 유연의 영역이며 노른자는 타인에게 절대 내어 줄 수 없는 고유의 생명의 영역이다. 생명이 시작이 되는 노란영역이므로 지켜져야 한다. 사람의 부부도 그와 같다. 부부로서 서로가 한 몸이 되었지만 각각 다른 개체로서 서로의 자기를 존귀하게 여겨줘야 한다. 마음은 생명의 근원이기 때문이다. 온 몸으로 서로가 사랑을 하며 살아가야하는 부부이기 때문이다.

부부의 싸움엔 절대 3비(比)도 있다.

1) 서로가 다른 사람과 비교하지마라.

사람들에게 가장 싫어하는 말은 다른 사람과 비교하는 말이다. 내 아내을 앞집의 아내와 비교를 한다. 또는 당신은 S.K.Y. 대학은 커녕 너는 누구를 닮아서 지방대학 겨우 나오고 라고 비교를 한다. 속담의 참나무 열매인 도토리도 키 재기는 제일 싫어한다. 고 했다. 결혼이란 단순히 만들어 놓은 행복의 요리를 먹는 것이 아니라, 행복의 요리를 둘이 노력해서 만들어 먹는 것이다라고 피카이로는 말을 했다.

2) 서로 비난하는 말은 삼가라.

어느 날, 불평군과 비난양이 함께 데이트를 했다. 둘은 첫 눈에 반했고 연애에 빠지고 말았다. 둘은 함께 사랑할 곳을 찾았다. 밤에 아무도 보지 않는 곳을 찾다가 드디어 무덤들을 발견했다. "우리 저기 있는 한 무덤 속으로 가서 사랑을 하자." 불평군과 비난양이 손을 잡고 무덤 쪽으로 발길을 돌려 가까이 오자, 무덤들이 서로 서로 소리를 친다.

"나에게로 들어오면 않되...어떻게 날마다 불평과 비난하는 소리를 들으며 살아! 나는 하루도 못살아. 우리 무덤 안에 불평군과 비난양이 함께 산다고 생각해봐. 아이고 끔찍해, 나는 못살

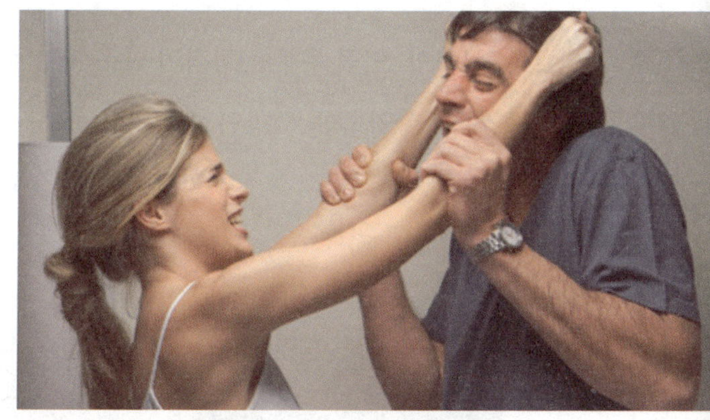
결혼이란 하늘에서 맺어지고 땅에서 완성된다 - 존 릴리

아. 저 애들이 들어오면 차라리 내가 무덤을 나가지." 결국은 불평과 비난이란.. 무덤속에 죽음보다 더욱 더 무서운 것이 남을 향한 비난과 불평이다. 즉 죽음도 "비난과 불평"을 비켜간다. 는 것이다. 부부사움에서 비난과 불평은 절대 금물이다.

3) 서로 비아냥거리는 말은 삼가야 한다.

비아냥거린다. 는 말의 의미는 얄미운 태도로 비웃으며 놀리려 말하는 것이다. 부부싸움에 상대의 과거를 들추어 대며 얄미러운 태도로 서로 비웃으며, 비아냥거리면 상대는 굴욕을 느끼며 모멸감을 받아서 자아 자존감의 큰 상처를 입는다. 상처는 말 한마디로 받지만 그 상처를 치유하려면 11번의 칭찬의 소리를 들어야 자존감이 치료된다. 부부간의 갈등이 담긴 대화는 외과 수술과 같이 아주 신중하지 않으면 안 된다.

Post Script(덧붙여)

A. 모로아: 어떤 부부는 정직이 너무 지나쳐 건강한 애정지수까지 말로 수술을 하여 그로 인하여 죽어버리는 수가 있다. (A. 모로아는 20세기의 세계3대 프랑스의 작가이다.)

남녀가 서로가 다르다고 틀린 것이 아니다. - 이스라엘 격언-

몸은 타고난 회복력(Resilience)을 가지고 있다.

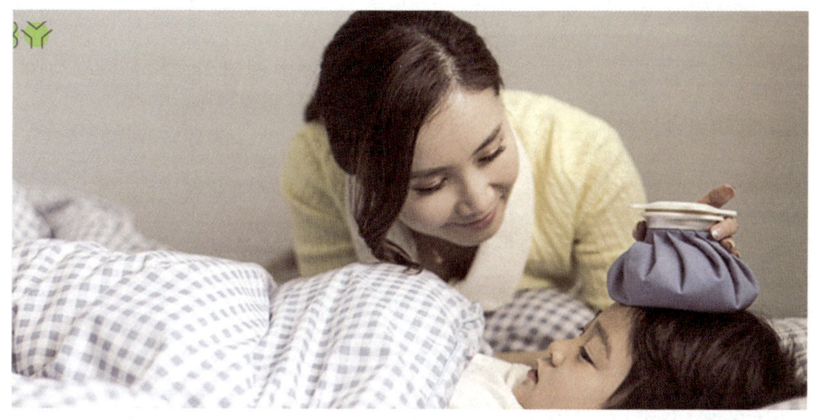

사람의 육체의 회복력이란 라틴어 resiliere에서 파생된 영어의 Re-silience(리질리언스)는 원래 물질이나 기관의 유연성과 신축성을 설명하기 위해 사용하던 용어로서 늘어나 있거나 압축된 상태에서 다시 튕겨오거나 원래 상태로 되돌아오는 능력이라고 국어사전은 정의를 한다. 심리학에서는 주로 정신적 저항력을 의미하며 회복과 탄력성의 개념을 인간에게 적용하면 신체적이거나 심리적인 위험요인에 직면하였을 때 역경을 극복해내고 환경에 성공적으로 적응할 수 있는 능력이라고 할 수 있다. 그러면 정말 내 몸에는 원래의 상태로 되 돌려주는 회복의 능력을 과연 나는 가지고 태어났을까?

1. 사람의 신체는 리질리언스 즉 회복력을 가지고 있다.

좀 피곤하다 할 정도의 체력을 소모시키는 운동이나 노동을 하면 생명의 심신은 에너지를 지속적으로 소비하면 그 기능이 떨어지는데, 이를 피로(疲勞)라고 한다. 몸은 피로한 몸을 회복을 시키려고 생리적인 잠(睡眠)을 청한다. 더 나아가 사람들은 누구나 신체상 외상이나 정신적 큰 충격을 당했을 때 잠이라는 것이 없다면 정말 견디기 힘들 것이다. 때문에 의사들은 생사가 오가는 상황의 중환자에게는 다량의 수면제를 투여해서 환자를 며칠씩 계속 잠을 자게 함으로써 환자의 고통을 완화하고 쇼크를 방지하기도 한다. 일례로, 교통사고로 기절하여 실려 간 환자들을 보면 한동안은 계속 잠만 자게 한다. 일단 깨우면 일어나긴 하고 몇 마디 대화도 가능한데 금방 다시 잠이 든다. 비몽사몽으로 며칠간 잠만 자던 환자가 어느 순간 의식을 차리게 되는데, 그때쯤 되면 처음 병원에 실려 왔을 때보다는 몸이 많이 회복된 것을 쉽게 보게 된다. 그렇게 잠은 우리 몸을 몸 스스로 치료하며 다스린다. 이는 우리 몸의 리질리언스 즉 회복력이 있기 때문이다.

2. 아름다운 꽃들도 다 바람의 흔들리며 피어난다.

도종환 시인의 "흔들리며 피는 꽃"에서는 "흔들리지 않고 피는 꽃이 어디 있으랴 이 세상 그 아름다운 꽃들도 다 바람의 흔들리며 때로는 상처를 받으며 피었나니"라는 구절처럼, 사람 역시 흔들리며 성장하

는 것은 자연스러운 것이겠지만 문제
는 어떤 이들은 작은 시련의 바람에도
크게 흔들리고 넘어져서 두 번 다시 일
어나지 못한다는 것이다. 회복탄력성
을 쉽게 이야기한다면 '역경을 극복하
는 능력' 또는 '곤란에 직면했을 때 이
를 극복하고 환경에 적응하여 정신적
으로 성장하는 능력'을 가지고 사느냐
이다. 사람의 신체의 회복의 탄력성 마

음은 인체의 근육과 같아 단련하고 훈련하면 '회복탄력성'을 높일 수
있다는 것이다

　마음 회복의 탄력성 여러 차례 고생을 하고 나면 나약함과 실패감에
짓눌려 자존감이 상처를 받아 예전과 같은 에너지를 가지고 다시 일어
서기가 그리 쉽지 않다. 그래서 나 자신을 천천히 돌아보고 마음의 치
유를 통해 활기를 찾는 시간이 필요하다. 때로는 답답한 상황이 끝나고
시간이 지나면서 마음의 치유는 시간이 그 아픔을 잊혀 지게 하면서 자
연치유가 된다. 그러므로 상황에 인내심을 가지고 천천히 마음의 심호
흡을 하는 습관을 가져 보자. 마음의 질병을 불러온 깊은 상처들의 회
복의 탄력성은 하룻밤 사이에 선 듯 치유가 되지 않는다.

　마치 어린유아들의 걸음마를 배우듯 말이다. 아이는 스스로 일어서
기 위해, 배 밀리를 하며 기어 다니는 것부터 시작해서 잡고 일어서고
한 발자국 한발자국 앞으로 내어딛기 시작을 한다. 여기저기 부딪히고

다치기도 하면서 인내심을 가지고 결국엔 걸음을 걷기를 한다. 우리의 삶의 마음의 근육도 마찬가지이다. 연습 없이 한 번에 다 내 달릴 수 있는 힘을 가지고 있지 못하다. 하지만 한발 한발 내딛다 보면 내 몸은 타고난 회복력을 아주 천천히 회복을 하면서 그 실패 속에 또다시 나를 이끌어 갈수 있는 힘을 얻어 될 것이다.

3. 재생과 탄성, 신체의 회복력의 비밀에는 줄기세포가 존재한다.

우리 몸 중에서 손상을 입었을 때 가장 재생력이 강한 부위는 피부다. 피부는 다른 신체부위나 장기와 달리 손상을 입었더라도 일정 시간이 지나면 새롭게 생성이 되며 회복이 된다. 이는 피부 아래쪽에 피부세포를 만들어 내는 줄기세포가 있기 때문이다. 보편적으로 널리 사용이 되고 있는 줄기세포 치료로서, 무릎 줄기세포 치료는 손상된 무릎에 줄기세포를 주입하여 무릎 연골을 재생시키는 치료법이다. 정형외과 분야에서 줄기세포가 관절 질환 치료에 많이 사용되는데 이미 보편화된 의학적 치료접근방법이다. 줄기 세포는 관절이나 잘린 팔다리를 재생을 시켜준다. 이 이야기는 2004년 이라크에서 돌아온 에르난데스 병장은 포격 부상자였다. 그는 오른쪽 허벅지 근육의 90퍼센트가 찢어졌고 다리 근력의 절반을 잃었다. 다리를 절단해야 한다는 진단이 나왔지만 그는 굴하지 않았고 재생의학의 도움을 받았다. 허벅지를 절개하고 돼지 방광 조직을 삽입한 것이다. 고통스

러운 재활 과정을 거친 후 그의 근력은 수술 전 수준의 100퍼센트 이상으로 회복했다. 이제는 자전거를 탈 수도 있고 계단을 오를 수도 있다.

이 수술 기법은 1980년대에 스티븐 배딜락이 창안했다. 배딜락은 개의 대동맥을 다른 신체 조직으로 대체하는 실험을 했다. 처음에는 동일한 개의 소장 조직을 떼어 대동맥에 붙였다. 개는 하루를 못 버틸 것이라고 생각했지만 6개월이 지나도록 살아남았다. 6개월 후 개를 다시 절개했을 때 소장 조직은 흔적도 없이 사라지고 그곳에 대동맥이 자라나 있었다. 배딜락은 다른 개, 고양이, 돼지 등의 소장으로도 실험했는데, 그때마다 개는 성공적으로 생존했다.

누구에게나 사람의 몸속에는 조직이나 기관의 특수한 기능을 가진 세포로 분화할 수 있는 신체의 줄기세포가 있다. 필요한 때에 특정한 조직의 세포로 분화하게 되는 미분화 상태의 세포이다. 대부분의 줄기세포는 일반적으로 환자의 골수 또는 지방 조직에서 분리된다. 중간엽

줄기세포(MSC)는 뼈, 연골, 힘줄 및 인대뿐만 아니라 근육, 신경 및 다른 조직을 구성하는 세포로 분화을 시키기도 한다. 또는 손상된 조직으로 이식 된 줄기세포의 수는 치료 효능을 변화시킬 수 있다. 이를 위해 하나의 골수로부터 유래된 줄기세포는 수백만개의 세포로 증식하기 위해 실험실에서 배양을 하기도 한다. 이렇게 우리 인체의 몸에는 타고난 회복력을 줄기세포를 통하여 가지고 있다.

4. 피 한 방울의 37만5천개의 면역세포가 병원균에서 내 몸을 회복시킨다.

몸에 피로가 쌓여 일으키는 감기와 흡사한 각 종 질병에서 감기몸살이 갑자기 무리해서 피곤함을 느끼면서 몸살을 앓키도 한다. 미열에서 고열, 근육통, 오한, 식욕 감퇴, 두통, 기침, 구토 등 걸리면 몹시 괴로운 질병이며 더 나아가서 온 몸에 힘이 빠지며, 통증도 더 강하게 느끼도록 하면서 몸살은 몇 칠 간 실컷 앓다가 회복을 한다.

1) 감기가 심하면 염증반응으로 아픈 곳이 통증을 느끼며 부어오르며 히스타민 분비액에 의해 재채기가 나오고 재채기는 바이러스를 퍼트리기도 한다

2) 코와 어룩 뼈 사이에 연결되어 있는 부비동혈관이 확장되고 점액까지 싸이면 코구멍이 막히면서 답답해진다.

3) 우리 몸의 몸과 조직 안과 밖을 덮고 있는 상피조직에 인플렌자 바이러스가 침투를 하면 감염을 몰아내기 위해 필요한 면역 반응을 일으켜 체온 조절로 고온의 열을 발생시킨다. 그러면 면역반응을 담당하는 세포가 내 몸을 치료키 위하여 활성화 한다.

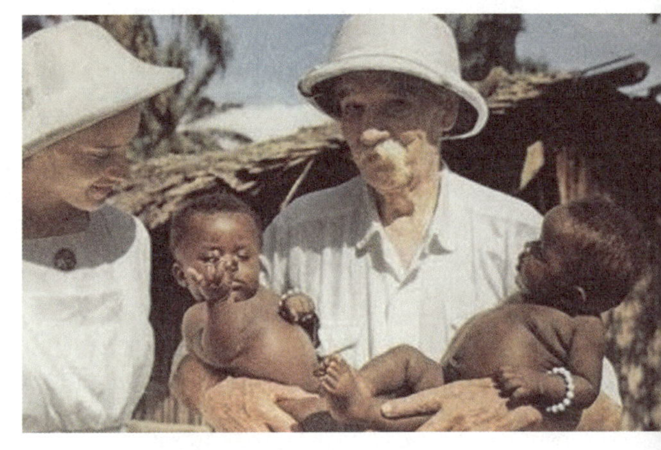

알베르트 슈바이처 박사의 아프리카 봉사

5. 질병으로부터 호전 반응은 통증과 염증 반응으로부터 나타난다.

우리의 삶은 속에는 항상 외부의 위험으로부터 우리 몸을 보호하기 위하여서는 아픔 즉 고통이라는 반응으로 위험의 신호를 내 몸에서 알려온다. 이러한 통증의 원인은 염증의 반응이다. 염증반응은 회복반응 중에 하나이다. 우리 몸이 외부의 충격을 받아 손상된 조직을 복구시킬 때 염증반응이 나타난다. 외부의 균, 바이러스, 독성물질 등이 들어오면 이를 이겨내기 위해 열을 내거나 통증 및 염증을 일으키기도 한다. 아프리카의 성자인 알베르트 슈바이쳐는 아프리카 가봉 랑바레네에서 의료 활동을 펼치면서 이런 말을 했다. 사람이 하루 동안에도 자기 자신도 모르는 수많은 질병이 내 몸의 발생을 했다가도 자신도 모르게 퇴치되거나 치유가 되거나 회복이 되면서 세상을 살아갑니다. 그러니 잘 먹고 잘 살아야 합니다 고 말을 했다. 그렇다, 이는 이 세상에서의 우리 인간의 몸은 하나님이 주신 본래의 타고난 회복력(Resilience)을 가지고 있기 때문이다.

행복을 위해서라면 어떠한 기다림과 인내가 필요할까?

커피는 커피 마시는 사람에게 기다림의 미학을 가르친다 - 아프리카 격언

하루 전 세계인구가 소비하는 커피량은 2025기준 30억 잔의 커피가 소비가 된다. 커피 고유의 신맛, 단맛, 쓴맛, 입에 넣기 전에 코로 맡는 아로마의 향, 입안에서 느껴지는 플레이버 즉 풍미는 커피의 맛 그 자체이다. 이러한 커피의 맛을 향유를 할려면 커피 생두를 로스팅하는 시간을 기다려야하고, 커피물이 끓른 시간을 기다려야 하고, 트리퍼와 트

립포토로 커피 물을 추출하는 시간을 기다리고, 커피 추출이 다 끝나면 커피 잔으로 옮겨 핸드립의 커피를 에스프레소로, 물을 타면 아메리카노로, 우유를 타면 라테 커피로 즐기는 것도 절차의 따라 기다려야 하는 기다림의 미학은 한 잔의 커피를 마시는 한 과정이다. 그러하듯 어떠한 목적을 이루는 대는 반드시 그 정한 때의 기다림의 인내가 반드시 필요로 한다. 즉 불인칙난대모(小不忍則亂大謀) 란 말처럼 작은 일을 참지 못하면 큰 일까지 그르치기 때문이다. 한 잔의 커피를 즐기는 것도 기다리는 인내의 미학이 반드시 있어야 한다.

1. 기다림의 인내는 목적을 위하여 반드시 거치는 한 과정이다.

기다릴줄 아는 사람만 바라는 것을 가질 수 있다. 라는 벤자민 프랭클린이 말이다. 우리는 간혹 뜨거워야 한다고 하며 아주 뜨거운 커피를 선호하는 사람들이 있는데 너무 뜨거우면 커피 맛을 제대로 음미하기 어렵다. 커피에는 카페인과 탄닌이란 성분이 있는데 아주 뜨겁게 마실 경우 열에 약한 카페인이 증발되고 탄닌 성분만 남아 쓴맛과 떫은맛만 남는다. 그래서 일반적으로 가장 알맞은 커피물의 온도는 82℃ 정도이며 인스턴트 커피를 끓일 때는 준비해 놓은 컵에 커피가루와 설탕을 넣고 펄펄 끓인 물을 붓고 젓다가 커피 온도가 85도 이하로 내려가면 가루 크림을 넣는 것이 좋다. 믹스 봉지 커피 한잔을 마셔도 절차가 있고 기다림이 있다. 그것이 기다림의 인내이자 기다림의 미학이다.

2. 기다림의 인내는 준비하는 시간입니다.

아주 맛있는 음식을 먹으려고 해도 반드시 기다려야 한다. 특히 발효 식품음식은 더욱 그러하다. 발효음식은 효모나 세균 따위의 미생물이 유기물을 분해시키는 효소의 작용으로 더욱 감칠맛을 내는 것으로 그 맛을 느끼려면, 반드시 일정 시간을 기다려야 하는 인내가 있어야 그 맛을 볼 수가 있다. 특히 모든 음식의 ⅓을 차지하는 발효 음식류인 알콜류, 장류, 김치류, 유제류, 빵류 등은 기다림의 인내는 더욱 필수이다.

발효란 빵류로 한 예를 들면, 반죽에 섞여 있는 살아 있는 효모인 이스트가 반죽에 함께 첨가된 꿀이나 설탕 같은 당류를 먹이 삼아 분해하면 이때 열이 함께 발생하면서 탄산가스 같은 기체를 만들어내는데 이 기체가 빵을 부풀게 한다 이스트 활동에 의해 만들어진 탄산가스는 밖으로 새어나가지 못하고 그물망 형태의 글루텐 막에 갇히면서 반죽이 점점 부풀어 오르는데, 대략 2~3배 정도로 반죽 크기가 커진다. 발효하는 동안 방향성 물질이 함께 생겨서 빵 특유의 향을 갖게 되며 반죽 자체의 산도가 높아지고 글루텐이 강해지며 잘 늘어나는 구조

가 되면서 빵이 잘 만들어지도록 숙성이 된다. 그렇기 때문에 빵의 풍미는 대체로 1차 발효의 최적의 반죽 온도 27℃, 습도 80% 내외이다. 기다리지 못하면 맛있는 빵의 맛을 보지도 못하며 먹지도 못한다. 대부분의 감칠맛과 풍미를 더 하는 발효음식은 숙성으로 맛을 익히는 시간이 절대로 기다림의 인내가 필요로 한다.

3. 기다림의 인내는 기회의 시작이다.

기다리는 것을 두고 잘못 생각을 하면서, 어이구나.. 힘들고, 어려워, 아니! 나는 안돼, 그게 설마 될까? 하면서 걱정이나 하며 애만 태운다면 이는 힘들고 어려운 시간으로 끝나고 만다. 결국은 조급한 마음 때문이다. 그러나 모든 범사에는 기한이 있

인생은 기다림의 미학에서 그 인내가 키워진다. - 탈무드

고 천하만사가 다 때가 있다. 만사에는 때가 있나니. 심을 때가 있으면 거둘 때가 있고. 울 때가 있으면 웃을 때가 있다. 슬퍼할 때가 있으면 춤출 때가 있다. 실패를 할 대가 있으면 성공을 할 때가 있다. 기다림은 나의 때를 기다림의 기회의 시작이다.

4. 인내는 기다림의 능력으로 그 인내가 키워진다.

진나라 말기에 장량이 진시황을 해치려다가 실패하여 숨어 지내고 있을 때였다. 어느 날 마을 근처를 배회하다가 돌다리를 지나가려고 하는데, 백발이 성성한 노인이 자기의 신발을 일부러 다리 아래로 떨어뜨려 놓고는 장량에게 말했다. "이보게 젊은이, 내려가 신발 좀 주워 오게."장량은 순간 화가 치밀었지만 상대방이 노인이었기 때문에 묵묵히 참고

신발을 주워왔다. 그러자 노인은 다리를 죽 내밀며 신발을 신겨 달라고 했다. 역시 화가 났지만 이왕 내친걸음이라 생각하고 허리를 굽혀 신발을 신겼다. 장량이 화나는 것을 참으며 노인이 하라는 대로 하자, 노인이 말했다. "자네는 꽤 쓸 만하군. 닷새 뒤 날이 밝을 무렵 이곳으로 오게."노인은 이 말을 남기고 떠났다. 약속대로 닷새 뒤 새벽녘에 다리로 나가 보니 노인이 벌써 와 있었다. "늙은이와 약속한 녀석이 왜 이리 늦게 나왔느냐? 닷새 뒤에 다시 오너라."노인은 이렇게 호통치고 가 버렸다. 그래서 닷새 후에는 장량이 닭 우는 소리를 듣고 곧바로 나갔는데, 노인이 더 빨리 와 있었다. 또 늦었군. 닷새 뒤에 다시 오너라."

그래서 이번에는 아예 날이 새기도 전에 다리로 나가서 기다렸다. 한참 뒤에 나타난 노인이 비로소 흡족해하며 장량에게 책 한 권을 건네주며 말했다. "이 책을 잘 읽어라. 숙독해서 읽으면 너는 왕의 군사(軍師)

가 될 수 있느니라. 10년 뒤에는 훌륭한 군사가 되고, 13년째에 제북에서 나와 만나게 될 것이다. 나는 곡성산에 사는 황석이니라."

그리고는 노인은 어디론가 사라져 버렸다. 노인이 준책은 태공망이 쓴 〈육도삼략〉이라는 병서였다. 장량은 그 책을 외울 정도로 되풀이해 읽어서 훗날 한나라를 세운 유방의 최고 책사가 되었던 것이다. 결국 장량이 성공한 것은 그의 인내심에서 비롯되었다. 노인의 터무니없는 요구에 장량은 여러 차례 참고 인내했기 때문에 노인의 도움을 받아서 참아내는 능력을 기를 수가 있었다. 노인이 일부러 장량을 화나게 한 것도 장량의 그런 인내심을 시험해 보기 위해서였다. 장량은 한고조 유방의 책사가 되어 큰 업적을 남겼는데, 장량이 유방에게 제시한 대책은 항상 인내의 철학에 기초를 두고 있었다. 유방이 한숨을 내쉬며 탄식할 때면 장량은 아무 말도 하지 않고 듣고 있다가 "패공께서는 참을 만하면 참으십시오."하고 말을 시작했다. 유방은 이렇게 말하는 장량의 손을 잡고 말했다. "오늘 선생이 나에게 한 글자를 가르쳐 주었는데, 그것은 바로 참을 '인(忍)'이라는 글자요."유방은 큰 뜻을 이루기 위해서는 모름지기 참아야 한다는 것을 깨달은 것이다. 장량은 자신이 배운 인내의 철학으로 유방이 나라를 여는 데 혁혁한 공을 세운 것이다.

그리스 속담에 "인내의 나무에 금이 열린다."라는 말이 있으며, 한 번 참으면 백 가지 일이 이루어진다고 하였다. 캐서린 폰더는 "인내는 성공을 가로막는 실패의 마음가짐을 파내고, 성공의 씨앗을 뿌리내리게 해 주는 마음의 쟁기다."라고 했다. 뉴턴도 "내가 발견한 것 중에 가장 귀중한 것은 인내였다. 인내가 모든 발견의 어머니가 되었다."라고 말했다.

5. 기다림은 희망을 가져오면서 그 인내는 달콤한 그 성공을 가져온다.

임신한 임산부도 10개 월의 시간을 기다림의 인내를 가져야 후의 아기의 잉태의 기쁨을 간직 할 수가 있다. 이른 봄의 씨앗을 뿌린 농부는 가을의 만추를 기다린다. 산야의 자연도 영하 10도의 추운겨울 동삼월 설경을 지나면서 꽃피는 4월의 따뜻한 봄을 인내하면서 기다린다. 기다림은 어디에서나 어느 때나 있다 별을 보는데도 기다림이 있어야 한다. 왜냐하면 낮에는 별들을 볼 수 없기 때문이다. 물을 끓이는데도 기다림의 인내가 필요로 하며 물은 100도시에 이르지 않으면 결코 끓지 않는다. 시험도 1점 차이로 합격 불합격이 갈린다. 올림픽은 더 해서 불과 0.01초 차이로 메달 순위의 색깔이 바뀐다. 자연과 사물, 사람의 세계에는 모두 기다림의 인내가 있다. 그래서 자연과 시간과 인내는 3

사람들은 실패가 지랫대가 되어 성공에 오른다 - 로마 속담

대 의사다.라고 H.G. 보운이 말을 했다.

혹 어떤 큰 일을 앞에 두고 있다면 기다려라, 그리고 인내하자. 얼마나 기다려야 할지는 모르지만, 시간이란 시작과 끝이 반드시 있다. 성경은 모든 범사에는 반드시 때와 기한이 있다.(성경 사도행전1:7 전도서:1-8)고 했다.   인내(忍耐)하자. 분노, 괴로움, 슬픔, 억울함, 은 목

적을 위하여, 그리고 아름다운 그 희망을 위하여 참고 또 참고 그리고 더 인내하자. 소불인칙난대모(小不忍則亂大謀) 즉 작은 일에 참지 못하면 큰 일을 그르치기 때문이다.작일부터참다 보면 큰 일도 참아 낼 수있을 것이다.

길이 없으면 길을 만들어 가는 Korea의 밀라클(Miracle)정신

먼 길에는 좋은 길동무가 필요하고 집에서는 좋은 이웃이 필요하다 - 중국속담

길을 모르면 길을 찾고, 길이 없으면 길을 닦아 만들어 가야지. 이 것이 한국인과 한국기업인의 정신이다. 세계적인 경제잡지인 《포춘》 (Fortune)지에서 벤자민 프랭클린(Franklin), 루스벨트 (Roosevelt), 윈스턴 처칠(Churchill), 헬렌 켈러(Helen Keller), 마하트마 간디 (Gandhi), 테레사(Theresa), 슈바이처(Schweitzer), 마틴 루터 킹 (Luther King) 등 전 세계적으로 존경받는 위대한 지도자 3백 명을 조사해서 분석해 본 결과, 그들 중 50%는 어려운 가정이나 문제 있는

어려운 가정에서 대부분 태어났다. 그러나 그들은 성장과정 속에 주변 환경에 부정적으로 반응하지 않고 여려움을 극복하면서 세상을 보는 사고력과 생각을 긍정적으로 반응하면서 성장을 했다는 것이다. 그들은 결국 세상을 이끄는 훌륭한 인물들이 되었다.

자신의 처지와 환경이 중요하겠지만 환경에 대하여 어떻게 반응하느냐가 더 중요하다. 그것에 따라서 나중에는 훌륭한 삶을 살기도 하고, 좋지 않은 삶을 살기도 하기 때문이다.

1. 나는 "South Korean입니다

미국의 경영학자 피터 드러커(Peter Ferdinand Drucker) 교수는 'Next Society'(미래 세대) 등, 30여 권에 이르는 경영 관련 그의 저서들은 모두 20여 개국의 언어로 번역되어 세계적인 베스트셀러가 되었으며, 경영의 교과서로 학교와 산업 현장에서 널리 필독되고 있다. '하버드 비즈니스 리뷰', '월스트리트 저널' 등의 잡지에 정기적으로 논문을 기고하고 있다. 그의 책에, 대한민국에 대한 평가가 등장을 하고 있다. 드러커 교수는 세계에서 제일가는 나라요. 내가 쓴 기업경영 평가로, 기업가 정신으로 말하면 열방의 제국인 미국은 2등도 되지 못 합니다.""그러면 1등은

인생의 갈림길에서는 갈등 후 선택을 한다. - 탈무드

어느 나라입니까?" "South Korea입니다." "아니 그렇게 작은 나라가 어떻게 기업가 정신으로 세계 제1이 됩니까?" "South Korea가 일본의 식민지가 되었을 때에 일본은 한국인에게서 기업가 정신이 자라지 못하도록 의도적

시골의 오솔길을 따라 복음전파가 오고갔다

으로 방해하며 국민의 정신의 국기을 수단과 방법을 동원하여 국기향상을 막았다.

한 예를 들어보면 일본제국 강점기때에는 한국 국민의 성과 이름을 바꾸게 하고 학교 교과서를 바꾸고 종교를 신사참배로 바꾸고 좋다는 영산에 기운을 죽인다고 쇄 말뚝을 박고 민족정신의 말살정책을 펼쳤다. 그리고 해방 후 5년이 지나자 1950년 6.25 전쟁이 일어났다. 전 국토가 초토화되었다. 작은 나라를 위하여 세계의 20개 국가들이 모여 세계대전을 치루었다. 다 쓰러져 멸망해가는 동방의 한 나라, 다 망한 국가였다. 당시, 대한민국은 그러한 세계 초 빈 국가 이였다.

2. 대한민국 국민의 삶의 뒷 힘이 되는 국민 경제는 2025년 현재 얼마나 커졌을까?

한국의 경제적, 산업적, 군사적 성장 그리고 기독교의 부흥은 모든 세

계가 놀란다. 1950년 6.25 전쟁으로 온 국토가 폐허가 된 후 미국의 기독교 종교단체가 보내 주는 구호제품인 옥수수가루, 유제품, 의류 등, 으로 한국의 대부분의 국민들은 생계를 꾸렸다. 한국이 1961년 제

멀지만 동서로 길을 따라 사람들이 오고가고...

1차 경제개발 5개년 계획이 세워질 때에 한국의 경제수준은 1인당 국민소득은 82$ 이였다. 그러나 그런 잿더미 속에서 투철한 기업가 정신을 발휘하여 64년 만에 철강, 조선, 반도체, 전자, 자동차 산업 배터리, AI인공지능, 스마트폰, 디스플레이, K-방산, K-팝문화 등에서 세계일류 수준의 기업들을 일으켰다.

64년이 지난 지금의 2025년도 한국은 수출실적액 6,383억불로 세계 제6위의 수출 대국의 영광을 이루었다. 또한 UBS의 글로벌 웰스리포트 2025(Global Wealth Report 2025)를 바탕으로 각 나라의 가계 순자산 총액(Total Net Household Wealth)을 기준으로 매긴 2025년 세계부자나라 순위에 한국이 9위이다. 이 순위의 국가경제력(GDP) 순위와 다른 점은 가계 순자산을 기준으로, 가계 순자산이란 개인이 소유한 자산(부동산, 주식, 예금 등)에서 빚(부채)을 뺀 진짜 순수한 재산을 의미한다.

3. 2025년 세계 가장 부유한 TOP 10개 국가 (feat) 중 한국이 9위

1위 미국(USA) 163조 1,170억 달러. 2위 중국 91조820억 달러. 3위 일본 21조3,320억 달러. 4위 영국 18조560억 달러. -중략- 9위 한국 (South Korea) 11조410억 달러이다

이제는 반도체, 자동차, 조선, 철강, 원자력, 스마트폰, 배터리, AI 인공기능, 디스플레이, K-방산, K-팝문화 등이 세계적인 국가 발전의 견인 역할을 하여 왔다. 국토 넓이, 인구비례로 보면 국가 발전은 세계적 기적이다. 그런 점에서 미국의 경영학자 피터 드러커 교수의 말대로 South Korean 의 기업가 정신으로는 세계 제1이다." 라고 평가를 하는 것이다.

4. 세계속에 군사강국 및 무기 수출 순위의 한국이 10위의 대업을 이루었다.

미국이 군사력 평가지수 0.0744로 압도적 1위에 올랐고, 2위 러시아 (0.0788), 3위 중국(0.0788), 4위 인도(0.1184)가 5위 한국0,1656. 그리고 그 뒤로 6~8위는 영국(0.1785), 프랑스(0.1878), 일본(0.1839) 순이다.

6.25. 전쟁시 총 한 자루 못 만들던 국가에서 세계 군사 강국 5위 그리고 2025년 3월 스톡홀름국제평화연구소

좋은 동행자와 함께하면
그 어떤 길도 길지 않다 - 터키 속담

(SIPRI)가 발표한 세계 'Yearbook 2025'에 따르면, 무기를 세계에서 가장 많이 수출한 국가별로 순위는, 1위 미국(43%), 2위 프랑스(9.6%), -중략- 9위 스페인(3%), 10위 대한민국(2.2%)으로, 약70년 만에 대한민국도 .세계 방산 산업 10위 국가로 세계 수출 무기 시장을 이끌고 있다. K9 자주포, K2 흑표전차, 천궁시리즈, FA-50 경전투기, F-21 전투기 L-SAM(롱레인지 요격체계), 등.의 최 첨단 기술과 제조업으로 세계 산업을 이끌고 있는 자랑스러운 밀라클의 대한민국이다.

5. 한국인들의 밀라클Miracie) 정신은 길이 없으면 길을 만들며 닦아간다.

South Korea의 기업정신의 전설과 신화의 인물들이 있다. 그들 중에 한 사람을 굳이 소개를 하면 그 이름은 정주영과 이병철이다. 6.25 전쟁 휴전 후 가난과 굶주림속의 묻인 한국의 기업인들은 미래를 향한 꿈들을 꿈 꾼다

1971년 정주영 회장은 혼자서 미포만 해변 사진 한 장과 외국 조선소에서 빌린 유조선 설계도 하나 들고 유럽을 돌았다. 외국의 차관을 받기 위해서였다. 안 된다. 는 대부분의 부정적인 피드백만의 반응만을 받다가 1971년 9월 영국 바클레이 은행의 차관을 받기 위한 추천서를 부탁하기 위해 A&P 애플도어의 롱바톰 회장을 만났다. 그도 역시 대답은 역시 'No'였다. 이 때 정주영은 섬광 같은 지혜로 설명을 하기를... 우리나라 5백원짜리 지폐를 꺼내 거기 그려진 거북선 그림을 보여주면서 이렇게 설명을 했다."우리는 영국보다 300년이나 앞선 1500

년대에 이미 철갑선을 만들어 일본 외국을 물리쳤소... 비록 쇄국정책으로 시기가 좀 늦어 졌지만, 그 잠재력만큼은 아직도 충분하다고 생각하오." 라며... 설득해 결국 차관 도

입에 성공할 수 있었다. 정주영은 길을 모르면 길을 찾고, 길이 없으면 길을 닦아 만들어 가야지... 이것이 South Korean 즉 한국인, 한국기 업인의 정신이다. 그렇다, 그 정신이 오늘 날, 세계가 놀라는 한국은 60년 전인 1964년의 한국의 수술실적은 1억 달라에서 2024년 반도 체, 자동차, 조선, K-뷰티 및 생활용품등의 수출실적 2024년도 기준 총 수출액 6,838억불 달러 세계 수출의 제6위의 국가로 웃뚝 세웠다, 우리는 미국의 경영학자 피터 드러커(Peter Ferdinand Drucker) 교 수의 말대로 세계 기업가 정신 1등의 나라 "South Korea입니다." 즉 자랑스러운 대한민국입니다.

6. 한국의 기독교와 교회도 그동안 어떠한 기적을 이루었을까?

　　1907년 9월 17일 한국의 대한예수교장로회 독(립)노회가 처음으로 조직이 되었다. 이 당시 한국교회 장로교회인들은 약 70,000명이었 다. 일제강점기에서 해방되던 1945년의 한국 인구는 약 2천 500만명, 기독교인은 약30만 명이였다. 그러나 2021년 기준 기독교인구는 950

만 명으로 폭팔 성장 했다. 복음의 황무지였던 한국 땅에 미국 북장로
교회에서 알렌(Horace Newton Allen,) 의료 선교사가 1884년 9월
20일에 한국에 도착함으로 장로교회의 최초의 선교사로 파송되어 도
착을 한다. 일제 강점기에서 해방되던 해인 1945년의 기독교인구 겨
우 30만 명 이였다.

그러나 10년 후인 1955년에는 약60만 명으로 배가 되었고 다시 10
년 후인 1965년에는 120만 명으로, 그리고 1975년에는 240만 명으
로 배가 되었다.(註) Korean Church Explosion, P.50.) 10년 주기
의 놀랄만한 세계사의 교회성장 이였다. 더욱 놀라운 일은 1975년에
서 1985년의 10년 사이에는 배가가 아닌 4배 성장으로 950만의 한국
기독교인구가 폭팔 성장을 한다. 새로운 영적 부흥운동으로 새벽기도
운동이 교회마다 기도인구가 늘어나고 금요철야기도회, 기도원산기도
회, 금식기도회 등, 으로 한국교회의 영성부흥의 불길이 타 오른다. 교
회마다 선교운동이 일어나고 대학생선교회, O,M,F, 등 수 많은 선교단
체들이 생겨나면서 교회마다 세계선교에 대한 눈이 뜨면서 세계선교를
위한 많은 선교사역자들이 선
교사로 파송되기 시작을 한다.

**7. 세기의 마지막 선교주자가
되어 세게의 세 번째로 많은 선
교사를 파송을 하다.**

예수님 당시 AD30년 세계 인구는 2억만 명 그 후 세계 인구는 1000년까지 4억 명 정도였지만 1804년에 되어서야 10억 명이 되었다. 2000년이 되었을 때는 인구가 폭팔적으로 팽창하여 61억명, 그 후 2020년도에는 세계 인구는 77억 만 명이 되었다. 약 4000년 만에 10억 명을 돌파한 것이지만 그후 20억 명은 123년 만에 1927년 달성했고 인구가 급속 팽창하여 61억명의 이르는 2011년 까지는 겨우 12년이 걸렸다. 2025년도 세계 인구는 82억 명이다.

8. 세계의 기독교의 복음의 시작과 복음 전파의 이동경로는?

A.D 30년 누가복음24:47 그의 이름으로 죄 시함을 받게 하는 회개가 예루살렘에서 시작하여 모든 족속에게 전파될 것이 기록되었으니...너희는 이 모든 일에 증인이라. 이렇게 주의 복음이 예수님의 12제자로 시작한 지상 세계의 복음전파 이동 경로는 →120문도에서→예루살렘교회가 탄생이 되고 예루살렘교회에서(행1:4-5) → 사마리아교회로(행8:4) 사마리아교회에서 → 안디옥교회로 안디옥교회에서 → 로마로(행28:16-31,1세기-3세기 로마제국 국경을을 넘어 서반아, 고울지방, 이디오피아 지역까지, 313년 콘스탄틴 밀라노칙령 선포로 로마 국교로 인정)) → 유럽(6-7세기 아일랜드교회, 스코트랜드의 픽트족, 영국의 앵글로색슨족, 네델란드의 프리시안족, 독일, 스위스, 포르투칼, 스페인, 프랑스, 영국)으로 → 16세기 이후 북미 식민지운동편승의 의해 스페인, 포르투칼, 영국, 프랑스, 네델란드, 미국으로, 식민

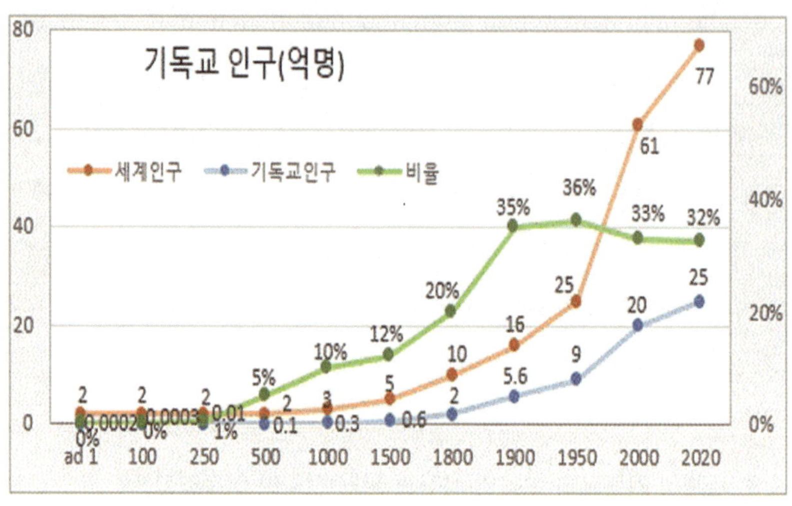

지 건설과 함께 복음전파의 영향을 끼쳤다. 1890년도 미국의 총인구는 62,622,000명 이었는데 그 중 57,000,000명(2024기준 3억4천2백만명) 이크리스챤이 었다. → 미국에서 아시아로, (한국)으로, 선교사들의 의하여 기독교 복음이 전파되어 왔다. 복음의 황무지였던 한국 땅에 미국 북장로교회에서 알렌(Horace Newton Allen,) 의료 선교사가 1884년 9월 20일에 한국에 도착함으로 대한민국 땅에도 최초의 선교사로 파송되어 복음의 씨앗을 뿌리기 시작을 하였다. 이미 세계각국에서 파송된 세계의 선교사는 약 43만 명이다 선교사 파송 1위 국가는 미국으로 127,000명, 브라질이 34,000명, 그리고 한국은KWMA(한국세계선교협의회)에 따르면 2021년 기준 168개국에 233개 선교단체에서 22,254명의 선교사가 세계에 파송이 되어 있다.

미국에서 발간되는《크리스천 월드(Christian World)》가 발표한 세계 대형 교회의 순위를 보면, 2000년도 세계 10대 대형 교회 안에 한

한국 최초의 서양식 병원인 광혜원

국 교회가 1위와 2위를 포함하여 5개가 포함되어 있으며, 20위 안에
는 10개, 포함 되어 있다.

9. 선교사 파송과 국가경제는 상호간의 함수 관계가 있다.

때를 맞추어 하나님은 선교에 대한 뒷 힘이 되는 한국경제 부흥도 일
으켜 주셨다. 원조 받는 초 빈곤국가에서 세계로 수출하는 수출대국가
로, 2024년도 기준, 세계 수출 제6위의 총 수출액 6,838억불의 수출
대국으로, 국제수지 흑자폭을 늘려주셨고, 세계 I.M.F.와 국제통화기
금이 대한민국을 세계경제 10대국으로서, 자유여행 등, 세계를 향하여
선교사가 선교 비($) 달러로 얼마든지 외화를 쓰도록 하나님은 풍로어

운 한국경제와 한국교회들을 축복 해 주셨다.

복음의 불모지인 국가에 선교사가 파송이 되면 선교사는 여러 가지 방법으로 복음전파를 위한 선교를 한다. 질병이 많고 병원이 없는 곳에는 의료기관인 병원을 세워서 환자의 건강을 위하여 질병의 치료를 통한 방법으로 복음을 전한다. 우리나라의 대표적인 사례가 에비슨 선교사가 세운 신촌에 위치한 세브란스병원(한국 최초의 서양식 병원인 광혜원) 이다. 문명이 깨이지 않고 학교가 없는 미개한 곳이면 학교를 세워 문맹을 퇴치하면서 교육을 통하여 복음을 전한다. 그 사례는 스크랜턴 선교사는 이화학당(이화여대) 언더우드 선교사는 연희전문학교(연세대학교)와 경신학교, 에비슨 선교사는 1904년 1만달러의 헌금으로 세브란스병원과 의과대학교를, 아펜젤러 선교사는 배재학당(배재중고등학교, 배재대학교) 등, 이다. 모든 선교사가 병원과 학교를 모두 세우는 것은 아니지만 대체로 선교사들의 선교비가 많이 드는 것은 사실이다. 그러다보니 평신도 선교사도 많이 파송을 한다. 한국이 세계선교사 파송의 톱 쓰리에 올라 있다는 것은 다른 나라들은 100년에도 못 이루는 수출 대국을 60년만이 이룬 세계적 코리아의 경제 밀라클(Miracle)정신입니다. 아울러 선교사를 통하여 받은 복음을 다시 대한민국이 이제 세계선교사 파송 톱 쓰리의 국가로서 전 세계의22,254명의 선교사를 파송한 선교의 밀클(Miracle)정신은 다음세대의 심어 줄 더욱 더 아름다운 유산이자 밀라클(Miracle)정신이기도 하다.

제4장
지금(now)

◆

『행복하게 만드는 것은 지금 바로 당신 곁에, 안에, 있는 것들이다』
– 해피 크리에이터의 엔드로핀 호르몬의 이야기

1) 날개와 몸으로 춤추며 격려하며 칭찬 한다.

2) 나는 물처럼 부드럽고, 물처럼 강하게 산다!

3) 남녀가 서로 다르기에 서로를 필요로 한다(남자 편)

4) 남녀가 서로 다르기에 서로를 필요로 한다. (여자 편)

5) 아버지의 권위

6) 울, 아버지의 자랑

7) 나의 아버지…

8) 실패의 쓴 맛은 성공의 단 맛을 찾아 간다.

9) 행복한 인생은 라스트 스퍼트 부터이다.

『행복하게 만드는 것은
지금 바로 당신 곁에, 안에, 있는 것들이다』

해피 크리에이터의 엔도르핀 호르몬의 이야기

엔도르핀 호르몬은 일명 천연 진통제라고 부른다. 힘든 운동을 하거나 화가 나거나 고통스러울 때, 인간의 뇌는 고통을 진정시키는 호르몬인 엔도르핀(endorphin)을 내보낸다. 엔도르핀은 '안쪽, 내부'를 뜻하는 'endor'와 마약 성분을 가진 진통제인 '모르핀(morphin)'의 'phin'이 결합된 합성어이다. 달리 말하면 체내에서 생산되는 '천연 마약'이라고 할 수 있다. 흔히들 기분이 매우 좋을 때 엔도르핀이 생성될 것이라고 생각하지만, 앞서 이야기한 것처럼 엔도르핀은 스트레스를 많이 받는 상황에서 생성이 된다. 운동을 할 때, 육체적 흥분 시, 매운 음식을 먹을 경우, 산모가 해산을 할 때, 성적 오르가즘을 느낄 때, 신체에 신경물질이 분비가 되면서 아편과 유사한 천연진통제인 엔도르핀이 심한 고통에서 몸을 보호하기 때문에 힘이 들고 아주 고통스러운 순간에 방출이 되어서 고통을 덜어주고 스트레스로 인한 고통을 완화시키고 안정감을 주기는 역할을 한다. 이렇게 엔도르핀은 우리의 몸을 고통스러운 상황에서 보호해 주는 하나님이 주신 천연 진통제 호르몬이다.

특히 남녀의 성행위로 성감 곡선에 다다를 때에 엑스터시 황홀경, 아크메 정점이라고 한다. 즉 오르가즘(orgasm)에 이른다고 한다. 이 과정은 반드시 힘이 들고 땀을 흘리고 벅찬 과정을 거처야 황홀한 엑스타시를 경험을 할 수가 있다. 이러한 과정의 호르몬 성(性) 호르몬 남성의 테스토스테론, 여성은 에스트로겐과 함께 대뇌의 척수와 부교감 신경이 음경동맥에 흥분성이 전달되면서 평상시 보다 100배의 혈액이 음경내로 유입되면서 성적욕망을 일깨워서 흥분을 일으키고 엔도르핀은 힘든 것을 참게하면서 쾌감을 자극을 하여 극치에 이르게 한다. 남녀의 성은 도파민과 엔도르핀이 성호르몬에 함께 분비되면서 엄청난 쾌감을 맛보게 된다. 또한 노르아드레날린은 대사량을 높여 오르가즘에 이르도록 집중력을 높여준다. 그리고 세로토닌은 남녀사정을 통하여 성욕의 안정감, 행복감을 느끼게 하므로 서로의 만족감을 나누며 행복함을 서로가 나누게 되는 것은 모두 내 몸 안의 뇌 신경전달 물질인 행복호르몬들의 행복하게 흐르는 행복감정 역할 때문이다.

붙들고 있는 행복은 씨앗이고, 나누는 행복은 꽃이다. 존 해리건

춤추며 격려하며 칭찬 한다.

1973년 노벨상 수상자인 오스트리아의 자연과학자 칼 본 프리쉬 (Karl von Frisch)는 꿀벌들의 공동 작업을 하는 방법에 매료된 프리쉬는 꿀벌에 관한 깊은 연구를 시작했다. 그는 벌의 가장 두드러진 특성 중의 하나는 그들의 의사전달 방법이라는 것을 알아내었다. 벌들은 곤충 세계에서 의사전달을 위한 가장 독특한 수단의 하나를 가지고 있다. 프리쉬가 발견한 것은 꿀벌들은 단지 느낌이나 맛으로 뿐만 아니라, 춤추기(dancing)로도 자신의 의사를 전달 하거나 나타낸다는 것이다.

1. 꿀벌들은 원무(圓舞)의 춤으로 칭찬과 격려하며 일을 한다.

한 꿀벌이 어디서 꿀을 발견하면, 벌집에 돌아와서 다른 벌들에게 그 사실을 알리는데, 방향, 거리 및 꿀의 품질을 춤을 추어서 비교적 정확하게 알려 준다는 것이다. 유력한 밀원과 꽃가루원인 식물에서 화밀이나 꽃가루를 채집하고 벌통으로 돌아온 일벌은 흥분 상태로 벌통 안을 분주하게 돌아다니고 때때로 배 부분을 심하게 진동시키면서 춤을 춘다.

춤에는 꽃이 벌통에서 100m 이내에 있을 때 거리만을 알리는 원무

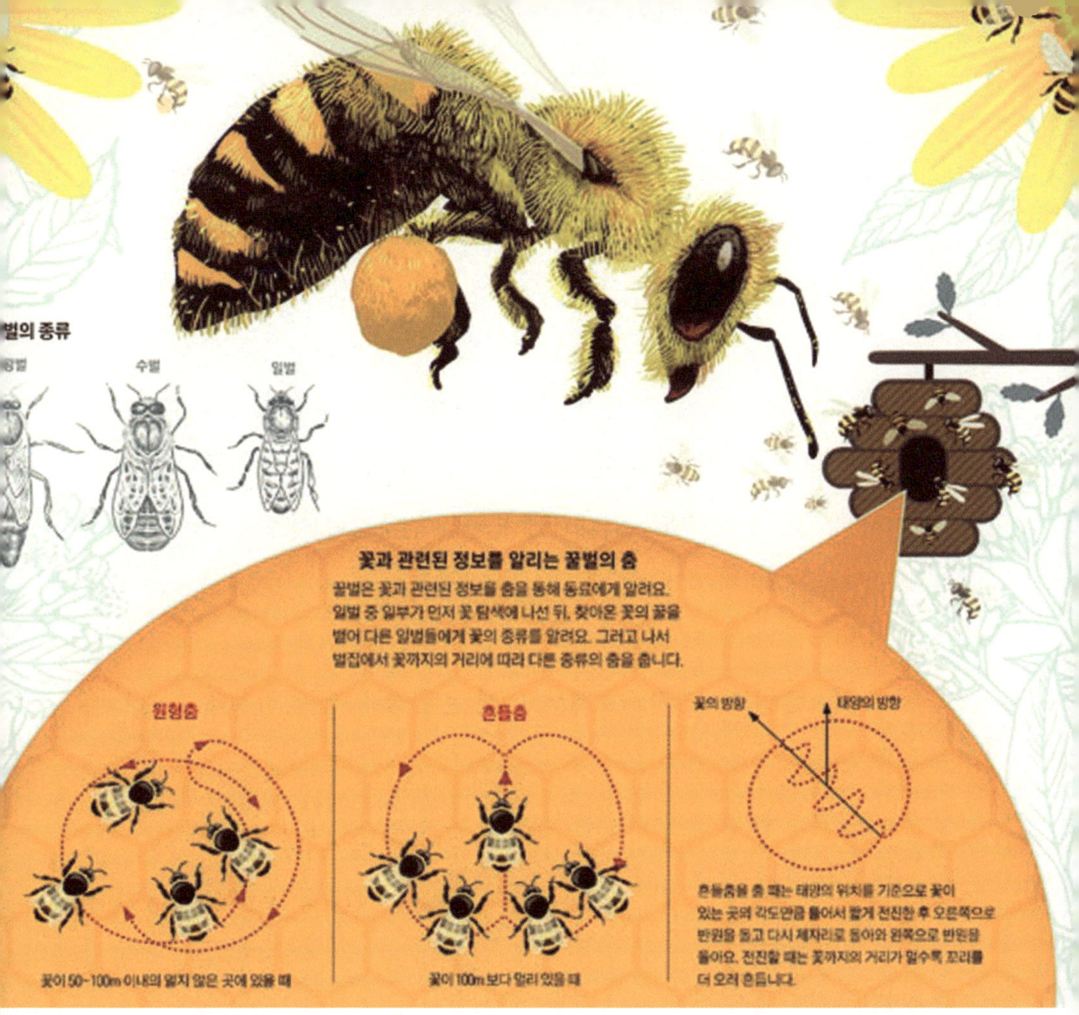

(圓舞)와 100m 이상 떨어져 있을 때 거리와 방향을 알리는 꼬리 춤이 있다. 원무는 그 이름대로 원을 그리면서 불규칙하게 빙글빙글 돌며, 바로 근처에 꽃이 있는 것을 알린다. 꼬리 춤은 규칙적으로 8자형을 그리고 그 중앙의 직선을 움직일 때 특히 배 부분을 심하게 진동시킨다. 또한 8자 중앙의 직선상을 움직이는 방향과 중력의 반대 방향이 이루는 각도가 벌통과 태양을 연결하는 선에 대한 꽃의 방향을 나타내고 있다. 예를 들면 꿀벌의 움직임이 바로 위를 향하고 있을 때에는 태양의

방향으로 날아가면 꽃이 있다는 것을 알 수 있다. 반대로 꽃의 방향이 태양의 방향과 정반대쪽이면 8자의 가운데 선이 수직으로 아래를 향하도록 춤을 춘다. 이는 벌들의 인사인 힘내라. 힘내라는 칭찬과 격려의 표시이다. 이렇게 벌들은 원무의 춤으로 서로의 격려와 칭찬을 하면서 밀원의 꽃가루서 꿀을 채집 해 온다. 꿀벌처럼 퇴근하여 귀가하는 남편에게 공부하러 이른 아침 학교로 등교하는 자녀들에게, 하루종일 집안에서 가사일에 지쳐있는 아내에게 벌들의 원무처럼 서로의 격려와 칭찬을 아낌없이 하며 살자!

2. 적절한 일과 시간과 장소에서의 칭찬은 인격과 자존감의 토대가 된다.

칭찬이 주는 쾌락적인 보상은 크고, 자기 존재의 자존감의 토대가 된다. 또 인체의 생리학적으로는 칭찬을 받았을 때 생리학적 신체적 변화도 생기는데, 후 측 뇌 섬엽 에서 생긴다. 칭찬처럼 자존감을 높이고 기분 좋은 심리적 접촉이 생겼을 때 이 부분이 크게 활성화가 된다.

뇌 섬엽 이란? 전두엽과 두 정엽, 측두엽에 의해 덮여 보이지 않는 대뇌피질 부위다. 대뇌피질이 외측고랑을 중심으로

접혀 들어가면서 생성된 뇌 섬엽은 대체적으로 위쪽은 넓고 아래쪽은

좁은 역삼각형 형태이다.

그러한 이 뇌 섬엽은 외부세계를 경험하고 인식하는 데 핵심적 역할을 한다. 내부적, 외부적으로 일어나는 상황을 뇌가 체계적으로 이해하는 데 관여하며, 자기 자신을 인식하고 사회적 상호작용을 가능하게 한다. 어떤 일을 경험하기 전에 미리 예상하는 능력과도 관련된다. 또한 뇌 섬엽은 어떤 사람의 말이 사실인지 아닌지를 파악하는 데 도움을 준다. 슬픈 기억이나 기쁜 감정, 친구에게 보낸 전화 메시지에 답이 없을 때 느끼는 불쾌함이나 좋아하는 음악을 들을 때 느끼는 기분 같은 것들이 모두 뇌 섬엽이 관여하여 작용한 결과이다.

뇌 섬엽은 자극이 뜨거운지 차가운지, 기분 좋은 것인지 고통스러운 것인지를 인식하게 해준다. 초콜렛을 먹고 싶다거나 사랑에 빠졌을 때, 혹은 역겨움을 느낄 때 신뢰할 것인가, 죄책감을 느낄 것인가, 공감할 것인가, 부끄러워할 것인가 하는 관계 인식에도 관여한다. 일부 연구에 따르면 칭찬을 많이 받고 자라난 아이나 사람의 뇌의 뇌 섬엽은 일반인보다 많이 발달이 되어 아주 두껍다고 한다. 즉 뇌 량이 많아서 많은 것만큼 똑똑하며 영리하다는 것이다. 그래서 칭찬과 격려를 받은 자는 자기 자아 정립과 자존감 토대가 튼튼하게 형성이 되어 건강한 자기 인격의 자아를 가지고 산다는 것이다.

3. 칭찬과 격려의 말은 자아 존중감(Self-esteem)을 키우는 씨앗이 된다.

자존감(self-esteem)은 말 그대로 내가 나를 존중히 여기는 감정이다. 이러한 자기 자존감은 칭찬과 격려를 들었을 때에 자기 중요감, 자기 유능감 그리고 자기호감을 심리적으로 뇌 성엽을 통하여 성장 과정을 통하여 만들어 진다. 자아 존중감이 잘 형성된 사람은 자신이 얼마나 중요하다는 것을 알고 자기를 존중히 여긴다. 그리고 잘 갖추어진 인격이 형성된다. 자신이 그 어떤 일을 성공하였을 때에 자신도 무엇을 하던지 할 수있다 는 유능감 까지 일깨운다. 그리고 그 어떤 일에는 집중력을 발휘하여 타인들로 하여금 자기 호감을 자신에게 갖도록 적극적 유도 한다 그래서 어떠한 일이 주어지든 적극적이며 긍정적으로 일을 한다. 칭찬과 격려는 칭찬과 격려를 듣는 자로 하여금 인생의 아름다운 삶을 만들어 내는 결과를 가져오게 한다

　한 예를 들어 보면 작은 시골 천주교회의 주일 미사에서 신부를 돕고 있던 한 복사 소년이 실수를 하여 제단의 성찬으로 사용할 포도주 그릇을 떨어뜨렸다. 신부는 즉시 소년의 뺨을 치며 소리를 질렀다. "어서 물러가고 다시는 제단 앞에 오지마!" 이 소년은 장성하여 공산주의의 대지도자인 악덕 독재자 유고슬라비아의 티토 대통령이 되었다.

　다른 큰 도시의 천주교회당에서 미사를 돕던 한 복사 소년이 역시 성찬용 포도주 그릇 을 떨어뜨렸다. 신부는 곧 이해와 동정이 어린 사랑의 눈으로 그를 바라보며 조용히 속삭여 주었다. "응, 네가 지금은 실수를 했으나 앞으로 실수를 않하는 훌륭한 신부가 되겠구나." 칭찬과 격려의 말 대

유고슬라비아 티토대통령

로, 이 소년은 자라나서 유명 한 대주교 훌톤 쉰 신부가 된 것이다. 심한 꾸지람과 질책의 말은 티토 소년의 하여금 그 말대로 제단 앞에서 물러가 하나님을 비웃는 공산주의의 대 악덕 지도자 가 되었고, 쉰 소년은 그 말대로 귀한 하나님의 일꾼이 된 것이다. 내 입에서는 칭찬과 격려냐? 아니면

미국 카톨릭 신부 훌톤 쉰 신부

꾸지람과 질책이냐? 의 어떤 말들을 내입에서 뱉을까? 그 말의 따라서 내 자녀들의 미래가 결정이 되기도 한다.

4. 열한마디의 말 중에 한 마디의 칭찬과 격려의 말이 인생의 미래를 바꿉니다.

　일본의 어느 젊은 사형수의 이야기이다. 사형대에 선 사형수가 집행관 앞에서 마지막 이야기의 유언을 남긴다. "나와 같이 불행한 사람이 또 생기지 않도록 지난 일을 모두 털어 놓겠씀니다. 제 평생에도 고마운 사람이 한 분 계십니다. 국민학교 5학년 때 여선생님이 그 분입니다. 그 선생님은 저의 담임 선생님이셨는데 그 선생님의 칭찬을 듣고 올바른 사람이 될 기회가 있었지만 우리 부모님의 무관심때문에 기회를 잃어버리고 말았다. 저는 어려서부터 무척 가난하게 살았다. 학교에는 들어갔지만 공책 한권에 연필 한자루만 가지고 학교에 다녔다. 5학년이 되도록 미술시간에 그림 한장을 제대로 그려 보지 못했다. 학

급에서는 가장 문제아의 취급을 받고 누구에게도 한변도 칭찬을 받아
본 적이 없었다.

5. 칭찬이나 격려는 아주 작은 관심에서부터 시작이 됩니다.

그 날도 미술 시간에 아무 것도 하지 않고 가만히 않아 있는데 나를
선생님이 보시고 옆자리의 아이의 스켓치 북에서 도화지를 한장 뜯어
주시고 그림을 그리라고 했다. 연필로 스켓치만 해놓고 물감이 없어 그
냥 앉아 있었다. 시간이 끝날 무렵 선생님께서 제 그림을 아이들에게
보여 주시면서 말씀하셨다. "너 그림 참 잘 그렸다. 그림의 구도가 아
주 잘 됐구나. 여기에다 물감을 칠하면 정말 멋지고 훌륭한 그림이 되
겠다" 저는 그 격려의 말 한마디에 저는 5년동안 다니면서 아니 세상에
서 난생 처음으로 칭찬을 들었다. 칭찬을 듣고 보니 정말 물감만 있으
면 훌륭한 그림을 그릴 자신이 생겼다. 그날 학교 공부가 끝나자 낮에
그린 그림을 들도 집으로 달려갔다. 어머니 아버지께 처음으로 자랑을
하고 싶어서! 한시가 급했다. 남
의 집에서 일하시는 아버지어머
니는 저녁 늦게 들어오셨다. 나
는 부모님께 그렇게 좋아서 자랑
을 해도 내 부모님은 내 말을 듣
는 둥 마는 둥 조금도 관심이 없
었다. 그렇게 사달라고 조르는데

도 그림물감은 물론 도화지 한 장 조차도 사주지 않았다.

다음 미술 시간이 있는 날 나는 학교에 가는 길에 문방구에서 주인 몰래 물감과 스켓치북을 훔치다가 주인에게 들켰다. 죽도록 매를 맞고 또 학교에 끌려가 벌을 받았다. 집에 가면 또 어머니 아버지에게 매를 맞을 까봐 겁이 나서 집으로 들어가지 못했다. 그때부터 거리를 떠돌아다니면서 나뿐 길로 들어섰다. 어느 날 밤, 남의 집에 물건을 훔치러 들어갔다가 주인에게 들켜서 그 사람을 죽인 죄로 이렇게 사형대 위에 서게 된 것이다. "선생님에게 칭찬을 들은 그 때, 우리 부모님이 그림 물감과 도화지를 사주었어도 지금쯤 훌륭한 화가가 되어 이런 일은 없었을 텐데" 부모의 작은 관심과 칭찬 한 마디가 내 자녀들의 미래의 양약이 되고 자양분이 된다.

6. 칭찬과 격려를 받고 자란 사람이 성공을 한다.

알버트 아인슈타인 하면 아마 모르는 사람이 없을 것이다. 많은 사람들은 그가 20세기가 낳은 최고 천재중의 한 사람이라고 말한다. 그러나 그의 학창시절을 보면 그는 결코 천재가 될 자격이 없는 사람이었다. 그의 고등학교 생활기록부에는 담임선생님의 날카로운 지적이 생생히 적혀있었다. "이 학생은 무슨 공부를 해도 성공할 가능성이 없었다." 이러한 내용이 적힌 성적표를 받아 든 아인슈타인의 어머니는 낙담해하는 아들을 오히려 달래며 "아들아, 너는 다른 아이와 다르단다. 네가 다른 아이와 같다면 너는 결코 천재가 될 수 없어"라고 격려하였다. 아인슈타인의 천재성을 못 알아본 그의 담임 선생님의 가혹한 평가는 오히려 아인슈타인의 어머니에 의해서 격려로 변하였고, 이러한 격려에 힘입은 아인슈타인은 낙담치 않고, 자기에게 주어진 재능을 발휘할 수 있는 기회를 기다리며 묵묵히 학문에 매진하였던 것이다. 훗날 그에 대한 칭찬과 격려의 생활이 인류 문명의 발달사의 훌륭한 역할을 담당을 하는 발명왕이 된 것이다.

알버트 아인슈타인

나는 물처럼 부드럽고, 물처럼 강하게 산다!

　물은 상온에서 무색(無色), 무미(無味), 무취(無臭)의 액체로 온도의 변화에 따라 고체인 어름처럼, 액체인 물처럼, 기체인 수증기와 같은 상태로 존재한다. 태양이 비추면 물은 증발되거나 식물의 증산작용에 의해 수증기 형태로 대기 중에 방출된다. 수증기 중 일부는 비나 눈이 되어 지표면으로 떨어져 생물에 이용되거나 지하수로 저장되거나 인간의 음용 수로 사용이 되거나 강, 바다로 유입되었다가 증발하여 다시 대기 중으로 돌아간다. 물은 이렇게 형태를 자주 바꾸면서 지표와 지하 및 대기 사이를 계속해서 돌고 있다. 반복되는 이 과정이 물의 순환이다. 물의 이러한 순환의 과정이 인간의 생존의 과정으로 이어진다.

1. 물은 제일 약하고 부드럽고 강하다.

'부드러운 것이 능히 단단한 것을 이기고 약한 것이 능히 강한 것을 이긴다(柔能制强 弱能勝强) 는 황석공소서의 병법의 이야기처럼… 부드러운 것이 강한 것을 이긴다는 뜻이다. 굳이 부드러운 것을 말한다면 "세상에 부드럽고 약하기로는 물보다 더한 것이 없다. 물은 높은 곳에서 낮은 곳은 찾아 흐른다. 물은 수많은 물방울들이 모이면 도랑물이 되어 시냇가를 이루고 강으로 흘러 산 하수들을 만들어 대양을 이룬다. 강하기도 하며 약하고 부드럽기 그지없고 겸손하기 이를 때 없어 물에는 서로의 분쟁도, 싸움도 없다. 그러나 사람들은 두 세 명만 모여도 당파와 파벌 그리고 분쟁이 생긴다. 물은 어떠한 형태나 모형에 물을 부르면 똑 같은 형태나 모형에 만들어 내며 서로 양보하며 적응을 한다. 물은 어떠한 더러운 오물과 쓰레기든지 깨끗이 씻어버린다 물은 촉촉한 단비를 내려서 동물과 식물에게 생명을 공급 해 준다.

2. 물은 생명을 위하여 활동을 한다.

물은 모든 생명 활동에 없어서는 안 되는 중요한 요소이다. 생명체 내의 대부분을 차지하는 물은 물질 대사를 주관하고 각종 화학 변화를 일으켜 생명 유지활동에 필요한 에너지를 만드는 일을 한다 대기와의 상호 작용을 통해 내리는 비와 눈의 강수 현상은 바람과 함께 자연의 침식 작용을 일으켜 지형을 변화시키고, 모래나 암석 조각들을 강이나 바다로 운반해 퇴적층을 만들어 암석의 순환에도 기여한다. 특히 지구 표면의 대부분을 덮고 있는 바다는 태양 복사 에너지를 저장하였다가 필요할 때 방출하는 에너지 창고의 역할을 하면서 생명체가 생활하도록 적당한 기후를 만들어 준다 해류를 통해 지구 곳곳으로 열과 물질을 수송하며 모든 생명체를 위한 대사 활동에 반드시 필요한 물질이 물이다.

3. 물도 여러 종류의 물이 있다.

바닷물을 염수 즉 해수라고 한다. 바닷물 외의 물을 담수 즉 육수(陸水)라고 하는데 이는 지구의 육지에 있는 물을 가리킬 때 육수라고 한다. 염수 즉 해수가 약 97.5%, 담수 즉 육수가 약 2.5%를 차지한다. 담수 중 광물질을 많이 함유한 물을 센물 즉 경수라 하고, 거의 함유하지 않은 물을 단물 즉 연수라고 한다. 담수

는 대부분 빙하로 되어 있고, 우리가 쓸 수 있는 하천과 호수의 물은 약 0.0086%에 불과하다. 우리나라의 국토는 산업의 발달에 따라 담수는 대부분 오염이 되어 있어 정수를 하여야 먹을 수가 있고 지하수도 농업용, 공업용수로 지하수 개발을 위한 관정이 전국의 관리되지 않은 채 200만개가 있다 수많은 오염 물질이 관정(管井)을 통하여 지하로 흘러 들어가 땅속 수맥 길을 통하여 흐른다. 지하수는 이렇게 오염이 된 광물질이 많이 용해되어 함께 흐르고 있으므로 특별한 지역 외엔 음용 수로 사용하기에 적합하지 않다.

4. 우리 몸의 신진대사를 위하여 음용 수는 깨끗하고 적합한 물을 원 한다.

우리 몸의 70%가 물이다. 근육의 70-80%, 콩팥의 74%, 간의 69%, 심지어 물이라곤 없어 보이는 뼈도 22%가 물이다. 갈증을 통하여 입으로 들어온 물은 위→장→간→심장→혈액→세포→혈액→신장 등을 거치면서 우리의 몸을 순환한다. 물을 공급 받은 '싱싱한' 세포는 혈액과 조직액의 양을 충분히 유지시켜 혈액순환을 원활하게 하고, 영양소와 산소를 공급한다. 또 물은 몸 속 노폐물을 체외로 배설하는 중요한 역할도 한다. 아울러 체액의 산성도를 중성 내지 알칼리성으로 유지시키며 체온 조절도 한다. 이렇게 몸은 물을 통한 신진대사 역할을 한다.

몸 속 수분의 4-5%만 부족해도 갈증이 생기고 피곤하며, 근육 감소, 현기증, 집중력 약화 등의 증상이 바로 나타난다. 단식할 때 음식은 먹지 않아도 비교적 오래 버틸 수 있지만, 물을 마시지 않으면 금방 심각한 상태에 이르는 것은 이 때문이다. 몸 속 수분의 10%를 상실하면 심근경색증, 심장마비 위험이 급증하며 20% 이상 잃어버리면 생명이 위험해진다. 이 정도는 아니라도 물이 부족하면 기관지나 코, 점막이 건조해져 감기에 잘 걸린다. 소변량이 줄면 요로결석의 위험성이 증가하며, 심한 구취나 구강 건 조증, 노화촉진, 변비에 걸릴 가능성이 높아진다. 만성적인 수분 부족 증상이 생기면 유해물질을 몸 밖으로 배출하는 기능이 뚝 떨어져 노폐물이나 발암물질 등이 몸속에 쌓여 암 등 심각한 질환에 걸릴 위험도 증가한다. 그래서 우리 몸은 몸의 신진대사를 위한 적합한 물을 필요로 한다.

5. 물은 부드럽기는 하지만 매우 강하고 그 파괴력이 아주 무섭다.

1) 물은 태풍과 홍수를 불러온다.

많은 비와 강한 바람을 동반한 태풍은 엄청난 위력으로 농경지의 침수, 가옥 붕괴, 산사태, 어선과 양식 어장을 무자비하게 파괴하며 파도로 쓸어 간다.. 또한 만조 시에 태풍이 해안가로 접근할 때에는 달과 태양의 조석력의 영향으로 파도가 평소보다 높아져 해일로 해안가를 통째로 쓸어버리기도 한다.

비바람을 몰고 온 역대 태풍은

사하라, 매미 등, 2002년 8월 31일 루사 태풍과 홍수는 역대 태풍 중 가장 많은 일일 강수량을, 강릉이 870.5 mm,기록 하면서 동해안의 인명 피해를 사망, 실종 246명, 이재민 6만 3천여 명, 재산 피해는 5조 3천 억 여원이나 된다. 물의 파괴력은 실로 무섭다. 그래서 물은 아주 강하다.

2) 불안한 대기층의 물방울과 빙정이 낙뢰 즉 천둥, 번개를 불러 온다.

여름날 소나기 올 때 천둥 치는 것을 '우레'라고 하는데, 여름철에 갑작스런 소나기가 올 때 불안한 대기 속에서 구름끼리 맞부딪치면서 혹은 구름과 땅 위에 있는 사물이 맞부딪치면서 일어나는 방전현상으로 하늘이 요란하게 울리는 것을 우레라고 한다. 다른 말로는 '천둥'이라고 한다. 낙뢰가 일어나려면 적란운 안에 물방울과 영하이하의 수증기의 얼음인 빙정(氷晶)과 공존하며 비가 내려야 한다. 대기가 상당히 불안정해야 하며, 더욱이 많은 량의 수증기의 보급이 적당히 있어야 강한 상승 기류에 의해 낙뢰가 발생하며 천둥과 번개를 동반하며,

낙뢰(번개)

소나기나 눈이 내리고, 우박이 떨어지기도 한다. 낙뢰에 맞으면 나무가 고사하고 산불이 나며 사람이 죽기도 한다. 알고 보면 물은 그렇게 부드럽기도 하지만 강하고 무섭기도 하다.

6. 사람도 부드러운 물처럼, 강철 같은 강한 물처럼 살아야 한다.

외적으로는 강한 강철처럼, 내적으로는 부드러운 벨벳처럼 살아야 한다. 즉 가정에서는 부드러운 벨벳처럼, 밖에서는 세상살이 풍파를 막아주는 강철처럼 강한자만이 살아남는다. 물은 사각형 그릇에 부으면 사각형으로, 동그란 그릇에 부으면 동그란 원형으로 적용하며 자신을 만들어가는 것이 물이다. 그래서 물은 적응력이 아주 강하다. 물은 높은 곳에서 낮은 곳으로 겸손히 흐른다. 그래서 물은 매우 겸손하다. 필자의 사무실 곁에는 30여 평의 화원이 있었다. 꽃을 가꾸려면 부지런해야 한다.

여행이라도 가서 단 1주일만이라도 돌보지 않으면 단년 초 생 꽃들의 이파리들은 땅 아래로 축 처진 채 꽃잎마저도 고개를 떨구고 옆으로 누어

있다. 그러나 물 조리개로 물을 흠벅 주고 한두 시간 지나고 나면 언제 그랬느냐 는 듯 꽃잎들은 날개를 활짝 든다. 그리고 다음 날은 꽃을 활짝 피우며 아름다운 꽃님의 얼굴을 내민다. 물은 온 생물들에게 생명을 불어 넣는다. 물은 그렇게 사람의 몸에도 생명을 불어 넣는 신진대사를 일으킨다. 그래서 지구상의 절대 3대 가치인 산소, 햇빛, 물이다. 어느 한 가지라도 없으면 사람이든 식물이든 동물이든 죽는다.

　사람과의 관계는 친절하고 부드러워야 한다. 그리고 세상 삶에 대하여서는 내구적으로 강철처럼 강하여야 한다. 이 세상은 더불어 함께 사는 세상이므로, 우리는 물처럼 부드럽게, 때로는 홍수나 번개처럼 그리고 강한 물처럼 사는 자만이 이 지구상에서 살아남는다.

남녀가 서로 다르기에 서로를 필요로 한다(남자 편)

모든 사람은 자기 자신의 자아의 정체성의 성향을 가지고 태어난다. 남자라고 우뇌, 여자라고 좌 뇌의 성향을 가지고 태어나지 않는다. 인간의 모든 생각, 언어, 행동은 두뇌에서 이루어진다. 두뇌가 어떻게 성장하는지 어떻게 다른지 어떻게 정보를 처리하고 기억하는지를 정리해보면 다음과 같다

1.남자의 뇌의 구조는 병렬수행이 어려운 직렬수행으로 되어 있다.

사람의 뇌의 구조는 대뇌는 좌반구(좌뇌) 우반구(우뇌)로 구분이 되어 있다. 좌뇌는 신체의 오른쪽에서 일어나는 감각 언어기능을 우뇌의 기능은 왼쪽에서 일어나는 감각의, 수리계산과 논리적 사고를 관장을 한다. 결국 남자의 뇌는 대체적으로 공간적인 감각을 가진 우뇌의 영역에서의 선호적인 직렬수행으로 되어 있다, 그래서 성장기 아이들은 행동으로 표현하고 내기와 같은 목표 지향적 행동을 하는 반면 여자의 뇌는 정서적인 유형을 가지며 청각이나 촉각에 대한인지 능력이 더 빨리 발달한다.

또한 여자의 뇌는 좌, 우뇌의 영역의 신경 연결 능력이 남자보다 더

빨리 발달한다. 이 같은 특징은 좌 뇌의 영역에서의 특징이기도 한다. 뇌전문 의학자 캐나다 맥매스터대학의 샌드라 위텔슨 교수에 따르면 뇌의 앞부분 신경세포 밀도가 여성이 남성보다 평균 15%나 높다는 것이다. 전두엽이라 불리는 이 부분은 판단하고 계획하는 능력 등을 맡고 있다. 여성이 어려서부터 판단력 등을 키우는 교육을 받으면, 남성보다 더 많은 신경 세포 간 연결망이 생기고, 결국 뛰어난 과학적 능력을 갖출 수도 있음을 보여주는 연구다. 그렇게 좌 뇌와 우뇌를 연결해주는 '뇌 량'도 남성보다 여성이 더 많다. 양쪽 두뇌 간에 활발히 정보를 교류하며 판단을 내릴 인프라가 갖춰진 것이다. 이 때문인지는 남성은 언어 작용을 할 때 거의 좌 뇌만의 직렬만을 쓰는 반면, 여성은 좌 뇌와 우뇌를 함께 사용을 하므로 여자가 남자보다 말을 월신 잘 한다. 일부 뇌과학자들은 이런 메커니즘 때문에 여성의 언어 능력이 남성보다 뛰어나다고 주장하는 이유다.

2. 남성은 본능적 욕구를 바탕으로 대상에게 집중하는 뇌 구조이다.

남자는 힘과 능력, 효율과 업적을 중시한다. 힘과 기술을 향상하기 위해 끊임없이 노력하고 목적을 이루는 능력을 통해 자기 존재를 확인한다. 그리고 자신이 이룩한 성공과 성과에 대한 자부심이 강하다. 그들의 관심사는 힘 좋은 자동차, 고성능 컴퓨터 등과 같은 사물과 사실에 있다. 즉, 가시적인 성과를 끌어내고 목표를 달성하고 능력을 과시하는 데 도움이 될 만한 '물건'에 집착한다.

한 예로 아프리카에 투사 개구리가 있다 이 투사 개구리는 암놈이 숫 컷을 선택을 할 때에 암놈이 숫 놈에게 다가가서 앞가슴을 힘 것 뒤로 밀어 제친다. 숫놈이 뒷걸음질을 하

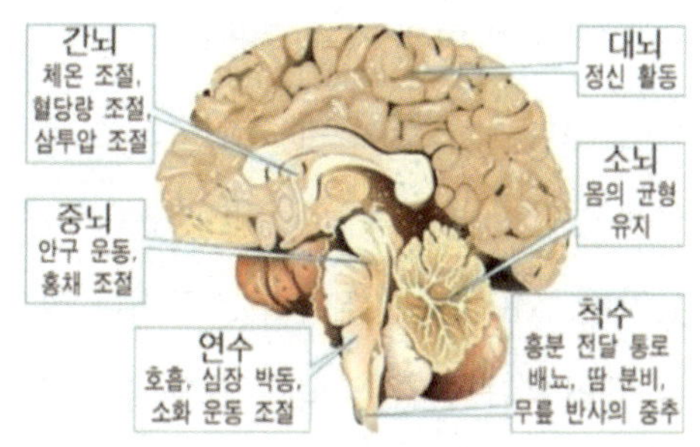

뇌 구조의 양뇌 역할

거나 넘어지면 암놈은 뒤를 돌아보지 않고 숫놈에게서 돌아선다. 암놈은 수놈의 강한 유전자를 가진 숫놈의 종을 받아 자연의 수 많은 종족들과의 생태계속에서 살아남아야 하기 때문에 본능적으로 힘이 있고 강하여야 한다.

그러하듯 남자들은 그 대상을 위하여 자기의 존재감을 들어낸다. 암컷을 거느리고 종족의 번성을 시켜야 하기 때문이다. 그러기 위해서는 자연의 생태계에서 강하고 세야 한다. 그래서 그 목적 중심적이기도 한다. 남자는 그 목적이 성공의 중심이기도 하기 때문이다.

3. 의학 장비 기술발달이 인간의 신비의 뇌 과학을 밝히다.

광학 현미경의 초대비율 2,000배, 더욱 발전하여 전자현미경은 광학현미경의 500,000배 이상의 비율의 물체를 관찰하면서 적혈구,·백혈구 바이러스 균가지 식별을 하여 인체의학 발달의 더욱 인류 의학사의 한 획을 긋는다. 더 나아가 1937년 미국의 로터버와 영국의 맨스필

드에 의해 발명된 자기공명영상 즉 MRI는 MRI(fMRI)는 전자기파 신호를 해독해서 물체 내부의 정보를 얻는 의료 기기로 발전한다. 엑스선은 단단한 물체에 반사되기 때문에 주로 뼈를 보여 주는 데에 사용되었지만, MRI는 신체내의 조직이나 장기 등을 영상화할 수 있어서 뼈로 둘러싸인 인간 두뇌의 경우 두개골을 통과할 수 없는 엑스선은 아무런 역할도 할 수 없었지만, 전자파를 이용한 MRI는 두개골 속의 뇌를 '찍는' 것도 가능해진 것이다. MRI는 더욱 발전을 하여 혈액의 헤모글로빈의 산화 수준에 따라 인간의 뇌속에 활성화된 뉴런(신경세포)이 더 많은 혈액 속에, 더 많은 산화 헤모글로빈이 들어있기 때문에, MRI가 이를 감지함으로써 활성화된 뉴런을 촬영할 수 있는 것이다. MRI는 두개골을 절개하지 않고도 뇌와 인지활동, 정신과 감정의 세계까지 연구할 수 있게 된 것이다.

MRI는 정신 질환자의 뇌에 대한 연구뿐 아니라, 분노, 동감, 사랑, 성적 흥분과 같은 감정을 느낄 때 뇌가 어떻게 반응하는지를 알아보는 실험 등에도 널리 활용되었다. 인간의 정신, 감정, 행동, 호르몬 관계 등 사회적 행동을 결국 뇌의 메커니즘을 사용해서 설명할 수 있게 되었던 것이다.

투과전자현미경

4. 남성 호르몬은 남자의 전형적인 사고와 행동에 성적 특성을 가진 뇌 회로를 활성화 시킨다.

"남녀평등"적인 인식은 남자와 여자의 두뇌와 신경계 상에 상당한 차이가 있음이 발견되면서 깨어지기 시작했다. 이는 물론, X염색체와 Y염색체가 갖는 근본적인 차이에서 비롯된다. 게다가 남녀는 태생부터 테스토스테론(남)과 에스트로젠(녀)이라는 서로 다른 호르몬이 흐르고 서로 다른 호르몬의 뇌의 성장에 중요한 영향을 미치는 것으로 밝혀지고 있다. 이는 남녀의 차이가 교육과 사회적 편견 때문이 아니라, 생리적인 이유로 남녀의 차이가 발생한다는 것을 의미한다. 최근 2003년에 발견되 호르몬 물질인 키스펩틴은 사춘기의 남녀의 뇌에서 분비되는데, 이 키스펩틴에 의해 여자는 난소, 남자는 고환으로부터 엄청난 양의 호르몬, 여자는 에스트로젠, 남자는 테스토스테론이 분비되게 만든다.

이 두 가지 성 호르몬의 분비량이 높아지면 이는 여성과 남성의 뇌구조에 결정적인 차이를 만들어 놓는다. 남성과 여성의 뇌구조의 차이는 근본적으로 '양뇌의 교량'의 차이에서 비롯된다. 언어 구사력과 논리, 형이상학 등 고차원적인 사고를 담당하는 전두엽 피질과, 표현과 감정을 담당하는 편도 부분을 잇는 교량이 남자와 여자는 서로 다르게 연결돼 있다.

최근의 연구 조사에 따르면 남자와 여자는 표현과 감정을 담당하는 편도 부분이 서로 다르게 연결돼 있어서 감정적인 경험, 그리고 그에 의한 기억이 서로 상당히 다르게 저장된다. 이는 여성이 남자보다 감정적으로 더 쉽게 무기력해지는 것, 그리고 남자가 중독이나 남용에 더 쉽게 노출되는 이유를 설정해 줄 수 있다. 아직도 밝혀

내야 할 두 뇌의 신비는 더 많다. 그러나 최소한, 이제는 남녀의 두 뇌 차는 근본적으로 존재하지 않는다는 과학적 주장은 더 이상 유효하지 않다는 것은 분명하다. 생리학적으로 인체의 구조는 남녀가 서로가 다르긴 해도 여자도 남자보다 똑똑하다는 것은 역설적인 교의학이라는 뜻이기도 하다. 앞으로도 풀어야 할 인간의 신체의 비밀은 아주 신효막측하니까? 말이다.

남녀가 서로 다르기에 서로를 필요로 한다(여자 편)

　남자와 여자는 생물학적으로 다르고 서로의 생각, 행동 등에서 확연한 차이가 난다. 남녀가 각각 다르기 때문에 행성에서 온 화성인인 남자, 금성인인 여자처럼, 서로의 인체 구조학적으로 다르다. 여자는 여성호르몬인 에스트로겐으로, 곡선적인 부드러움과 미적인 그 아름다움으로, 남자는 테스토스테론의 남성호르몬으로, 근육적인 힘과 멋 스러움으로, 신체적인 가장 큰 변화를 만들어 낸다, 서로가 처음 만났을 때는 이전에 없었던 새로운 사랑의 감정이 싹트기 시작해서 마법과도 같은 사랑에 빠진다. 그래서 같이 있는 시간은 언제나 즐거웠고, 무엇이든 함께 하고 싶고, 서로의 쿵쿵 뛰며 설레는 마음을 나누며 사랑을 느낀다. 그들은 서로의 남녀 성 차이를 즐기며 각자의 욕구와 기호,

행동 생활양식을 이해하
며 서로 사랑에 끌리어 서
로가 만지고 안아주고 업
어주며 스킨쉽을 하며 산
다. 그러나 서로가 다르기
에 서로의 필요를 채워주
어야 하는데 서로가 수용

과 이해를 못 할 때에, 제 멋 대로라고 무관심하다고 문화적 불평과 충
돌, 즉 서로의 싸움이 시작된다. 왜? 그럴까?

1. 여자은 자신의 감정을 바탕으로 다방면으로 처리하는 뇌의 구조이다.

그럼 여자와 남자는 무엇이 어떻게 다를까 그 차이를 알아보자.

1) 여자는 음운 기능이나 그 사용 능력이 남자보다 더 우수하다.

일례로 셰이위츠(Bennett Shaywitz & Sally Shaywitz) 부부 등은
1995년 《네이처》에 언어사용과 관련하여 남녀의 뇌가 어떻게 반응하
는지에 대한 연구를 발표했다. 이들은 MRI를 이용하여 남녀 피실험자
들이 문자, 음운(언어 소리의 가장 작은 단위의 반응), 의미를 인식하
는 과정에서 뇌의 어느 부위가 활성화되는지를 찾아냈다. 연구자들은
이 중 두 번째 실험, 즉 음운을 인지하는 과정에서 남녀의 뇌가 다르게
반응하는 것을 볼 수 있었다. 남성의 뇌는 음운 인지 과정에서 좌뇌만

이 활성화되는 데 비해, 여성의 뇌는 양뇌의 뇌량 연결고리로 인하여 양쪽 뇌 모두가 동시에 활성화되었던 것이다 셰이위츠 등은 이러한 실험을 통해 남성과 여성은 언어와 관련된 뇌 구성이 서로 다르며, 이러한 차이는 여성이 음운 사용기능이나 방법이 남성보다 그 뇌가 우수하다는 결론을 내렸다.

2) 여자은 하루에 약2만 단어를 말하는 반면, 남자는 약7천 단어만을 사용을 한다.

미국의 신경정신학자 루안 브리젠딘에 따르면 여자은 남자보다 3배 가까이 말을 많이 한다. 여성은 자신의 감정에 대해서 말하기를 좋아하기 때문이다. 즉 캘리포니아 대학의 교수인 그녀가 "여자의 뇌 The Female Brain" 라는 신간에 설명한 바로는, 이런 차이는 남녀의 뇌가 구조 뿐 아니라 화학적 구성인 여성 호르몬에서 비롯된다. 그리고 남자의 뇌가 여자의 뇌보다 크다. 그러나 감정과 기억 구성을 담당하는 구조의 부위는 남자보다 여자가 크다. 브리젠딘 교수의 비유에 따르면 "여자는 감정과 처리를 위한 8차선 고속도로와 같은 넓은 길의 뇌 구조를 가지고 있지만, 남자에게는 좁은 시골길 같은 뇌 구조를 가지고 있을 뿐이다."

그래서 남자는 직장에서 7천 단어를 다 사용하고 퇴근을 하여 집에 오면 여자는 아직까지도 사용하지 못한 1만 3천 단어가 남아 있어서 마켓에서 세일하는 콩나물을 싸게 사가지고 온 이야기부터 온갖 수다를 떨면서 이야기를 하면서 남편에게 이야기를 들어 달라고 더욱 더 말을 많이 한다. 직장에서 7천 단어를 다 사용하고 지쳐서 집에 온 남편이 피곤하다고 하면 여자는 결혼 전에는 자기에게 관심이 많더니 결혼 후에는 사람이 너무 많이 변하여 자기에게 너무 무관심하다고 하면서 부부의 갑론 을론 시비는 시작이 된다.

3) 여자는 사랑, 대화, 아름다움, 그의 관성관계에 높은 가치를 둔다.

한국의 옛 여인들은 새벽에 잠을 깨여 흐트러진 머리를 매 만지며 얼굴의 다크서클을 화장술로 아름답게 다듬고 하루를 시작한다. 남자는 힘과 멋스러움이라면 여자는 곡선을 통한 아름다움이기 때문이다.

현존하는 가장 오래된 화장술 책인 "오비디우스 미의 기교" 에서도 남달리 끼가 많았던 네로의 황제의 부인 "모파이아"도 피부미용을 위하여 조석으로 나귀의 젖으로 목욕과 세수를 했는데 이를 위하여 500명의 노예들로 500마리의 암나귀를 키웠다고 한다. 그리고 절세미녀로 알려졌던 클레오파트라도, 당나라 양귀비도 부드럽고 윤기 있는 연화장을 위하여 우유나 양의 젖을 썻다고 한다. 그래서 여자들은 자신의 미적 아름다움을 위하여 20대는 화장이요, 30대는 분장이요,

40대는 변장이요, 50대는 환장이요, 60대는 위장 이라고 자조하며 여자의 아름다움의 변신은 무죄라고 하면서 거울 앞에 앉아 변장에 가까운 환장 위장을 하기에 일태라 고 한다. 이는 여자는 일반적으로 사랑과 아름다운 관성에 자신의 가치를 두기 때문이다.

2. 여자가 남자보다 더욱 더 오래 산다.

여자가 남자보다 오래 사는 이유는 무엇일까? 세계보건기구의 통계에 따르면 우리나라 남자의 평균 수명은 77.6세이고 여자의 평균 수명은 84.5세로 여자가 남자보다 평균 7년 정도가 차이가 난다.

1) 여자가 남자보다 오래 사는 이유는 라이프 스타일이 다르다는 것이다.

남성들은 여성보다 직장일이나 사회활동으로 인한 스트레스와 흡연, 음주 및 위험한 활동 등에 더 많이 노출되어 있어 사고사가 많고 그로 인해 기대수명을 낮추고 있다는 분석이다.

2) 생물학적인 요인으로서 여자의 장수 원인은 염색체이다.

여자의 성염색체는 X염색체가 두 개인 것에 비해 남자의 XY염색체에서 Y염색체가 X염색체보다 변이 가능성이 큰 이유로 암이나 선천적 결함, 감염 병에 취약하다는 것이다. X염색체에서 나오는 단백질들이 노화 속도를 더디게 할 뿐 아니라 회복속도도 빠르다는 연구 보고가 있다.

3) 여자가 남자보다 오래 사는 이유는 미토콘드리아에 있다.

미토콘드리아의(세포의 한 에너지 종류) DNA의 변이가 남자의 노화를 촉진시키기 때문인데, 초파리를 대상으로 실험함 결과 미토

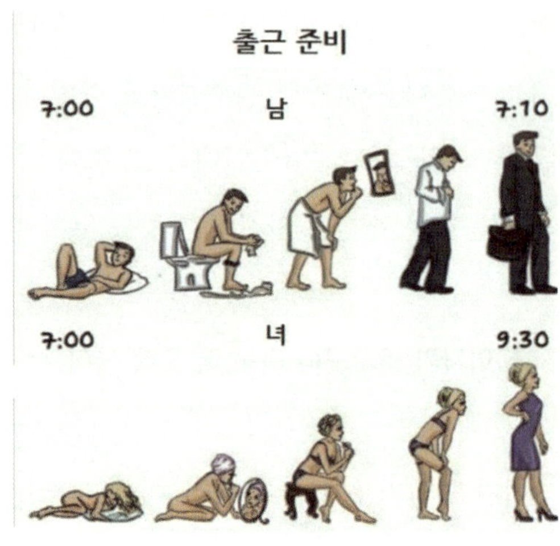

콘드리아 DNA의 변이가 유독 수컷만 노화를 촉진시킨다는 것이라는 연구 결과라는 것이며 면역과 관계된 연구를 보면, 면역을 담당하는 백혈구의 수는 나이가 들수록 줄어들게 되는데 여자와 남자의 감소 추이가 달랐다는 것으로 인체를 보호하는 세포의 감소율이 남성이 훨씬 더 높았다는 연구 결과이다. 끝으로, 여자가 남자보다 오래 사는 이유도 좋지만 이왕이면 여자가 남자보다 건강하게 좋은 삶의 질을 많이 누리면서 오래 사는 이유가 더욱 중요할 것이다.

아버지의 권위

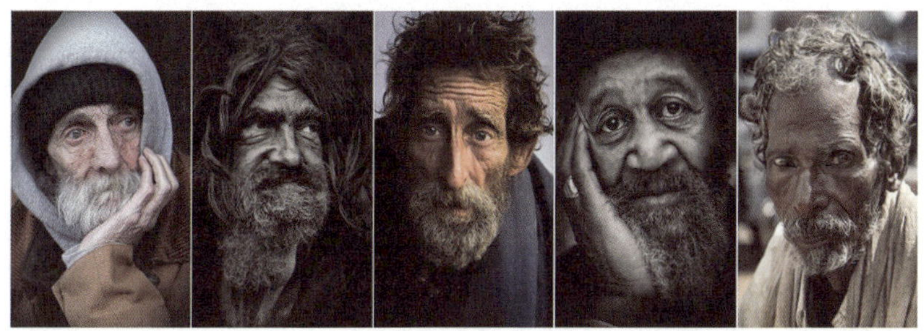

유대인의 사회는 아버지를 중심으로 한 사회이다 유대인들에게 성경 다음의 경전이라고 불리는 탈무드에 의하면 부모의 이야기가 등장할 때 반드시 아버지가 먼저 등장하며 부모가 둘 다 물을 마시고 싶어 하는 경우가 생길 경우는 반드시 아버지한테 먼저 물을 가져다 드린다

그것은 어머니에게 가져가도 어머니는 아버지를 떠받들어야 하기 때문에 결국 물은 어머니 손에서 아버지 손으로 옮겨 간다. 이런 까닭으로 옛날부터 아버지의 권위는 매우 엄하였다

1. 유대인의 사회는 아버지를 중심으로 한 사회이다.

지금도 가정에서 탈무드를 가르치는 사람은 오직 아버지이다.

　유대인 어머니는 남편을 지도자로서 존경하고 모든 최종 결정권을 남편에게 맡긴다 이것을 보는 아이들은 가정 안에서 아버지에 대한 지위와 존경심에 깊은 신뢰감을 갖게 된다.

　결국 이런 것들이 유대인의 가정에 흔들리지 않는 질서를 갖게 하는 힘의 기초가 되었다. 아들은 언제나 이상적인 아버지상(像) 을 구하면서 건강한 자아를 형성을 하며 자라났다. 아버지의 권위가 유대인 아이들의 정신적 지주가 되고 하나의 질서가 바로 선 인간으로 자라게 하는 데 중요한 원인으로 제공되고 있는 것이다.

　헬라어의 '배운다' 는 말은 '흉내'낸다. 모양을 본뜬다는 뜻을 가지고 있다. 흉내 낸다는 것은 아버지를 보고 듣는 그대로 인생을 출발한다는 것이다 그런데 요즘에는 아버지들이 아들이 흉내를 낼만한 일을 별로 하지 않는다는 것이다 아버지가 책상 앞에 앉는 모습을 거의 볼 수 없거나 아버지 전용의 책상이나 책조차도 없는 아버지가 아이들에게는 공부를 하라고 채근하면서 야단을 치고 성화를 한다 아무리 공부해라 공부해라 해도 우리 아이는 통 공부를 하지 않아 속이 상합니다 하면서 푸념을 한다 애당초 그 원인은 아이들이 어렸을 때 공부하는 부모를 흉내낼만한 부친상(父親像)을 갖게 하지 못했기 때문이라는 것을 우리는 깊이 생각해 봐야 할 것이다. 아버지의 권위는 아들로서는 마음의 기둥이 되기도 한다.

2. 자녀는 아버지를 보고 듣는 그 모양대로 그 인생을 배우며 출발을 한다.

프로이트와 나란히 이름이 일컬어지고 있는 오스트리아의 심리학자 앨프레드 애들러도 아버지의 권위 아래에서 가르침을 배웠기 때문에 그의 인생이 성공할 수가 있었다 그는 어려서 수학을 너무나 못해서 낙제를 하곤 했다. 선생님은 그의 아버지에게 앨프레드는 공부를 너무나도 못하고 다른 아이들에게 방해가 되니 학교를 그만두고 구둣방에 가서 구두 수선기술이나 배우게 하시죠 라고 권했다고 한다. 그러나 그의 아버지는 그 충고를 완강하게 물리치고 아들을 잘 타일러서 계속 학교에 다니게 했다. 그리고는 집에 돌아오면 열심히 수학공부를 가르쳤다

그러다 보니 그의 수학에 대한 열등의식이 차츰 사라져갔다. 그러던 어느 날 선생님이 어려운 수학문제를 칠판에 쓰고 학생들에게 풀 수 있느냐고 물었다. 아이들은 고개만 갸웃거릴 뿐이었으나 앨프레드가 할 수 있다고 했다. 반 학우들은 비웃었다. 앨프레드는 급우들의 비웃음을 받으며 앞으로 나아가 문제를 풀기 시작했고 그 문제를 풀어냈다.

아버지의 참된 권위는 결국 그의 수학 성적이 학급에서 최고인 우등생이 되게 만들었다. 그는 훗날 세계가 인정

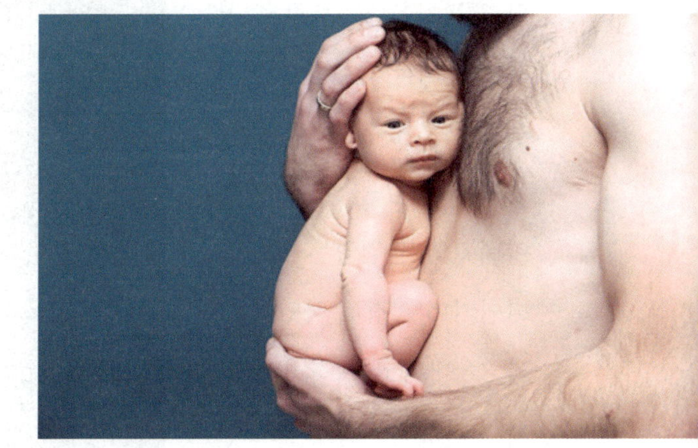

하는 오스트리아의 유명한 심리학자가 되었다.

3. 아버지의 모습을 보고 배우는 자녀를 위하여 아버지들이여! 더욱 열심히 아버지답게 살자. 왜냐하면? 나는 아버지이다.

헨린 키신저는 교사 출신이었던 아버지 루이가 책을 읽던 모습을 늘 지켜보면서 자라났다. 어린 키신저는 날마다 아버지 흉내를 내기 위하여 아버지가 앉았던 의자에 걸터앉아 책을읽는 아버지의 흉내를 내곤 했다. 책장에서 두꺼운 책을 꺼내서는 책 페이지를 넘기며 책을 읽는 흉내를 내는 것이다. 물론 그는 아직 글자를 몰랐기 때문에 책을 읽을 수 없었다. 아버지의 흉내를 내며 공부를 하는 동안에 어느덧 헨린 키신저는 세계 최고의 권력과

새로운 외교사(外交史)를 만들어 내는 사람이 되었다. 그는 유대인으로서 처음으로 미국 국무장관의 지위에 오르게 된 것이다.

그는 어렸을 때 보아온 아버지의 권위있는 모습을 닮아가며 성장을 하였고 그가 늘 바라고 생각하며 구하던 아버지의 모습대로 된

것이다. 우리는 밤늦게 술에 만취가 되어 돌아오고 아침 늦게 까지 늦잠을 자는 나태하며 게으른 아버지의 모습을 보여 줄 것인가? 아니면 가정의 정신적인 기둥이 되며 근면한 영적인 제사장의 모습으로 아버지의 영적인 권위를 세우는 아버지가 될 것인가?

- 국민일보 기고했던 글, 김계봉 박사, 한국가정사역학회장

울, 아버지의 자랑

섬씽-군 김계봉은 강원도 인제군 부평리 전형적인 농촌인 호젓한 시골에서 1950년 6.25 사변둥이로 태어났다 나의 아버지는 아주 고전적인 농부이시다 한글을 모르시는 문맹(文盲)인 이였고 초등학교시절 선생님이 학부형들을 학교로 소집을 하면 다른 친구의 아버지들은 그 당시 양복에 넥타이를 매시고 구두까지 신고 오시는데 필자의 부친은 논밭에서 일을 하시다가 검정 고무신을 신고 흙탕물 묻은 얼굴에 흙탕물로 범벅되어진 광목 바지저고리를 입으시고 꼭 손에 삽이나 낫을 들고 학교에 오신다.

1. 나의 아버지는 아주 촌부(村夫)였고 나는 그 아버지가 남 보기에 너무나 챙피스러 웠다.

촌부의 전형적인 촌티를 내시고 다른 사람들보다 튀게 촌부의 모습으로 학교에 오시곤 했다. 필자는 그러한 촌부처럼 하고 다니시는 나의 아버지가 왠지 싫었고 어린나이의 다른 친구들에게 나의 아버지가 왠지 챙피스러웠다. 그리고 그러한 농사꾼의 아들로 태어난 자체도 싫었다 섬씽-군이 3살 때에 섬씽-군의 마을에 불이 나서 가옥 20채가 불에 타면서 섬씽-군의 집도 함께 소실되어 버렸다. 가난한 삶으로 전략해 버린 집안을 일으키기 위하여 아버지는 어머니와 함께 정말로 무섭게 일을 하셨다. 어느덧 세월이 흘러 어느 해인지? 융년이 든 해였다. 늦잠을 자서 늦게 일어나려는데, 동트기 전에 이웃 사람들이 몰려와서 봉준씨, 장래쌀인 품아시 쌀 좀 안 꾸어주겠나? 새벽잠결에 쌀 꾸는 소리를 듣곤 했다. 그렇게, 울 아버지는 촌부지만 몰락한 가정에서 다시 건강한 가정경제를 일구어 이른 봄에 모내기나 가을 벼 타작을 할때는 30여명의 일꾼들이 일을 하여 필자의 집은 동내 먹거리 잔치가 되곤하였다. 그리고 찢지 않은 벼가 툇마루 한 곁에 큰뒤지에 가득 담겨 여름내내에 마을의 부

의 상징이 되기도 했다. 아버지는 그렇게 자식들에게 가난을 물려주지 않겠다고 열심히 일하시며 정말 아주 부지런한 촌부(村富)의 아름다운 삶을 사신 분이시기도하다.

2. 아버지라면? 이럴 때는 어떻게 하셨을까? 라는 생각을 종종해본다.

섬씽-굳 김계봉은 어느덧 세월이 흘러 서울에서 1969년 순복음신학대(현 한세대학교)에서 공부를 하고 미국 유학생 학생 비자(F1)를 발급받아 미국의 오클라호마주의 오랄로버츠대학교에서 석사학위를, 미시시피주 잭슨시에 있는 리펌드신학대학원에서 박사학위도 취득하고 대한신학대학원대학교의 조교수, 부교수, 한국문인협회 수필 작가 그리고 한국교회의 중견교회 담임목사로 7층 높이의 현대식교회를 짓기도 했다. 그리고 2000년6월 새천년을 새롭게 열자고 진새골 사랑의집에서 한국가정사역학회(학회장(송길원) 당시 필자는 학회 총무

직위를 보위하고 있었다) 주관으로 전국의 가정사역자들이 모여 새천년을 맞아 대한민국의 건강한 가정만들기, 아버지학교프로그램을 갖게 되었다. 그때 당시 원효식박사, 추부길박사, 송길원박사, 김성묵국제아버지학교 본부장, 정동섭박사, 섬씽-굳인 필자 등 약 40여명의 지

도자들이 참석을 하였다. 강사는 돌아가면서 하기로 하고 진새골사랑의 집 주인이라고 첫날 주수일원장이 맡았다 첫째 날 강의를 마친 후 밤 숙제는 울 아버지의 자화상 자랑을 25가지를 써가지고 와서 아버지의 자화상에 대하여 발표를 하는 것이다. 필자는 아버지자랑을 쓸려고 하니 쓸게 없었다 수학선생 싫으면 수학과목도 싫어지더란 말 처럼이다. 그때 조조 같은 송길원박사가 귀뜸을 한다. 학문 연구하듯 깊이깊이 생각을 하면 아버지 자랑을 못 쓰지만 생각나는 대로 쓰면 쉽게 씁니다 그래서 나는 생각이 나는 대로 25가지의 울 아버지의 자화상 자랑을 쉽게 쓸 수가 있었다.

3. 나의 아버지는 문맹인 이였지만 현명하시고 경험이 많으신 아버지였다.

두 아들과 함께 인제군 소양호를 배경으로

섬씽-굳 김계봉은 그때 쓴 필자의 부친의 자랑이 내 인생의 자화상(自畵像)을 재 발견을 하게 만들었고 결국은 나 자신의 삶의 자화상을 바꾸어 놓았다 그 중에 ①삶에 대한 열정 ②어떠한 일을 해 내고자하는 지구력 ③근면성 ④진실성 ⑤육체의 건강성 등은 내 인생의 삶을 내 스스로 또는 하나님의 열심의 노력으로 이루어 왔다고 필

아버지, 어머니 누나들, 여동생들

자는 생각을 해왔다. 그런데 나의 아버지의 자화상 자랑을 발표를 준비를 하면서 아버지를 생각을 해봤다. 어린 나이에 잠자리에서 깨어나면 필자의 아버지는 소를 먹일 소풀을 새벽일찌기 한 짐 베어오시든 아니면 이른 새벽 일찌기 들에 나가서 한나절의 하실 일량의 일을 끝내곤 집에 돌아와 아침을 드시곤 했다. 이처럼 아버지는 무척 근면하셨다 어떤 일을 맡으시면 지구력이 원악 강하셨어 반드시 해내시곤 하였다 그리고 농부로 태어나 일로 잔뼈가 굳으시며 한 평생을 살아오셨어 일밖에 모르시는 진짜 촌 농부이시다. 오직 한가지 일과 농사의 진실밖에 모르신다 그래서 울 아버지는 진실하시었다. 감기 몸살을 모르시며 병원 문턱을 밟아보지 못한 병을 모르시는 분이시기도 하다. 그래서 아버지는

평생 건강하셨다 아버지가 이렇게 열심히 사신덕분에 가난에서 풍요로운 삶으로 우리들의 삶을 일구어주시고 하나님의 품으로 돌아가셨다.

4. 미쳐 나는 알지 못했지만 나는 아버지를 이미 너무나 많이 닮아 있었다.

필자의 삶에 대한 남다른 부지런함은 나의 아버지의 근면성이며 하나님 앞에 바르게 살고자하는 진실성은 나의 아버지의 진실성의 D.N.A 이다. 자신과 이웃에 대한 열정 그리고 그 어떤 일이나 사람에 대한 열정은 나의 아버지가 나에게 물려준 기질이기도 하다. 병원에도 단 한 번 입원없이 튼튼한 몸으로 목양일념의 45년의 삶을 살게 하신 것도 하나님의 은혜이지만 필자의 아버지가 나에게 물려준 건강의 기질이요 체질이다. 아버지는 남들처럼 유형의 재산은 나에게 물려준 유산은 없지만 무형의 자산인 근면성, 진실성, 일에 대한 지구력, 삶에 대한 남다른 열정 그리고 나의 튼튼한 육체의 건강은 나의 부친이 나에게 물려준, 돈을 주고도 살 수 없는 내 인생을 살아가는데 가장 값진 무형의 자산이다.

5. 아버지를 닮은 나는 아버지를 세상에서 제일 존경한다.

그래서 지금의 내가 나 된 것도 나의 아버지가 나에게 물려주신 기질(氣質)이자 내 부친의 체질이다. 아버지의 자화상은 내가 아버지가 된 한참 후, 늦게서야 나의 아버지의 훌륭한 자화상(自畵像)을 발견을 하

게 되었다. 그리고 나는 이 세상에서 촌티나며 촌부이신 나의 아버지
는, 전문 영농인으로, 멋지고, 훌륭하게, 열심히 한 평생을 사시다가 돌
아가신 나의 아버지를 흡모하며 자랑을 하면서 지금도 이 세상에서 그
누구보다도 제일 존경을 하는 나의 멋진 아버지이시다.

"한 아버지는 열 아들을 기를 수 있으나

열 아들은 한 아버지를 봉양키 어렵다"

– 독일격언

나의 아버지...

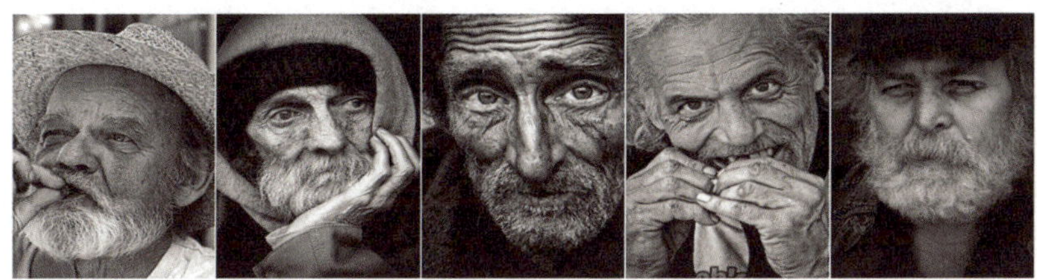

나의 아버지는...

네 살 때 - 아빠는 뭐든지 할 수 있었다.

다섯 살 때 - 아빠는 많은 걸 알고 계셨다.

여섯 살 때 - 아빠는 다른 애들의 아빠보다 똑똑하셨다.

여덟살 때 - 아빠가 모든걸 정확히 아는 건 아니었다.

열 살 때 - 아빠가 어렸을 때는 지금과 확실히 많은 게 달랐다.

열두살 때 - 아빠가 그것에 대해 아무것도 모르는 건 당연한 일이다.
아버진 어린 시절을 기억하기엔 너무 늙으셨다.

열네살 때 - 아빠에겐 신경 슬 필요가 없어 아빤 너무 구식이거든!

스물한살 때 - 우리 아빠 말야? 구제불능일 정도로 시대에 뒤졌지?

스물다섯살 때 - 아빠는 그 세대에 약간 알기는 하신다. 그럴 수밖
에 없는 것은

오랜 동안 그 일에 경험을 쌓아오셨으니까?

서른다섯살 때 - 아버지에게 여쭙기 전에는 난 아무것도 하지 않게 되었다.

마흔살 때 - 아버지라면 이럴 때 어떻게 하셨을까? 하는 생각을 종종 한다 아버진 그만큼 현명하고 세상에 대한 경험이 많으시다.

쉰살 때 - 아버지가 지금 내 곁에 계셔서 이 모든 걸 말씀드릴 수 있다면 난 무슨 일이든 할 것이다. 아버지가 얼마나 훌륭한 분이셨는지를 미쳐 알지 못했던게 나는 후회스럽다.

아버지로부터 더 많은 걸 배울 수도 있었는데 난 그렇게 하지 못했다.

- 앤 렌더즈

아버지와 그 아들

실패의 쓴 맛은 성공의 단 맛을 찾아 간다.

  스콜틀렌드는 원래 영국의 잉글렌드와 악착스럽게 싸웠던 나라였다. 이런 까닭에 그 지역엔 자기네 독립 영웅에 관한 이야기가 풍성하다. 그 중에 하나가 흔히 스코틀렌드의 해방자요 불세출의 영웅으로 존경받는 로버트 1세라는 왕이 있다. 본명이 로버트 부르스라고 하는 그가 당시 잉글렌드 에드워드 1세의 침입을 받아 그들의 통치아래 있던 그들은 부르스를 중심으로 굳게 뭉쳐 격렬한 항쟁을 했다. 그런데 그들은 이 전쟁에서 무려 6번이나 패전을 했고 그 결과 군사들마저 뿔뿔이 달아나 나중엔 왕 한 사람만 살아 남아 자신의 목숨을 걱정할 지경에 이르렀다. 심신이 모두 파김치가 된 왕은 깊은 산속을 헤메다가 다 쓰러져가는 움막을 하나 발견하고 거기에 들어갔다.

그곳에서 천정을 향해 누운채로 찢어지고 상한 자신의 마음을 재 정리하고 있을 때였다. 한 마리의 거미가 나타나서 왕이 누워있는 움막의 구멍뚫린 천정에서 부지런히 작업을 하고 있었다. 거미는 지붕 밑 서까래에 자기 나름대로 기초를 두고 거미줄을 늘어뜨리더니 그 줄을 타고 움막 중간쯤 되는 공간에 까지 타고 내려와 거기서 부터 몸을 흔들기 시작했다. 왕은 본의 아니게 거미의 공중 곡예를 구경하게 되었다. "저 녀석은 지금 무엇을 하고 있을까?" 호기심이 일자 왕은 그의 행동 하나 하나를 주위깊게 관찰하기 시작했다. 거미는 한껏 넓은 진폭을 형성하더니 건너편 서까래에 순간적으로 몸을 날리는 것이 아닌가.

1. 생명은 살기위하여 언제나 본능적으로 성공을 향한다.

그러나 그것이 기술적으로 얼마나 어려운일인가? 거미는 실패하고 말았다. 거미는 줄이 끊어져 땅바박에 떨어지고 말았다. 그 순간 왕은 실패의 동료를 만났다는 생각에 실소를 금할 수가 없었다. 이젠 모든 것이 끝났다고 생각했는데 거미는 원래 처음자리로 다시 돌아가더니 그 작업을 계속하는 것이 아닌가?이때 부터 왕은 숨을 죽이고 거미의 거동을 살피기 시작했다. 두번째 시도도 실패로 끝나고 말았다. 그러나 거미는 다시 일어나 작업을 반복한다. 그렇게 거미는 무려 여섯번이나 실패를 하는 것이었다. 이제는 포기를 하겠지 했는데 일곱번째 다시 시도를 하더니 드디어는 멋지게 목표지점에 몸을 착 붙이더니 아주 멋있는 집을 짓기 시작하는 것이 아닌가? 칠전팔기(七顚八起)에 성공을 한 것이다. 왕은 자신도 모르게 일어나 거미에게 최대의 경의를 표했다. 그리고 그는 산을 내려와 자신도 일곱번째 전열을 가다듬어 싸워 큰 승리를 거두게 되었다.

2. 성공을 향하는 사람에게는 실패는 산 교육과 경험에 불과 하다.

결국 그는 보잘것 없는 거미를 스승으로 삼고 배운 진리를 통해 성공을 거둔 것이다. 아무리 미물이라 할지라도 깨닫는 바를 실천에 옮기는 그 사람은 분명 겸손한 승리자였다. 그러나 인간이 못나면 그 대상이 하나님이라도 그분의 말씀을 통하여 배울 생각을 전혀 하지 않는 사람도 있다. 성경은 우리를 항하여 의로운 사람은 일곱번 넘어져도 다시 일어나지만 악인은 단 한번의 재앙으로도 쓰러지고 만다는 것을 잠언24:16에서 교훈하고 있다. 시편기자는 이렇게 고백했다. 37:24에서 [저는 넘어지나 아주 엎드러지지 아니함은 여호와께서 손으로 붙드심이로다] 그렇다면 우리는 하나님이 붙드시는 자이기 때문에 실망하고 낙심할 이유가 없는 것이 아닌가?

3. 실패의 쓴 맛은 성공의 단 맛을 찾아 간다.

만년필 회사 가운데 Waterman이라는 회사는 1884년 lewis Edson Waterman이라는 사람이 설립하여 오늘의 성공을 이룬 만년필 전문

기업이다. 원래 Waterman은 보험
회사 직원이었다. 하루 벌어서 하루
를 먹는 가난한 삶으로 인하여 열심
히 일해야 가족들의 생계가 보장되
기에 그는 정말 열심히 살았다. 그러
나 가난을 이기는 것은 쉽지 않았다.

Waterman이 보험회사의 유능한 외판원이 아니었기 때문인지는 몰라
도 생활이 무척 어려웠다. 어느 날 그가 한 고객을 만나 열심히 설명하
고 정성을 다하여서 노력한 결과 보험을 계약하게 되었다. 제법 덩치
가 큰 보험이어서 Waterman은 이루 말할 수 없는 기쁜 마음으로 계
약서를 꺼내었다.

　'야, 오늘은 아이들에게 고기를 사주고 아내가 좋아할 선물도 살 수
있겠구나'하면서 계약서를 작성하는데 고객의 이름을 쓰는 중에 펜의
잉크가 흘러내리게 되어 계약서를 망치게 되었다. 몇 번씩 사과를 하고
용서를 빌었지만 고객은 화를 내면서 보험계약을 거부하는 것이었다.
행복의 정점에서 불행의 나락으로 떨어지는 아픔을 겪은 Waterman
은 자신의 아픔을 통해서 펜의 문제점을 발견하고 잉크가 흘러내리지
않는 펜을 개발하였는데 그것이 Waterman만년필이다. 그의 실패는
아프고 어려운 것이었지만 그 아픔을 딛고 일어선 용기 또한 크고 위대
하다. Waterman의 성공과 영광은 자신의 실패를 인정하고 자신의 실
패를 극복하기 위한 노력을 기울인 결과이다. 그래서 실패가 주는 쓴맛
은 본능적으로 성공의 단 맛을 찾아 간다.

행복한 인생은 라스트 스퍼트 부터이다.

라스트 스퍼트(last spurt) 란 말은 사전에 의하면, 경주나 경영 등에서, 마지막 5분의 1 정도의 거리를 남기고 전속력으로 달리거나 헤엄치는 일을 말한다. 의뜻이다. 인생의 있어서도 라스트 스퍼트(last spurt)가 있다. 즉 인생의 절정기에 이른 50-60대 이후의 시대를 말한다. 스위스의 의사인 투르니에((Paul Tourniwer)는 인생에는 사계가 있다고 했다. 0세부터 20세까지는 봄이고, 20세에서 40세까지는 여름이고, 40세에서 60세까지는 가을이며, 60세부터 80세까지는 겨울이라는 것이다. 결국 50-60세 이후의 나이는 인생의 가을과 같은 절정기이다. 즉 라스트 스퍼트 타임의 나이다.

1. 인생 마라톤의 마의 구간 35km은 50-60대의 라스트 스퍼트를 위해서이다.

흔히들 인생을 마라톤으로 비유한다. 인생은 누구나 자신의 페이스를 유지하며 자신의 생을 완주해야 하기 때문이다. 모든 경기에는 라스트 스퍼트란 원칙이 있다. 마라톤과 같은 인생의 한 여정을 자신의 페이스를 떨어트리지 않고 쉬임없이 우리는 서로가 달려왔고 앞으로 계속해서 달려가야 한다. 얼마나 달려왔을까? 뒤를 돌아보니 어느새 50-60대의 주름 패인 흰머리에 노인이 되어 있는 것이다. 그리고 직장에서의 퇴직, 은퇴라는 견인차에 끌려가고 있는 것이다. 마치 고장 난 자동차처럼 말이다. 마라톤 선수의 42.195km를 달리는 것처럼 때로는 거친 호흡을 내몰아쉬며 등줄기에서는 도랑물처럼 땀이 흐르고 이마에서는 땀방울이 비가 되어 흘러내리니 나는 연실 딱아 낸다. 다리는 너무나 지쳐서 후들 후들 떨리다가 다리에 근육이 서서히 풀리기 시작 한다. 그렇게 힘이 들고 여려운 고통의 인생의 레이스를 달려왔다.

어느덧 마의 35km구간에서 고꾸라지지 않으려고 비축해 두었던 체력의 벽, 근육의 벽, 정신력의 벽까지 다 소진되어가고 있는 것이다.

35km까지는 사람의 힘으로 달리고, 나머지 7.195km는 '신이 달린다' 또는 '정신력이 달린다는 마라톤의 속담의 말이다. 이렇게 인생도 마라톤처럼 열심히 달려 마의 구간35km까지 달려 42.195km의 목표를 향하여, 라스트스퍼트 타임 라인인 이순의 60의 나이 앞에 서있다. 생의 라스트스퍼트를 위해서이다.

2. 지식과 경험, 감성이 가득 찬 매직 아워타임의 나이는 60대 이후이다.

여명 또는 황혼의 시간대를 뜻하는 "매직아워(Magic Hour)"는 하루 중 가장 아름다운 시간이다. 즉 촬영에 필요한 일광이 충분하면서도 인상적인 효과를 낼 수 있는 여명 혹은 황혼 시간대. 일광이 남아있어 자연이 주는 적정 노출을 낼 수 있으면서도 자동차나 가로등, 건물 불빛이 뚜렷하다. 하늘은 청색이고 그림자는 길어지며 일광은 노란빛을 발산한다. 매우 따뜻하며 낭만적인 느낌을 만들 수 있으나 그 시간은 아주 짧다. 그래서 저녁 노을 시간을 매직 아워 타임이라고 한다. 60-70때는 매직 아워의 시간이다. 삶의 체험, 많은 지식과 경험은 생의 가장 충만한 시기이다.

이순(耳順)나이는 예순 살을 이르는 말로 듣는 대로 이해 할 수 있고 섭렵 할 수 있는 나이를 가르킨다.

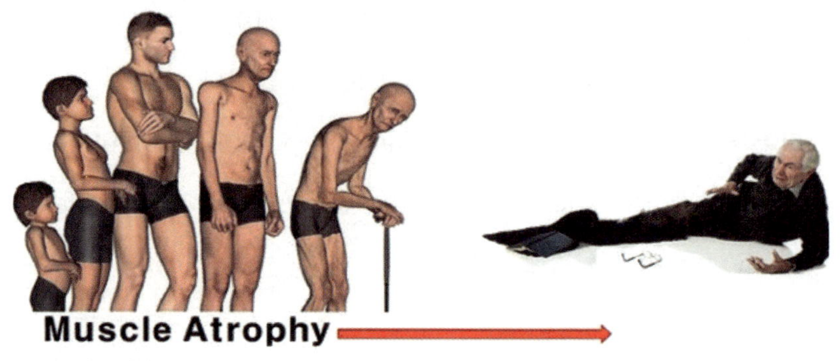

종심(從心)이란 말은 70세를 뜻하는 말로, '나이 70이 되니 마음이 하고자 하는 바를 좇아도 이 나이는 도(道)에 어그러지지 않았다. 즉 인과 덕으로 채웠다는 뜻이다. 이렇게 60-70세가 되면 지식과 경험, 감성이 가득 찬 저녁 노을과 같은 매직 아워타임의 나이다. 다시 한 번 생의 라스트 스퍼트의 적령기이다.

3. 50-60대 부터의 나이는 생의 질병(疾病)기가 접어든다.

의학 속담에 나이 50-60세가 되면 질병 기에 접어든다고 한다. 질병의 목적은 죽음이다. 사람의 인체는 10조개의 세포로 구성이 되어 있다. 인체의 세포는 생의 약 50-60회 세포분열을 하고 사멸을 한다. 임신 중에 영아가 세포분열을 통하여 9개월만의 완전히 자란 아기로 변하는 과정을 본다. 분만을 통하여 세상에 70가지의 생존반사를 가지고 태어난 아기는 사춘기에는 1년에 9센티미터까지 폭팔 적 성장을 한다. 호르몬과 세포분열의 영향이다. 그리고 50-60회 세포가 분열을 하고 사멸을 하는데 이때의 나이가 60대 전후이다. 그래서 인체가 가장 많이 늙기를 시작하는 시기이다. 모든 세포들이 핵분열이 점차적으로 늙어 사멸로 멈추어 지기 시작한다. 즉 시각(視覺), 청각(聽覺), 후각(嗅覺), 미각(味覺), 촉각(觸覺)등, 오감 능력이 점점 잃어간다. 듣기가 둔해지고 시력이 덜어지고 미각을 잃어 밥맛이 없어지고 신경세포가 기능을 잃어가며 혈관 벽이 좁아지며 혈압, 당뇨가 생겨나서 기저질환의 환자가 되면서 성기능도 점점 시들어 진다. 건강하고 튼튼하던 신체에는 질병이 찾아들기 시작을 한다.

4. 생의 노화는 못 막지만 늙는 노쇠는 늦출 수가 있다.

요즘 시대를 100세 시대라고 한다. 우리는 인생 마라톤의 42.195km를 향해 사람의 힘으로 숨 돌릴 길 없이 달려와 마의 구간 35km구간을 달려왔다. 나머지 7.195km는 '신과 함께 달린다' 또는 '정신력이 달린다는 마라톤의 속담처럼 100세를 향하여 또 달려야 한다. 이제는 어떻게 달려야 나머지 힘으

로 체력의 벽, 근육의 벽, 정신력의 벽까지 넘어서 달릴까? 무슨 방법이 또 다시 달리게 할까?

1) 체력에 맞는 운동으로 다시 달리자.

행복한 삶을 살려 면 건강해야 한다. 건강 하려면 운동은 필수 이다. 즉 규칙적인 운동을 하면 체력이 전체적으로 향산 된다. 우리의 몸은 혹독한 어떠한 훈련에도 적응 할 수가 있도록 잘 갖추어저 있다.

 - 인체의 운동 근육이 강해지면 뼈도 강해지며 자세, 신체의 유연성, 운동 할 때와 쉴 때의 에너지 소모량 등. 모든 것이 개선된다. 강한 근육은 운동으로 인한 손상에도 잘 견딘다.

 - 규칙적인 운동을 하면 뇌로 가는 혈액, 산소, 영양소 공급도 늘어난다. 이것은 뇌 세포사이에 새로운 연결이 생기도록 자극함으로써 전체적으로 정신 능력이 향상 된다. 또 운동을 하면 뇌에서 세로토닌과 같은 신경전달물질이 늘어나 기분이 좋아지며 인지 능력이 향상이 된다.

규칙적인 운동을 하면 신경자극에 의해 동맥이 확장되어 혈류가 늘어난다. 이 덕분에 산소가 가득한 혈액이 근육으로 더 많이 공급이 된다.

운동을 하면 산소가 가득한 혈액이 흘러 혈관 근육이 건강해진다

 - 규칙적인 운동을 하면 동맥의 지름둘래가 운동을 안 할 때 보다 더 확장이 되어 보다 더 커지므로 근육에 보내지는 산소의 양이 극대화가

되어 혈관계가 건강해 진다.

　- 우리 몸에서 소화나 지방의 연소와 같은 화학반응이 일어나는 속도를 대사율이라 한다. 이 대사 율로 인하여 운동을 통하여 열이 발생을 하는데 심지어는 운동이 끝난 후에도 더욱 빠르게 진행이 되어 인체의 대사과정이 개선이 되어 건강이 더욱 증진이 된다.

　- 운동을 하면 가슴 근육이 튼튼해져 허파 활성이 더 확장 된다. 따라서 허파가 들이킬 수 있는 공기의 양이 늘어나고 호흡 속도도 빨라져 운동을 할 때 뿐 만 아니라 가만히 있을 때에도 더 많은 산소를 흡입해서 호흡이 더 깊어진다. 그래서 인체 내의 신진대가가 극대화가 이루어지면서 더욱 건강한 신체가 된다..

　2) 내 몸 체질에 맞는 식단을 먹자.

　우리 몸은 다양한 기관(장기)과 조직들로 이루어 져 있다. 이 몸이 성장과 유지를 하려면 신진대사를 위한 에너지를 필요로 한다. 이 에너지는 식품에 들어 있는 음식물을 통해서 ①탄수화물 ②단백질 ③지방 ④비타민 ⑤무기질 ⑥물 등, 필수 영양소가 있어야 건강한 인체를 만들어 낸다. 그래서 건강한 신체는 건강한 식생활을 통해서 얻어 진다. 건강한 식생활이란 다양한 종류의 음식으로 몸이 필요로 하는 적당량의 영양소를 몸에 공급하는 식단을 의미 한다.

　3) 몸은 늙어도 건강위해 긍정적인 생각과 적극적인 행동을 하자.

　동물들은 서로 어울려 놀면서 역할 관계를 적극적으로 배운다. 장난을 치면서 노는 모습이 아무것도 아닌 것처럼 보일지도 모르나 동물들

은 본능적인 감각을 깨우고 서로
의 학습을 익힌다. 서로 뛰고 달리
고 싸움 놀이를 통하여 힘의 우열
을 가리고 이성의 종족 번식 능력
을 키운다. 나이가 들어 늙어도 사
람도 외롭고 상처받고 어둡고 우
울한 환경속에 성장한 사람은 환
경과 주변을 부정하는 부정적인

사람이 89%가 되지만 좋은 환경에서 행복을 경험하면서 성장한 사람
은 93%가 긍정적이며 적극적이며 행복한 사람이 된다는 것이다. 이는
행복을 경험한 사람은 불행이 닥치면 행복이 얼마나 소중한지 행복의
의하여 행복의 감성을 다시 적극적으로 찾는 다는 것이다. 그래서 희망
과 행복은 내일과 미래로 자신을 인도하여 주기 때문이다.

5. 야.. 달리자 인생은 라스트스퍼트부터이다.

마라톤을 처음 시작을 했을 땐 5km만 뛰어도 체력이 고갈되지만
10km를 뛰는 훈련을 했을 때는 5km를 뛰는 것이 아무것도 아닌 것
처럼 느껴진다. 하프코스인 20km를 뛰고 나면 다음에 10km를 뛰는
것쯤은 문제가 아닐것이다. 그렇게 목표를 늘리다보면 마의 35km구
간도 충분히 자신의 페이스대로 뛸 수 있게 된다.전국 횡단의 200km
울트라 마라톤, 서바이블 마라톤인 300km 이상의 동서 또는 남북 횡

단의 완주한 경험이 있는 사람이라면 42.195km까지도 아주 쉽게 완주할 수가 있다. 인생을 마라톤으로 비유한다면 60대의 나이는 마의 35km구간의 이미 들어 선 것이다. 많은 사람들이 이마의 구간에서 가장 고통을 느낀다고 한다. 그러나 이 구간에서 고통을 느끼는 사람도 있지만 그렇지 않은 사람도 있다. 당신은 인생의 삶의 경험을 통하여 지금가지 뛰어 넘었고 앞으로도 더 높고 깊은 계곡과 산과 같은 당신의 인생 길도 뛰어 넘을 것이다. 그렇게 고난, 환난, 시련,

세계 마라톤 신기록 보유자
하일레 게브르셀라시에 에디오피아

연단의 과정들을 삶을 통하여 이미 다 경험했기 때문에 말이다. 그래서 지금은 인생의 남은 긴 경주에서 있는 힘을 다해서 라스트스퍼트를 할 때라고 말입니다.

내 몸이 내 행복의 도구가 되어 그 행복을 느끼며 즐기자

세계적인 여론조사전문기관의 대표 갤럽은 세상의 사람은 누군가는 자기에게 행복하게 해주기를 원한다고 했다. 이 말은 곧 사람들은 누구나 다 행복을 원하고 있다는 것이다. 그래서 누군가 맛있고 감칠맛 나는 음식을 입과 손으로 만들면 누군가는 그 음식을 먹고 마음과 몸으로 맛스러운 행복을 느낀다는 것이다.

1. 예술, 종교, 운동, 음악, 등의 세상의 모든 것들은 사람의 행복을 위하여 만들어져 왔다.

두뇌와 마음, 이목구비(耳目口鼻)인, 눈, 입, 코, 귀 그리고 사지(四肢)인 두 팔과 두 다리들의 각 지체들이 행복의 도구가 되어 뮤지컬이나 오페라 공연에서는 아름다운 목소리에 따라 손짓 발짓의 모션으로 관중들에게 몰입을 하게 하여 즐거움과 감동의 효과를 준다. 가수들의 고중저음을 넘나드는 가창의 열창력으로, 노래 속으로, 빠져들게 하며, 때로는 눈물을 흘리게 하며, 관중과 함께 열창도 하며, 관중과 배우는 하나가 되어 열애의 몰입을 하기도 한다.
이렇게 음악과 함께 사람들의 『몸』을 만
드는 행복의 도구가 된다. 특히 운동은 더
하다. 공으로 하는 구기 종목 중 특히..농
구는 득점 율이 높고 골 목표가 분명하며
그리고 선수들이 민첩성, 힘, 순발력, 스
피드가 요구되는 운동으로 공과 『몸』이
하나가 되어 결국 관중들을 현란하게 만
들곤 한다. 농구 골대 밑에서 센터가 공
을 받으면 센터 중심으로 양쪽 가드들은
신들린 사람처럼 공을 주고받으면서 드

덩크슛

리볼을 하여 순간적으로 하프라인을 넘어 2-3명의 수비 라인을 제치
고 3점 슛을 던져서 1-2초 사이에 순간적으로 득점을 한다. 더 나아가
주춤하는 10여초사이에 10여점의 점수 차이를 벌려놓기도 한다. 관중
들은 함성과 함께 또한 야유...그리고 더 큰소리로 응원가와 함께 광란
의 소리로 함성을 지르면서 응원가를 따라 부르며 광란의 장이 된다.

**2. 특히 예술, 음악, 운동은 눈, 귀, 입, 코의 이목귀비 또는 손, 팔, 다리,
발 등 의 사지(四肢)의 『몸』에 의해 행복이 만들어 진다.**

포워드는 공을 양손으로 잡고 드리볼을 하면서 다리와 발은 순간적
어느 사이에 하프라인을 넘어 상대진영 골밑에서 날아오는 공을 순간

적으로 두 손으로 잡고 두 다리로 하늘
높이 쩜핑을 하여 허공에 『몸』을 날려
바스켓 네트 링의 덩크 슛을, 두 손으로
공을 힘이 있게 내려 꼽는다. 선수가 트
리블 더블이라도 하면 빠른 민첩성, 순
발력, 스피드, 지칠 줄 모르는 선수들의
힘, 힘의 의한 관중들의 응원과 함성과
더불어 체육관은 광란의 파도가 되어버
린다. 더구나 경기가 끝나는 시점인 앤
딩 타임의 하프라인에서 센터가 던진

이동욱, 김선아 "여인의 향기" 탱고 공연

공이 허공을 가르며 적진으로 날아가서 바스켓 링에 꼬치면 한쪽은
아..아..이고 탄식과 고요와 침묵이고 다른 한쪽은 와..와.. 하며 광란의
함성이 또 터지면서 관중들은 더욱 광란의 질주로 더욱 더 행복해진다.

도예공은 손과 발로 도예(陶藝)를 빗어 내며, 탱고 댄스와 스포츠댄스
는 손과 발 그리고 온 『몸』으로 춤사위를 만들어 낸다. 그렇게 인간을
위한 인간들의 문화는 사람의 생각과 손과 발 그리고 입과 귀 등의 의
한 사지 즉 이목귀비에 의한 한 『몸』으로 문화는 만들어져서 발전하며
지금까지 진화되어 왔다. 결국 몸이 행복의 도구가 된다.

세월이 훌적 흘러.. 고희(70세)나 산수(80세), 망구(91세)의 나이가
되면 내 『몸』 건강이 최고라고 자랑 하면서 흐뭇해진다. 더러는 함성을
지르면서 기뻐서 울기도 한다. 그러나 세월이 훌쩍 흘러 노화에 이를
이때쯤은, 노화로 인해 『몸』들이 쇄하고 음식은 잘 먹지 못하고 배설

을 제대로 잘 못하여 생식기
에 오줌 줄을 차고 성인 기저
기를 입고 코에는 경관식인
비위관 즉 코줄(코로 먹는 영
양 음식)을 끼고 또는 위루관
으로 장기간 삼킴장애가 있
는 사람은 위에 구멍을 내어
음식영양분을 공급하는 방법

웃으면서 보낸 시간은 산들과 함께 지낸 시간이다. 일본속담

으로 침상에 누어서 죽음의 깊은 골짜기에 드디어 가까이 다다르게 된
다.『몸』이 점점 쇄하고 아주 늙으면 신체의 제 기능은 점점 잃어가면
서 인간은 죽음 앞에 홀로 서서 자신의 죽음이 자기를 데려가기를 기
다리다가 결국은 자기 혼자서 죽는다.. 그러나 아직, 젊은 청춘을 가지
고 있다면, 자신의 체질에 맞는 운동을 하라. 헬스, 등산, 필라테스, 요
가, 걷기, 마라톤 등, 의 운동으로 자신의 체력을 쌓으며『몸』을 가다듬
고 건강한『몸』을 만들며 살아야 한다. 여자의 우아한 곡선과 아름다
운 미(美)의『몸』, 남자들의『몸』의 힘과 근육의 멋스러움이 묻어나도
록 말이다. 왜야하면 내『몸』은 언제나 내 생애의 내 행복의 도구이기
때문이다. 끝으로...

3. 행복의 도구인 당신의『몸』에 대하여 당신은 얼마나 알고 있습니까?

내 행복을 위해서는 내『몸』이 어떤 기능을 하고 있는지? 내 행복의 도구인 내 『몸』을 어떻게 관리를 해야 하는지? 내 머리의 뇌는 행복과 어떠한 상관관계를 갖고 있는지?

한 예로는, 지금도 당신의 『몸』의 혈액은 혈관을 통하여 46초 동안의 약 120,000km의 지구의 3바퀴거리를 내『몸』구석구석의 모세혈관까지 혈액에 영양분과 산소, 노폐물을 담아서 내『몸』건강과 행복을 위하여 지금도 신진대사의 순환운동을 하고 있다. 더 나아가 남녀부부의 성은 종족 번성과 즐거움 그리고 오르가즘의 쾌감은 뇌충추신경과 호르몬 그리고 혈액과 혈관이 부부의 판타스틱(Fantastic)의 성(性)을 만들어 낸다. 그래서 혈액과 혈관관리는 건강의 시작이라고 한다. 끝으로 이책의 내용은 해피 크리에이션 책이다. 그러므로 내『몸』은 역시.. 하나님께서 흙으로 빚어주신 내 행복의 도구이다. 라고 말이다.

천서리, 추위, 바람, 햇빛, 눈, 비 등의 기압골의 변화는
가을의 익어가는 감을 가장 맛있고 달콤하게 홍시를 만든다.
(인용 : 한사영 사진여행)

주(註):수필(essay) 이란? 형식의 제약을 받지 않고 개인적인 서정이나 사색과 성찰을 산문으로 표현한 문학의 양식이지만... 그의 따라..『내 몸은 행복의 도구이다』의 김계봉 작가의 수필은 인포그라픽 장르로, 의학과 과학의 건강학의 사실들의 입증을 위하여 관련 참고도서와 논문인용 목록 그리고 이미지 출처를 기록하였다.

1. 참고도서

가토도시노리.『늙지 않는 뇌 사용설명서』도서출판 이새, 2020.2.

김계웅외.『혈액과 유전』선진문화사. 2002. 3.

김석문.『여자도 모르는 여자의 비밀』지식공감, 2013.5.

김성은.『나는 미친 결혼을 해버렸다』팜파스. 2016.4.

강경호, 인광호 저.『호흡기학』대한의학서적. 2016. 11.

강학중 .『남편수업』김영사. 2019.7.

켈리맥고니걸, 신애경 역.『스트레스의 힘』21세기북스, 2020. 5.

노가미하루오.『뇌 신경 구조 교과서』보누스, 2020.1.

데이빗 부스, 김용석 민현경 역.『욕망의 진화』백년도서, 1993. 5. 1쇄

미셸푸고, 문경자외1인 역.『성의 역사』서울 다남출판사. 1994.

매슈워커 저, 이한음 역.『우리는 왜 잠을 자야 할까-수면과 꿈의 과학-』.열린책들, 2019. 2.

마쓰모토 준지 저, 오영근 역.『잠이란 무엇인가』. 전파과학사, 2017.

박문호.『박문호박사의 뇌 과학 공부』, 김영사 2017. 2쇄

박혜윤, 외1인.『싸우지 않는 부부가 위험하다』예담, 2013.7.

박영숙 제롬 글렌. 세계 미래보고서 2019」 (주)비즈니스북스, 2018.12.5.쇄

배형준 외 9명 저. 『 폐기능 및 기타생리검사학』 고려의학 , 2017. 3.

서은국.『행복의 기원』 21세기 북스, 2019. 1. 27쇄

서대원 저『 뇌의학의 첫걸음』. 우리의학서적. 2015. 8.

샐리모건 저, 최강열 역.『줄기세포 발견에서 재생의학까지』 다섯수레, 2011.2.

이규태.『한국인의 성과 미신』 서울 기린원. 1985

Shelley E. Taylor, 서수현 외4 역.『건강심리학』 시그마프레스, 2016.

이인수,윤창렬『남녀(男女)의 차이(差異)에 근거(根據)한 남녀형상(男女形象)의 의학적(醫學的) 운용(運用)에 대한 연구』 대한한의학원전학회, 2006. 19권1호

임석진 외21인.『철학사전』 중원문화, 2009. 5. 1쇄

안병환.『스트레스 연구』 하나의학사,1999년 10월

양창국저.『내가 가장 바라는 것은 좋은 수면』. 하나의 학사 . 1998. 8.

양정자.『 부부싸움 하면 이겨야 한다』 다섯수레, 1995.11.

엔무어,데이비드 제슬.『브레인 섹스』 북스넛, 2016.6.

우치다 스나오 저, 황소연 역.『내 몸 안의 잠의 원리 – 수면의학 –』. 전나무 숲, 2018. 7.

최승철.『심혈관계 질환에서 줄기세포 연구』 대한해부학회, 대한해부학회지 37권2호.

최낙언. 맛이란 무엇인가. 예문당, 2016. 제5쇄

최인철 외7인.『대한민국 행복리포트 2019』21세기북스, 2019. 4. 1쇄
한국해부생리학 교수협의회 편.『인체해부학』현문사, 2007 개정3판.1.
한국임상병리학교수협의회.『혈액 수혈학 실기』JMK, 2018.8.

2. 인용논문

김계봉.『성경의 은유적 표현속에 나타난 성(性)과 민간신앙인 성기숭
배에 대한 연구』한국가정사역학회, 한국가정사역연구, 2003. 제6호.
김수경, 박종효.『진정한 자기용서의 선행요인과 결과요인으로서 자아회
복의 구조적 관계분석』한국인간발달학회, 2019년|26권 1호(통권77호)
김진우, 이상학.『수면 호흡 생리(Respiratory Sleep Physiology)』.
대한수면의학회. 수면정신생리 제16권1호
김인.『인간의 수면-각성 주기(Sleep-Wake Cycles in Man)』. 대한수
면의학회. 수면정신생리
제4권 2호.
박세필.『배아줄기세포와 체세포 역분화 줄기세포의 의학적 효용성』
서강대학교 생명문화연구소, 2009. 생명연구 제12권
박종범.『Geminivirus 에 감염된 Arabidopsis 줄기의 이상세포분열
에 관한 세포조직학적 연구』한국식물생명공학회, Journal of Plant
Biotechnology』25권 3호.
백성수, 김 홍, 김창주『트레드밀 운동이 당뇨가 유발된 생쥐의 해마 치
상회에서 신경세포생성과 단기기억력에 미치는 영향』. 한국체육학회,

2006년45권, 5호

손현숙,이미진.』『혈액 투석 환자의 운동 신념, 신체활동과 삶의 질』기초간호자연과학회지.

2013.|15권 1호

전미순,김현정,박연숙.『대학생의 스트레스와 정신건강』.다문화건강학회.2014년|4권 1호(통권6호)

정진우 『사회적 인지와 도덕성 필요조건으로 거울 신경세포와 감정이입』한국동서철학회

2012년 63권, 63호

이가영외 6인 『혈액투석 환자에서 리질리언스가 우울 및 삶의 만족도에 미치는 영향』기초간호자연과학회지, 2012.|51권 6호

임상택『 통각 수용기 삼차 신경세포에 유지놀과 QX-314를 통한 구강면 내 선택적 통증 감각차단』가천대학교 ,2018년

우은진 .『역학적 스트레스 반영 지표를 통한 행위수준의 복원』한국고고학회,2012년.(통권28호)호)

우순임, 조성숙, 김경원.『운동선수들의 영양지식과 영양소 섭취상태에 관한 연구』한국운동영양학회 1997년

이현숙, 장문정. 가족형태에 따른 여자 노인의 영양소 섭취 및 영양 상태에 대한 연구. 한국식품영양과학회 1999. 28권, 4호

이철순 외2명.『수면과 회복력(Sleep and Resilience)』.대한수면의학회, 수면정신생리 22권2호

양은영,『기혼 여성에 있어서 성생활의 질: 그 요인 구조와 결정 변인』

여성건강간호학회, 2007. 13권 2호

전세종,백종승,최용문,최해만『『혈액 유속과 점도의 동시 측정을 위한 사전 연구』한국정밀공학회지,2007. |24권 9호

용준환,이지연,박윤이,김신영. 『명상영상과 명상음악 적용이 스트레스 이완에 미치는 영향』한국보건기초의학회, 2013년,6권 3호(통권16호).

정영조,한기석. 『정신신경 면역학-스트레스 , 우울장애, 정신분열병과 면역계』대한신경정신의학회, 1992년. 31권 5호.

정욱진교수 외 16인 저.『심장학』예당북스. 2016.4.

제주현,김영근. 『성인애착유형과 우울의 관계에서 스트레스 대처방식의 조절효과』한국인지행동치료학회, 2018년.18권 2호(통권41호)

하주영,최은영. 『노인의 건강지각과 건강관심도 및 건강증진행위』한국노인간호학회. 2013년

15권 3호 (통권34호)

한지현외 2명.『어머니의 긍정적, 부정적 정서표현과 유아의 정서조절 능력 및 문제행동에 대한 구조모형분석』한국인간발달학회. 2018년 |25권 4호(통권76호).

홍성욱, 장대익. 『뇌 속의 인간 인간 속의 뇌』신경인문학 연구회. 2010. 3.

John A. Kierna. Nagalingam Rajakumar. 『Barr,s. The Human Nervous System』 2014.

Joel levy, Ginny Smith. 『How The Food Works』, Penguin Random House Company, 2018.

Miles   Herbert j. 『Sexual Understanding before Marriage』
Michigan Zondervan
Publishing House. 1971.
Hollis harry, jr. 『Thank God for Sex』 N.J Broadman Press.1975.
Virginia Smith, Nicola Temple. 『How The Body Works』, Penguin Random House Company, 2017,

3. 이미지 출처

①두산백과 사전. ②매경시사용어 사전. ③네이버 백과사전.④픽사베이 이미지사이트
⑤다움 백과사전